「彼を私にください」

「なんでそんな清々しい表情でその音を出せるんだ！
待てキャンディス、とりあえず楽器を置いて……。
!?

ざまあ後の王子様もらいます
Zamaa go no Oujisama moraimasu
～だって顔が良いから！～
著✣さき
絵✣NiKrome

Contents

プロローグ

キャンディス・クラリッカはうんざりしていた。

だがそれを顔に出すことは許されないので、この場は努めて冷静に、静かに黙って持ち場を離れず立っていた。

自分の仕事は有事の際にこの場を守ることだ――今もだいぶ有事な気もするが――。そう己に言い聞かせ、漏れ出そうになる溜息と欠伸《あくび》を何度も噛み殺す。

傍目にはきっとこの状況でも冷静さを失わない立派な女騎士とでも映るだろう。それで評価が上がって給金が増えるなら良いのだが、生憎《あいにく》とこの状況では誰もキャンディスを見てはいない。それはそれで巻き込まれなくて良いのだけれど。

なにせ今目の前はだいぶ厄介なことになっている。スレディット国第一王子ユベール・スレディットが、婚約者である公爵令嬢レベッカ・フォルターに婚約破棄を言い渡しているのだ。

ユベールの隣にはフォルター家のメイドであるはずの少女ミモア・ミルネアがぴったりとくっ付いている。彼女は涙で潤んだ瞳でユベールを見つめ、かと思えば怯えを孕《はら》んだ表情でレベッカに視線をやった。その姿はまさに儚《はかな》い少女だ。

「ミモアは俺に真実の愛を教えてくれた。だから俺も彼女の愛に応えるつもりだ。レベッカ、君との婚約は破棄させてもらう」

ユベールの声には決意の色が宿っており、広間によく響く。

居合わせたユベールの両親である両陛下や、弟の第二王子、彼等の側近や呼ばれた公爵夫妻までもが信じられないと言いたげな表情をしていた。

「真実の愛、か……」

ポツリと呟いたのは、キャンディスの隣に立つ上官ロブ。

ちらと見上げれば彼もまた何とも言えない表情で目の前のやりとりを見ている。その顔の裏にうんざりだという呆れが隠されているのは、長年の付き合いならば一目で分かる。

「ロブ上官は結婚してるじゃないですか。奥さんとの愛は真実の愛なのでは？」

「どうだろうな。あれは最近『あんたの良いところは稼ぎ』と堂々と俺の顔を見て言ってくるし、真実の愛っていうほどのもんじゃないだろ」

「でもロブ上官が王都に移動になった時には付いてきてるし、愛ではあるんじゃないですか？」

「愛ではあるが、真実の愛っていうほどかと問われるとどうもな。そもそも真実の愛ってなんだ？真実とは？」

愛とはなんぞや、はたして何を以《もっ》て真実と言うのか。

哲学的に悩み出すロブの隣で、キャンディスは話題を振った身でありながらも早々にこの話題を切り上げてしまった。

「真実の愛かぁ……」

つい無意識に左目に手をやる。眼帯で覆った左目、塞がったままの目を布越しに擦る。

それとほぼ同時に、広間に高らかな笑い声が響いた。先程のユベールの婚約破棄宣言さえも霞みかねないほどよく響く声だ。

この笑い声を発したのは婚約を破棄された側の公爵令嬢レベッカ。本来ならば青ざめて言葉を失っていてもおかしくない立場の令嬢は、どういうわけか傷付いた様子もなく、それどころかユベールに対して嘲笑うような表情を浮かべ、そしてミモアには侮蔑の視線を向けた。

漂っていた空気がガラリと変わり、ん？　とキャンディスが首を傾げる。

「なんだか様子がおかしくなりましたね」

「頼むから俺の任期が終わるまで問題を起こしてくれるなよ……。あと半年、あと半年で田舎に帰れるんだ……」

ロブの訴えには懇願するような色が込められている。

あと半年でロブの王都での任期が終わり、彼は治安維持という名目で平和な故郷に帰る予定だ。

それを目前に、どうかその日まで平穏無事に……。と願う気持ちは分かる。キャンディスだってできれば彼を心穏やかに見送ってやりたい。

だけど……。

「そういうことを言うと問題が起きるんですよ。知ってます？」

「末端の騎士でしかない俺が何を言おうが問題は起こるだろう」

「それもそうですね。まぁ、見事に起こってますし」

自分達は所詮末端の騎士。呆れども嘆けども何も変わらない。

そんな自暴自棄とすら言えない達観の境地でキャンディスは目の前の光景に視線をやった。

既に情勢は一転し、気付けばレベッカの方が優勢になっている。

曰く、レベッカは公爵家の令嬢でありながらもその身に聖女の力を宿しており、実は彼女こそが国を統べる資格を持つ者だという。

両陛下はそれを知り、彼女と第一王子との縁談を結んだ。聖女を王妃として迎えるためだ。

つまり『王位継承権を持つ第一王子の伴侶に公爵令嬢が選ばれた』ではなく、実際は『聖女である公爵令嬢を王妃にすべく、第一王子の伴侶に迎え入れた』ということらしい。

「まったくてんで初耳ですね」

とは、この話を聞いていたキャンディス。

『聖女』なんて親が子に話してやる御伽噺《おとぎばなし》の登場人物だと思っていたが、実際に存在し、更には公爵令嬢レベッカがそうだったなんて。

さすがにこれには驚きを露わにし、右目だけがぱちくりと瞬《まばた》きをする。

「ロブ上官、ご存じでしたか？」

「お前が知らない公爵令嬢の話を俺が知ってるわけないだろう。俺だって初耳だ」

「ですよねぇ」

どうやらこの話は国の上層部、それもごく一部にしか知らされていないらしい。

だがさすがに婚約者であり第一王子であるユベールには……。

「そ、そんなこと俺は知らないぞ！」

まるでキャンディスの疑問に即答するかのように、ユベールの声が広間に響いた。

どうやら彼はこの事実を知らなかったらしい。見て分かるほどに動揺し、その態度から白《しら》を切っているとは思えない。ぴたりと寄り添っていたミモアも次第に己の立場が危うくなっていくのを感じてか、儚げだった表情を渋くさせている。

そんなユベールに対して盛大な溜息を吐いたのはレベッカ。冷え切った視線が容赦なくユベールに注がれる。そのうえ彼の両親である両陛下もまた怒りを露わに「レベッカを大事にしろとあれほど言ったのに」と息子を責め立てる。

挙げ句、第二王子ソエルがそっとレベッカの隣に立ち、彼女がいかに清廉潔白かを訴え、聖女としてできた女性かを唱え、そんなレベッカを蔑ろにした兄であるユベールを非難しだす。

哀《あわ》れユベールの立場は更になくなり、落胆する彼に止めを刺すかのように両陛下が王位継承権の剝奪と一族からの除名を言い渡した。

次いでレベッカとソエルの縁談を結ぶと宣言する。突然の話だが、当事者であるレベッカもソエルも満更ではなさそうだ。

これには思わずキャンディスもロブと顔を見合わせてしまった。

信じられないものを見た、と声に出さずとも語り合う。

お互い目を丸くさせながら。……もっとも、キャンディスの左目に関してはどれだけ驚いても丸くはさせられないのだが。

「突然始まり色々なことが判明してそして終わりましたね」

「随分と力技だが、めでたしめでたしってところか」

ユベールが婚約破棄を言い渡した時こそどうなるかと思っていたが、存外あっけないものだ。

もっとも、こんな暢気なことを言っていられるのはキャンディスとロブが居合わせただけの第三者だからである。

ちらと視線をやればユベールは言葉を失って立ち尽くしている。今の彼は絶望と混乱の渦中にいるのだろう。青ざめた表情をしており、めでたしめでたしなんて言えるわけがない。

それでもぎこちない動きながらも隣へと顔を向け、そこに居るミモアを見た。彼女はユベールよりも動揺を露わにしており、数歩ふらりと後退った。矢継ぎ早に明かされる事実に立っていられないのか、もしくは……。

「ミモア……。こんなことになってすまない。だけど俺が何とかするから、君に苦労はさせない。

だから二人で一緒に」

「冗談じゃないわ……」

「……ミモア？」

ユベールが困惑しながらミモアを見る。

それに対して見つめ返すミモアの眼光の鋭さと言ったらない。つい先程までしなだれかかるように寄り添っていたというのに、今はユベールと距離を取り、彼が一歩近付くと露骨に一歩下がった。彼女の顔から儚さは既に消え去り、愛らしい顔付きに似合わぬ憎悪の色が浮かび始めている。

「……ミモア、どうしたんだ」

「王妃になれると思ったのに！　ようやくあの女の上に立てると思ったのに!!」

ミモアが険しい表情で声を荒らげ、次の瞬間にはユベールを押しのけるようにして走り出した。広間の出口へと。ユベールに名前を呼ばれても振り返りもせず、扉を開けるや飛び出していく。警備も咄嗟のことに対応しきれずにおり、ミモアの姿はあっという間に見えなくなってしまった。

瞬きの間の逃亡劇。残されたユベールは広間の扉を見つめ、掠れる声で戻ってくるはずのない少女の名を呼んだ。その姿の哀《あわ》れなことと言ったらない。

広間はシンと静まり返り、そんな中、隣にだけ聞こえる声量でロブが「連れて逃げもしないか」と呟いた。

「あれは王子のことなんて欠片《かけら》も想ってなかったんだろうな。ユベール王子も質《たち》の悪い女に捕まったもんだ」

「ユベール王子、どうなるんでしょうか」

「陛下が除名を言い渡した以上、水に流すこともできないだろう。なにより聖女である公爵令嬢がそれを許さないだろうし。妥当なところは平民落ち、もしくは国外追放もあるかもしれないな」

「そうですか……」

ポツリとキャンディスが呟き、いまだ扉を見つめるユベールへと視線をやった。

困惑と絶望を綯い交ぜにした表情。青ざめた顔。己の転落を前に深緑色の瞳が虚ろぐ。窓から入り込んだ風だけが彼に触れて銀の髪を揺らす……。

ミモアが捨てていった王子。

元婚約者の公爵令嬢も、親であるはずの両陛下も、弟の第二王子も、誰も彼に手を差し伸べない。

「勿体ないなぁ、あんなに綺麗な顔なのに」

ポツリと漏らされたキャンディスのこの言葉に、ロブが驚いてキャンディスへと視線を向け……、次いで眉根を寄せて顔を背けた。

痛々しいと言いたげにロブの顔が歪む。

「顔か……。まぁ……、お前からしたらそうなのかもな」

「そうですよ。あんなに綺麗な顔、勿体ないじゃないですか。……誰もいらないなら私が貰っても良いんですかね」

「……はぁ？」

「良い顔が常に近くにある生活。あの顔を見放題。うん、素晴らしい。よし貰おう！」

「貰おうってお前っ……！」

待て、とロブが制止の声をあげる。

だがそれとほぼ同時に、キャンディスが「発言の許可を求めます！」と宣言と同時に片手を上げた。

いち早く気付いたのは公爵令嬢レベッカだ。彼女はキャンディスが発言したことに僅かに驚き、だが金色の髪をふわりと揺らして駆け寄ってくると穏やかに微笑んだ。

レベッカの瞳がキャンディスを見つめる。青色の綺麗な瞳だ。

だが一瞬その瞳が僅かに揺らいだ。キャンディスの左目、黒一色の布の眼帯、そこから頬へと走る傷痕から視線を逸らしたのだ。「どうしたの？」という声は微かな躊躇《ためら》いを感じさせる。

「貴女《あなた》がこういう場で発言をするのは珍しいわね。何かあったの？」

「この場で発言の資格がないことは承知しておりますが、一つお願いしたいことがあります」

「そんな、発言の資格なんて気にしないでなんでも言って」

ユベールに対しての厳しい態度から一転して優しい声色で話すレベッカに、それでもキャンディスは背筋を正し一介の騎士らしい態度で「申し上げます」と前置きをした。

そうして上げていた片手をすっと下げ、いまだ唖然としたままのユベールを見つめ、はっきりとした声色で告げた。

「彼を私にください」

と。

それに対しての「え？」という声はレベッカのものか、それとも話を聞いていた両陛下や居合わせた者達の声か、もしくはゆっくりとこちらを向いたユベールのものか……。

「キャンディス……、彼をくださいって……。ユベールのこと？」

「はい。ユベール王子をください」

「なんで、どうしてあなた……」

「なんでって、それは……」

キャンディスがユベールを見れば、彼と目が合った。

整った顔付き。理解が追い付かないと言いたげな、普通ならば間の抜けた表情になるであろうこの状況でも彼の顔は麗しい。呆然としても崩れないのはさすがだ。それほどまでに彼は整った美しい顔付きをしている。

「ユベール様の顔が良いからです」

だから欲しいんです、と断言すれば、誰もが理解できないと言いたげな表情を浮かべた。この場に居る全員の頭上に疑問符が浮かんでいる。

そんな中でも、やはりユベールの顔は飛び抜けて美しいのだ。

一章　キャンディスと顔の良い元王子様

キャンディスの『顔が良いからユベール王子が欲しい』という要望は、突拍子もないものだがそれでも受理された。

もちろん裏があるのではと疑われたし、レベッカ以外の面々からも理由を問い質された。だがそれらの問いに対してキャンディスはと言えば、

「だって顔が良いじゃないですか」

「あれだけ顔が良いんですよ？」

「改めて見ても素晴らしい顔です」

「ほら見てくださいあの美しさ。あまりに美しいので輝いて見えますね。いや、もしかしたら美しい顔を持つ人は実際に輝くのかもしれません」

「こっちを見た時の正面から見る顔も美しいし、よそを見ている時の横顔も素晴らしい。後ろを向いても美しい顔がそこにある事実は変わらないんだから全方位が素晴らしい」

と尽《ことごと》く顔の良さ一点張りだったのだ。誰もが言葉を失ったのは言うまでもない。

そこに加えて公爵令嬢であり聖女でもあるレベッカの「貴女がそこまで望むなら……」という後押しがあっての受理である。

そういうわけで、その日の夜にはキャンディスはユベールを連れて自宅へと戻ることになった。

彼と共に帰路を歩く。

キャンディスの自宅は市街地の一角にある。二階建ての家屋で、家政婦と共に暮らしている。

「空き部屋が一室あるのでユベール様はそこを使ってください。ベッドがないから今夜はソファで眠ってもらうことになりますが、布団と毛布は余分にあるので寒くないと思います。明日には最低限の物は揃えますので」

「……あぁ」

「家政婦の名前はリアと言います。今回の件については先に一報入れてもらっているんで知っているとは思いますが、後で私から改めて説明を……、説明……を……」

「……ん？」

「…………」

「……どうした？」

突然会話を止めたキャンディスに疑問を抱いたのか、心ここにあらずで歩いていたユベールが視線を向けてくる。

そんな彼の顔をキャンディスはじっと見つめ……、

「あぁ、なんてことだ顔が良い」

思わず感嘆の声を漏らした。

「……そうか」

「失礼しました。あまりの顔の良さに一瞬意識を失ってしまいました。それで、部屋の話ですよね。ベッドがないから今夜は」

「それはもう聞いた」

「重ね重ね失礼しました。あまりの顔の良さにどこまで話をしたのか忘れてしまいました」

ついうっかり、とキャンディスが己の失態を認めれば、ユベールが小さな溜息と共に「そうか」とだけ返してきた。

単調で抑揚のない声。表情にも覇気がなく、虚ろな瞳で道の先を見ている。

王宮を出てから、否、王宮に居た時から既に、彼は終始この調子だ。

何を言われても虚ろな瞳と覇気のない口調で受け入れるだけ。己に対して「欲しい」と言ってのけるキャンディスに失礼なと怒ることも、ましてや自分を見限った者達に縋ることもしなかった。

だがさすがに疑問はあるようで、ふと足を止めると「それで」と話を続けた。

無感情だった彼の顔が歪む。自虐と絶望を綯い交ぜにした顔だ。それでも美しい。

「それで俺は何をすれば良い？　お前をご主人様と呼んで、跪いて靴でも舐めれば良いのか？」

どことなく吐き捨てるように、それでいて覇気のない瞳で、ユベールが尋ねてくる。

仮にここでキャンディスが肯定すれば彼はきっと言った通りにするのだろう。

かつての立場もプライドも最早なく、人目さえも気にせず、誰に笑われ蔑まれても構わずに……。

だがそんなユベールに対して、キャンディスは改めて彼の顔をじっと見つめた後、

「跪いたら顔が見えないじゃないですか」

と否定した。真顔である。

ユベールが一瞬言葉を失ったように見える。彼の瞳は変わらず覇気のないものだが、なんというか、暗いだけだった瞳に濁りが生じたように見える。

だがそんな顔もまた麗しい。瞳が濁っても顔が良い。とキャンディスは再確認し「では帰りましょう」と歩き出した。

「私のことはご主人様ではなく気楽にキャンディスと呼んでください。形の良い唇から自分の名前が発せられる、これはとても素晴らしいことです」

「……そういうものか」

「あと私の口調も気にしないでください。敬語は昔からの癖みたいなもので……、それで…………」

キャンディスが言葉を止めた。

隣を歩くユベールが自分をじっと見つめてくる。

切れ長の目元、吸い込まれそうな深緑色の瞳。スッと通った鼻筋。形良い唇がゆっくりと動き、低すぎず高すぎずな耳に心地よい声で「キャンディス？」と尋ねてくる。

「とても……とても、顔が良い……かお、が……」

「また俺の顔のせいで意識を失ったのか」

「顔が良いし声も良い。顔が良い人が良い声で私を呼ぶ、なんて素晴らしい。……おっと、失礼しました。それで、そう、私の口調ですね。敬語は昔からの」

「昔からの癖みたいなものなんだろう。分かった」

先程までの無感情な表情に僅かに呆れの色を交えてユベールが歩き出す。

そんな彼を、キャンディスは「これは参ったスタイルも良い」と彼のバランスの取れたしなやかな体つきに見惚れながら追った。

「キャンディス、お前、本当にユベール王子を……、いや、今はユベール元王子か。とにかく、彼を貰ったんだな」

騎士隊の詰め所でロブに問われ、キャンディスは「何を今更」という気持ちで首肯した。

あれから話を聞いた同僚に事実なのかと問われることは多々あったが、他でもないロブはあの場に居たではないか。一部始終を隣で見て、そしてユベールを連れて帰宅するキャンディスを見送ってもいる。

だというのに改めて確認してきた意図が分からない。それもキャンディスがユベールを貰ってから三日経った今になって。

「今更どうしたんですか」

「いまだに信じられないんだ。いや、疑ってるわけじゃないし、お前がそういう突拍子もないことをする奴だというのも理解してる。だがなんというか、もう一度確認だけはしておこうと思ってな」

「念入りですね。でも何度確認してもユベール様を貰いましたよ。今も家に居ます」

騎士としての仕事があるキャンディスと違い、今のユベールは何者でもなく、何も課せられていない。

かつて彼が背負っていた王子という肩書も、それに連なる役割も、すべてはあの日に剝奪されたのだ。今はただ静かにキャンディスの家の自室に籠っている。

必要最低限の時以外は部屋から一歩も出ず、声をかけても簡素な返事だけ。まるで人の目を恐れているかのようだ。

そう話せばロブが眉根を寄せた。元より厳つめの顔に僅かに哀れみの色が混ざる。

「そうだよな、ユベール様もお辛いだろうな……。いくら自分で招いた結果とはいえ、あぁもはっきりと女に逃げられて一気にすべて失うなんて……」

「それは分かるんですが、部屋から出ないのは困りものですね」

「確かに、心配ではあるな」

「部屋に籠られてはあの美しい顔が見られません」

これは参ったとキャンディスが話せば、ロブが更に眉根を寄せた。

哀れみの色は一瞬にして消え去り、今度は呆れの色に入れ替わる。

「確かにお前はそういう奴だな」

「そういうわけで、私は帰ってユベール様と話し合ってきます。今日こそ良い顔を拝まないと！」

思い立ったら即！　という勢いでキャンディスが勢いよく立ち上がり、椅子に掛けていた上着をひっつかんだ。

「では失礼します！」とそのままの勢いで詰め所から出て行く。その際にしれっと「後をお願いします」と「お疲れさまでした」と告げておくのも忘れない。

その勢いにロブが肩を竦めれば、居合わせた騎士達が労いの言葉を掛けてきた。

「あいつ、ロブ上官に仕事を押し付けて帰りましたね」

「あぁ、見事な流れで押し付けていったな。でもそれでひとまずユベール様の件が落ち着いてくれるなら良いさ」

「ところで、キャンディスがあれだけ顔に拘《こだわ》るのって、あいつの顔に傷があるから……」

言いかけ、言葉を止める。

それに対して溜息交じりだったロブも眉根を寄せ「さぁどうだろうな」と返答をぼかした。


ロブに仕事を押し付けて……、もとい、託して、キャンディスはまっすぐに家へと帰った。

扉を開ければ奥から一人の女性が小走りに駆け寄ってくる。家政婦のリアだ。

年はキャンディスの両親よりも上。故郷の村から共に王都に移り住んでおり、家政婦として雇ってはいるが家族のような存在だ。

「キャンディス、今日は帰りが早いわねぇ」

「ロブ上官が、ユベール様と話し合うべきだからって快く帰してくれました。それでリア、ユベール様は？」

「それが……」

言葉を濁しつつ、リアがちらと天井を見る。その先、二階にある一室、そこに籠るユベールのことを考えているのだろう。今日もまた部屋から出てこなかったという意味だ。

この家に来てから、ユベールは常に部屋に籠っている。

食事の時さえも出てこないのだ。部屋の前まで食事を運び、せめて食べてくれと告げてしばらくすると空になった皿が部屋の前に置かれている。それはキャンディスが仕事に出ている間も変わらないらしい。

今のユベールの心境を考えれば、そう簡単に人前には出られないだろう。

「でもこのままじゃ何も変わらないし、やっぱり私がちゃんと話をする必要がありますね」

「そうね。傷付いた心を癒すには愛が必要だから、ちゃんと話し合わないと」

いったい何に納得したのか、リアがうんうんと頷きながらキャンディスの肩を叩いてくる。その表情はどことなく嬉しそうだ。

どうにもリアは今回の件を勘違いしている節がある。

彼女の中では、ユベールは悪い女に騙されて、追放されかけたところをキャンディスが救い出した……、ということになっているようだ。

「違うと言えば違うんだけど、かといって、どう違うかと問われると答えるのも難しい……。大まかに言えばその通りなんだけど」

「ほら、早く行ってきなさい。傷付いた心を癒すには愛が一番。強く抱きしめて熱いキスの一つでもしなさいよ」

「え、ええ……、キスってそんな」

なんで今そんな話を、とキャンディスが狼狽《うろた》えるもリアは話を聞かず、背中を押して二階に追いやろうとしてくる。細身の女性だがこういう時の力は妙に強い。

彼女相手に本気で抗うわけにはいかず、ぐいぐいと押されるままに階段を上った。

そうして足を止めたのは一室の扉の前。

今まで空き部屋だったそこはまだプレートも何もないがユベールの部屋である。数度ノックをして入室の許可を求めれば、小さな声で「どうぞ」と聞こえてきた。

「失礼します。ユベール様、少し話が…………」

ゆっくりと扉を開けて中の様子を窺う。

まだベッドと小さな棚しか置かれていない殺風景な部屋。ベッドの上に座っているのは部屋の主のユベールだ。

寝るでもなく起きて何かをするでもなく、日がな一日そこに座り続けていたのだろうか。

「戻ってきたのか。今日は早かったな」

「顔が良いですね、ただいま戻りました。あー、本当に顔が良い。それで話をしたいんですが、あ、その角度で見る顔も麗しいですね」

「とりあえず落ち着け」

「失礼しました。数日ぶりなものでつい。……そう、数日ぶりですよ」

キャンディスがユベールの顔を正面から見るのは三日ぶり。彼をここに連れてきた日が最後だ。

以降は部屋に籠られ、日中家を出ているキャンディスはまともに顔を合わせていない。

「ご気分が晴れないのは分かりますが、それでも顔を見せてもらわないと困ります」

「一人でひっそりと死ぬとでも思っているのか？　心配するな、さすがに人様の家で死んだりなんかしないさ。ただ今は一人で静かに」

「心配という意味の『顔を見せてくれ』というのもありますが、私が貴方の顔を見たいという意味での『顔を見せてくれ』でもあります」

はっきりと断言するキャンディスの言葉を聞き、ユベールが一瞬言葉を失い……、次の瞬間「そうだったな」と溜息交じりに呟くと盛大に肩を落とした。

「俺の顔を見ていたいんだったな」

「そうです。良い顔を見ていたいんです。だからユベール様を貰うことにしたのに、日がな一日部屋に引き籠られては話が違います。これは契約不履行。私には良い顔を要求する権利があります！」

「権利か……。まぁ、衣食住を提供してもらっている以上、俺も何か返さないといけないな」

「それが顔です!!」

ユベールの顔こそ己が求めているものだとキャンディスが訴えれば、力なく座っていたユベールが肩を竦め、ゆっくりとベッドから降りた。

深く息を吐きぐっと体を伸ばす動きにはどこか晴れ晴れとした様子があり、その仕草も、表情も、キャンディスの目には眩いほどに美しく映る。伸ばす腕は長くしなやかで、凝りを解すように体を動かすと銀の髪が揺れる。

とりわけこちらを見て苦笑する顔の麗しさといったらない。深緑色の瞳が細められ、形良い唇が僅かに口角を上げた。

「あーっ、顔が！　とても顔が良い！　数日ぶりの麗しい顔！」

「はいはい、分かった。これからは部屋に籠らずちゃんと顔を見せれば良いんだろ」

さっそく部屋を出るつもりなのか、ユベールが部屋の扉へと向かう。つまりそこに立つキャンディスに近付いてくる。

はっとキャンディスが息を呑んだ。堪らず胸のあたりをぎゅっと摑む。

「麗しい顔が近付いてくる……！　呼吸が止まりそう！」

「相変わらず大袈裟な奴だな」

「…………」

「……キャンディス？」

「ひゅっ…………」

「顔の良さに見惚れるのは良いが呼吸はちゃんとしろ！」

ユベールが声を荒らげれば、それを聞いたキャンディスの意識が戻り、止まっていた呼吸が再開された。

息が止まっていたのは一瞬のことだ。だが息を吸うやいなや一気に苦しさが押し寄せ、思わず呼吸が乱れてしまう。胸を押さえて短い呼吸を繰り返す様はまるで運動をした直後のようだ。

実際には麗しい顔が近付いてきただけなのだが。否、キャンディスにとっては『だけ』で済まされる話ではない。

「あ、危なかった……、ユベール様の顔が良すぎて、呼吸を忘れてしまいました……」

「顔を見せると決めたが、しょっちゅうこんな反応されるのは嫌だな」

早く慣れてくれよ、と話すユベールに対して、キャンディスは堂々と「慣れないほどの顔の良さですよ」と答え、二人で部屋を後にした。

その後はリアも交えて三人で夕食を摂ったのだが、リアは嬉しそうにユベールを迎え入れ、そしてキャンディスと目が合うと「やったわね！」と言いたげに目配せをしてきた。

もしや強く抱きしめて熱いキスをしたと思われているのだろうか……。

これだけは訂正しておいた方が良いのかと考えたが、リアと話すユベールは楽しそうで、その表情を見ているとまぁ良いかと思えた。

キャンディスの左目は黒一色の布の眼帯で覆われている。右は青色の瞳、本来であれば同色の瞳が左にもあったのだが今はその面影もない。

眼帯の下は深い傷で目が塞がれており、更に傷の端は眼帯では隠しきれず露見している。頬の中央まで深々と走るように一本。眼帯を捲れば更に目の周辺に傷が広がっている。

誰が見ても痛々しいと思える傷痕だ。

初対面の者はぎょっとして、直視しては失礼だと露骨に視線を逸らす。中には年頃の女性の顔にと哀れみの表情を浮かべる者すら居るほどだ。傷痕に見慣れた騎士隊の仲間達でさえ、普段は平然と向き合ってはいるものの、傷について触れる時は慎重に言葉を選んでいる。

「……っ」

ユベールが言葉を詰まらせたのは、部屋から出てきたキャンディスが眼帯を着けていなかったからだ。

左目を覆う傷痕。言葉を詰まらせることすらも失礼だと思えるほどの痛々しさ。ユベールに気付いたキャンディスが彼の方を見るが、動いたのは右目だけだ。そもそも左目は塞がれているのだから動きようもない。

「あ、すまない……」

咄嗟に反応したこともまた傷付けると考えたのか、ユベールが謝罪の言葉と共に視線を逸らした。だが謝罪の言葉を口にした直後に更に気まずそうにするあたり、謝罪そのものが失礼だと判断したのだろう。

不可抗力とはいえ見てしまい、そして反応してしまった。それを謝ったが謝ることすらも失礼なのではないか。さりとて見なかったふりもできない……。と、考えを巡らせているのか彼の麗しい顔が困惑の色を強める。

そんなユベールに対してキャンディスはといえば、「お気になさらず」とあっさりと返すだけだった。片手に持った黒い布をひらひらと揺らしながら。

言わずもがな眼帯だ。ユベールがそちらへと視線を向ける。

「……外していたのは傷が痛むからか？」

「いえ、別に今は痛みませんよ」

「それなら何か理由があって外しているのか？」

「理由というか……」

問われ、キャンディスは片手に持っていた眼帯を軽く持ち上げた。

黒一色の飾り気のない布。だがよく見ると一枚布の中でも黒さに違いがあるのが分かる。

柄ではない。これは……、シミだ。

「さっきお茶を零して、拭くものがなかったんで咄嗟にこれ《眼帯》で拭いたんです」

そう答えれば、ユベールの眉間に皺が寄った。

傷痕を見てしまったという気まずそうな表情が、次第に「ええ……」というものへと変わっていく。引き気味の顔だ。それでも麗しいのだが。

「……それ《眼帯》で拭いたのか」

「はい。手元に何もなかったので拭きました。あ、でもリアには言わないでください。きっと知ったら『また横着して』って怒って、眼帯に可愛いアップリケを付けようとするはずです」

「……そうか」

「というわけで、この件はご内密に。私はこれからリアに見つからないようこっそりと眼帯を洗濯物に混ぜる極秘任務に移ります」

「分かった。後でリアに見つからないよう洗っておいてやる」

呆れを込めながらもユベールが片手を差し出してくる。これはきっと眼帯を寄越せという意味だろう。

それに対してキャンディスは「お願いします」と素直に眼帯を彼に渡し、ついでにポケットからもう一枚眼帯を取り出していそいそと顔に巻いた。

「ところで、私を呼びに来たんじゃなかったんですか？　何か用が？」

「リアがお茶を淹れてくれたんだ。それでキャンディスも呼んできてくれと頼まれた」

「お茶を？　ちょうど良かった。飲もうと思ったところを零したんで喉が渇いてたんですよ。それにお腹も空いてました」

「食べ物があるとは言ってないんだが。……まぁ良い、何か用意してやる」

苦笑と共に肩を竦め、ユベールが階段へと向かう。

キャンディスもまたその後を追いつつ「タルトの気分です」と注文しておいた。もっとも、これに関しては「クッキーしかないから却下だ」という手厳しい言葉が返ってきたのだが。

「私とリアは同じ村出身なんです」

キャンディスがお茶を飲みながら話せば、向かいに座っていたユベールが「そうなのか」と返してきた。

テーブルには二人分のカップとティーポット。中央にはクッキーの載った皿。

ちなみに話題の人物であるリアは少し前に買い物に行ってしまった。キャンディスとユベールも荷物持ちに同行しようとしたのだが「二人でゆっくりと過ごしなさい。心を癒すには美味しいお茶と愛の語らいよ」と断られて今に至る。

「元々リアは娘さんと一緒に暮らしてたんです。でも数年前に彼女が結婚して村を出て、その後はリアだけが残ってたんですが、祖父母の代に建てた家は結構ガタが来てたらしくって……」

夫を数年前に看取り、一人娘も嫁いでいった。残されたのは自分一人。

自分が亡き後はこの家に住む者は居ない。ならば無理に直す必要はないのではないか。だが家にガタが来ているのも事実で……。

「どうしたものかと悩んでいて、そこを私が声を掛けたんです。王都に行くから一緒に来て家事を頼まれてくれないか……って。一人で村を出るよりリアと一緒の方が私の両親も安心できるって言ってました」

「なるほど。家政婦と聞いていた割には二人のやりとりが近いと感じたのはそのせいか」

「家のあれこれは全部任せてるし、給金も全額渡して家計の管理もしてもらってるし、家政婦じゃここまでやってくれませんよね。だからどちらかというと家族と一緒に暮らしてるって感じです。小さな村だから元々みんな家族みたいなものだし」

王都で家政婦を探すより、見知った仲のリアに頼む方が考えるまでもなく気が楽だ。

そうキャンディスが話す。ちなみにその際のユベールが口にした「自分で家事をする選択肢はなかったのか」という問いはさらりと聞き流すことにした。

これが以前の、身の回りの世話はしてもらって当然の第一王子相手だったなら「貴方だって」と反論できるのだが、王子の肩書を失った彼は己のことはすべて己でこなし、部屋も常に綺麗に保ち、更に最近ではリアの手伝いどころか率先して家事をしているのだ。

存外に家事能力が高かったようで日に日に腕前が上がっている。

そんな彼に反論するのは分が悪い。そう考えてキャンディスは話題を変えようと周囲を探った。

「なにか、なにか別の話題を……。そうだ、ユベール様の顔の良さについて語り合いましょう！」

「嫌だ」

「その嫌がる顔もまた麗しいですね。それならスタイルの良さについてはどうでしょう。足が長いし、そもそも腰の位置が高いんですよね」

「それも嫌だ」

「あぁまったくもって素晴らしい。今はもうユベール様の顔やらスタイルやら以外に話すことなんて一切ありません」

「分かったから、そう必死になるな。家事についての話は終わりだ」

呆れを込めた様子でユベールが話題を変え、改めるように「そういえば」と話し始めた。

「さっきリアと同じ村出身と話していたが、どこなんだ？」

「アデル村です。遠いし辺鄙な場所にあるので馬車でまっすぐ向かっても二日は掛かります。人口も少ないし、狭いし、なんにもない村ですよ。羊と人間の数が同じくらいです」

「そうか、それはかなり……」

田舎、と言いかけたのか、だがユベールはムグと一度口を噤《つぐ》むと「長閑《のどか》で良さそうだな」と告げてきた。選んだ末の褒め言葉なのは言うまでもない。

この言葉にキャンディスは眉根を寄せ「長閑ねぇ」とオウム返しした。

長閑。確かにそう言えるかもしれないが、あの村は長閑どころではない気がする。

故郷を悪く言うつもりはないし、故郷を愛している。いずれは帰るつもりだ。だが胸を張って誇れる場所かというと……。

「まぁ、悪い場所ではありませんね。自然が広がっていて、夜になると空には数え切れないほどの星が輝いて、動物の鳴き声が聞こえて……」

ふと、キャンディスは話を止めた。

脳裏に故郷の景色が蘇る。

いかにも田舎村といった景観。夜になると家屋の明かりは灯るものの王都の明かりに比べれば細々としている。だがその暗さこそが星空をより美しく見せるのだ。

そんな田舎村の夜。耳を澄ませば聞こえてくる生き物と自然の音。それと……。

「八時になると村長がバグパイプを奏で始めます」

「なぜそうなる」

「きっちり八時から一時間演奏するんですよ。それに反応して動物達も鳴き始め、静かだった村が一瞬にして音で溢れます。もちろん私達も黙ってはいません」

「あぁ、そりゃ文句を言うよな」

「村民達もまた楽器を手に各々音楽を奏でます。なので私の村では八時から一時間は音楽が響き渡るんです」

ひときわ大きい村長のバグパイプ。各家庭から聞こえてくる音楽。それに共鳴する動物達……。

「ま、まぁ……、そういう習慣があっても良いんじゃないか？　音楽に長けた村なんだな。著名な音楽家が居たりするのか？」

「いえ、誰一人として音楽の教養なんてありません。みんな思い思いの音を出すし、誰一人合わせようともしません」

「村ぐるみなのに団結力のなさ……」

なんでそうなる、とユベールの顔に呆れの色が混ざり始める。

だがキャンディスはそんな彼の表情の変化に気付かず、アデル村の演奏会を思い出していた。

生まれてから毎晩聞き、幼少時には子守唄代わりだった。そして成長すると自らもまた楽器を手に取り、演奏に加わっていた。

村を出て数年経つが、いまだに鮮明に思い出せる。

もっとも思い出そうにも各々が毎晩勝手に奏でるため一度として同じ音色になったことがなく、これという音楽を思い出しているわけではない。そこは概念的なものである。

「田舎村なので音楽なんて上等の教養はありません。各々が手に入れた楽器をとりあえず弾きたいように奏でるんです。誰も譲らない、誰も合わせない、もはや何を演奏しているのかも分からない。そもそも誰一人として楽譜も持っていないし読めもしない。ただ己が奏でている音こそが至高の音楽だと信じて……！」

「どうして誰も止めないんだ」

「あの村で育つと、あれこそが音楽と思えてくるんです。自由と解放感に溢れた真の音楽。なんでしたら一曲奏でてさしあげましょうか」

「嫌だ、聞きたくない。やめろ立ち上がるな、楽器を持ってこようとするんじゃない」

「そこまで拒否をしなくても良いじゃないですか。ユベール様が楽器を手にしたら絵になりますよ。

いずれ一緒に奏でましょう」

きっと楽しいですよ、とキャンディスが誘えば、ユベールが苦笑と共に「いずれな」と肩を竦めて返してきた。

婚約破棄騒動から早一カ月。

ユベールが王族から除名されたことにより、王位継承権は第二王子ソエルに移され、公爵令嬢レベッカは彼との婚約を正式に結んだ。

あまりに突然すぎる展開にいまだ世間は騒然としているものの、存外、当事者達は落ち着くところに落ち着いたとあっさりとしたものだ。キャンディスもまたユベールを交えた生活に慣れ——彼の見目の良さにはいまだ感嘆してしまうが——、今では豆のサヤ取りをしながら雑談を交わすまでになっていた。

「確かに以前から容姿を褒められることは多かったが、それほどか？」

「それほどですよ。ご自分の顔を見すぎて美的感覚が狂ってるんじゃありませんか？　王族ではなくなったことですし、そろそろ己の顔がどれほど麗しいかを把握し一般的な感覚を養ってください」

「褒められてるのか貶されてるのか分からなくなるな。だけど顔かぁ……」

いま一つピンとこないと言いたげにユベールが呟き、次いで自分の頬に触れた。しなやかな指が頬に触れ、かと思えば無遠慮に押さえて軽く指先で揉む。

むにむにと頬に触れる動きはなかなかに豪快だ。それでも彼の見目の良さは変わらず、指先が唇を軽く押せば蠱惑的な麗しさすら纏う。

「あっ、顔が良い！」

と思わずキャンディスが声をあげてしまう。それほどまでに顔が良いのだ。一カ月が経とうともこればっかりは慣れそうにない。

そんなキャンディスに対してユベールはと言えば、自分の顔の良さで声をあげているとは知っていても落ち着いた様子で「自分の顔かぁ」といまだむにむにと己の頬を撫でていた。こちらは随分と慣れたものだ。

「でも俺以外にも見目の良い奴は居ただろう。たとえばほら、近衛騎士のバロックとか」

ユベールの言葉を聞き、キャンディスの脳裏に該当人物の姿が浮かんだ。

近衛騎士隊長バロック。貴族の出で、王族をそばで守る近衛騎士という名誉ある職。制服を纏い佇むだけで威厳を感じさせる男だ。

同じ騎士を名乗ってはいるものの、下っ端どころか末端に位置するキャンディスとは何もかもが違う存在。制服の布質も多分違うだろう。

確かに顔は整っている。厳つい顔付きのため些か威圧感は強めだが、それがまた女性達の胸を焦がすのだと聞いたこともある。逞しい体軀と合わさって、さながら物語に出てくる姫を守る忠実な騎士だ。

そんなバロックの姿を思い出し、キャンディスは静かに首を横に振った。

「あの手の向上心を胸に邁進するような騎士と、私みたいなとりあえず最低限の仕事をして金を貰いたいって騎士は出会ってはいけないんです」

「職務怠慢」

「真実の愛」

「ぐっ……、カウンター攻撃が的確に痛いところをついてくる……。こ、これ以上は言及しないでおこう。それであと他に顔が良いのは誰が居たか……。あぁ、宰相のスティーツもよく女性達から言い寄られていたな」

新たな人物の名を出され、先程までキャンディスの脳裏に浮かんでいたバロックの姿が消え、次いで別の人物が現れた。

スティーツは王宮の宰相を務める男だ。

若くして王の右腕となり、ゆくゆくは王になるユベールを支える予定だった。今はソエルの右腕になっていると聞く。

確かに彼も見目の良い顔をしている。

本人の才知をそのままに知的な麗しさを持ち、艶のある薄水色の長い髪と銀縁眼鏡が細身ながらに威圧感を放つ。性格は冷静沈着の一言に尽き、ふとした瞬間に片手をそっと口元に当てて笑う姿は妖艶とさえ言えるだろう。

……だけど、と考え、キャンディスはまたも首を横に振った。

「スティーツ様も確かに綺麗ですが、なんかこう、たまに笑ってても笑ってないように見えるんですよね。ああいう裏で何を考えてるのか分からないタイプは苦手です」

あっさりと一刀両断する。

「それにバロック様やスティーツ様みたいな方が束になってもユベール様の美しさには敵いませんよ。むしろ束にする暇《ひま》すら与えませんね」

「そうか、俺の顔の良さはあいつらを束にすらさせないのか」

「させませんね。あー、本当に顔が良い。豆のサヤ取りをしていても顔が良い」

見事だとキャンディスが褒める。

そんなキャンディスに対してユベールは慣れた様子で一度肩を竦めるだけに済ませ、ふと壁に掛かっている時計へと視線をやった。

「ところで、これから夜会の警備だったろう。のんびりしていて良いのか？」

「出勤時間が遅いのでまだ平気で……、あれ！　もうこんな時間!?　もしやユベール様の顔の良さは時を超える……？」

「そこまで俺の顔のせいにするな。ほら、さっさと行ってこい」

慌ててキャンディスが立ち上がり、壁に掛けていた騎士隊の制服を手に取った。バタバタと準備をする様は慌ただしいの一言に尽き、そこに騎士らしさはない。

騒々しさを聞きつけたのか、別室で片付けをしていたリアが「あらあら」と長閑な様子で現れた。

「キャンディス、もう出るの?」

「行ってきます！　今夜は遅くなるから先に寝ていてください。多分食事は摂れると思うけど何か作っておいてくれると嬉しい！　それが肉料理だと凄く嬉しい！　でもニンジンは入れないで！」

「ええ、分かったわ。気を付けてね」

「あと今日は確実に疲れると思うので、ユベール様は寝ずに起きて帰ってきた私に顔を見せてください！　寝顔でも可なので、どうしても眠い時はリビングで寝ていてください！」

「はいはい、分かった。行ってらっしゃい」

片や長閑に、片や呆れ交じりに、リアとユベールが見送りの言葉を掛けてくる。彼等の見送りにキャンディスは「行ってきます！」と返すと同時に慌てて家を飛び出した。

騒々しい出勤にユベールがまったくと溜息を吐く。そうして最後の豆をボウルに移した。手早く周囲を布巾で綺麗にする。

「あらユベール様、豆のサヤ取りうまいですね。次はジャガイモの皮剝きをお願いしてもよろしいですか?」

「あぁ、分かった。他にも下拵えが必要なものがあれば全部出しておいてくれ」

任せてくれ、と話すユベールに、リアが嬉しそうに頷いた。


今夜のキャンディスの任務はフォルター家で開かれる夜会の警備である。

本来ならば相応の身分にある騎士が務める仕事だ。現に先程話題に出した近衛騎士のバロックや彼の部下達も会場に居る。

一介の末端騎士であるキャンディスや、上官とはいえ立場は同程度のロブが呼ばれるものではないのだが……。

「元々フォルター家の警備も居るし、俺達は漏れてくる音楽を聴きながら突っ立ってたら良いだけだし、楽な仕事と言えば楽な仕事だよな」

「これで椅子に座って居眠り可能なら言うことないんですけどね。もしくはおやつと紅茶付き」

「さすがにそこまで望むのは欲深すぎないか？」

そんな会話をロブと交わす。

場所は夜会の会場であるフォルター家。

だが夜会が開かれている屋内ではなく外。それも客を迎える正門や華やかに飾られた庭園ではなく敷地の隅。会場からは見えず、御者達が控えている場所だ。

相応の身分にある騎士ならばこんな場所の警備などと不満に思うかもしれないが、キャンディスからしてみればダラダラと過ごせてお喋りしても可能な楽な配置である。

「でも、すみません。私が呼ばれたから一緒に呼ばれる羽目になって」

「突っ立ってりゃ良いんだから楽な仕事だ、気にするな。それよりそろそろ来るんじゃないか？」

木に背を預けて長閑に過ごしていたロブが、話しながら屋敷の方へと視線をやる。

そこに何かを見つけたのだろう、「話をすれば」と苦笑を浮かべ、さも真面目に務める警備のように佇まいを正した。

そのタイミングで「キャンディス」と聞こえてくるのは鈴の音のような声。

夜の暗闇の中、ふわりと金色の髪を揺らし、美しいドレスの裾を翻してこちらへと駆け寄ってくるのは……。

「レベッカ様」

その人物を捉え、キャンディスが呟くように名前を口にした。

レベッカは嬉しそうに表情を綻ばせ、目の前まで来ると労いの言葉を掛けてくる。

「ごめんなさいね、警備の仕事を命じてしまって。でもどうしても貴女に来てほしかったの。本当は来賓として来てほしかったんだけど……」

「会場を守ることが騎士の仕事です。お気になさらないでください」

「そうね……。でも来てくれて嬉しいわ」

少し困ったような笑みを浮かべ、それでもとレベッカがキャンディスの手を取った。

女性らしい小さな手。折れてしまいそうなほど細い指。もっとも、キャンディスとて騎士とはいえ同い年の女なので手のサイズはさほど変わらない。

「ねぇ、少しだけ中に来ない？　お父様やお母様もキャンディスと話をしたいと言っているの」

「警備がありますので。それに私は会場に入れる身分ではありません」

「そんなこと言わないで。ロブ、少しキャンディスを借りても良いでしょう？」

ねぇ、と強請《ねだ》るようにレベッカがロブを見る。

この問いかけにロブは一瞬言葉を詰まらせたのち「警備は自分にお任せください」と恭しく頭を下げた。自分が残るからキャンディスを連れて行って良いという了承の言葉だ。レベッカの表情がパッと明るくなる。

対してキャンディスは眉一つ動かさず横目で上官を見た。

ロブの表情が若干気まずそうなものに変わるのは、キャンディスの視線の裏に込められた「薄情者」という恨みの声を聞いたからだろう。だがキャンディスもまた「公爵令嬢を相手に反論できるもんか」という彼の声にならない言い訳を聞いた気がする。

この無言ながらの訴えは互いにもっともである。

「それじゃぁキャンディス、行きましょう」

「……はい」

こうなっては応じないわけにはいかず、渋々といった声色を押し留めて返した。

それを聞いたレベッカが嬉しそうに手を引いて歩き出そうとする。だがキャンディスはするりと彼女の手から己の手を引き抜き、「参りましょう」とだけ告げて歩き出した。


会場は絢爛豪華に飾られ、誰もが美しい装いで談笑している。

中には警備の騎士も居るが、彼等はキャンディスやロブみたいな末端の騎士とは違う。騎士ではあるものの、この夜会に来賓としても来られるような家柄の者達だ。装いも騎士の制服ではありながら平時とは違う式典用の服を纏っている。

対してキャンディスは通常時の制服だ。それと飾り気のない黒一色の眼帯。

明らかな場違い。それも連れ立って歩くのは社交界中で話題の公爵令嬢。誰もがキャンディスとレベッカに視線を向けてくる。

だというのにレベッカはキャンディスと共に会場に来られたことが嬉しいようで、どこか見たい場所は、誰か挨拶をしたい人はと聞いてくる。

「特に希望はありません」

「それなら食事は？　ジャムを載せたクッキーはどう？　国内で有名なお店のジャムを用意したの。

きっと美味しいわ。それか飲み物は？　お酒もあるのよ」

「食事は家で済ませてきましたし、警備もあるのでお酒は飲めません」

「そう……。それならスティーツを呼びましょう。彼、貴女と話をしてみたいって言ってたの。せっかくだし一曲踊ってみたら？」

「スティーツ様と!?」

レベッカの口から出た人物の名に、キャンディスがぎょっとして声をあげた。もちろんこれは「冗談じゃない」という意味だ。

だがこの場に味方はおらず、それどころか名を出したばかりのスティーツがどこからともなく現れるではないか。

濃い色合いの正装は知的な彼によく似合っており、周囲の女性達が彼の登場に一瞬にしてざわつき出した。うっとりと熱っぽい視線を向ける者も少なくない。

「レベッカ様、お呼びでしょうか」

「あら、そこに居たのね。ちょうど良かったわ。以前からキャンディスと話をしたいと言っていたでしょう」

レベッカが穏やかに笑って話す。その際にちらとキャンディスへと視線を向けてくるのはどういうことだろうか。

物言いたげな視線を受け、キャンディスはひとまず愛想笑いで返した。

……ちょっと頬が引きつってしまうのは仕方ない。きっと慣れぬ場に落ち着かないか、もしくは噂の宰相様を前に緊張しているとでも思ってくれるだろう。

「そんな、わざわざこんなところで話をするのは……。スティーツ様もお忙しいでしょうし」

「私は一度話をしてみたかったんです。レベッカ様、機会を設けてくださりありがとうございます」

スティーツが前向きな姿勢を見せれば、レベッカの表情がより明るくなった。

対してキャンディスの気持ちは『うんざり』の一言だ。それどころか、目の前で繰り広げられる展開からせめてと意識だけは逃亡し、既に家に帰っている。言わずもがな現実逃避だ。

今頃自宅ではユベールとリアが夕食後のひとときを過ごしているだろう。

あの麗しいユベールの顔を眺めながら、リアが淹れてくれた温かいお茶を飲む。キャンディスにとって至福の時間だ。

ユベールは整った顔とさすが元王族といえる優雅な仕草でお茶を飲む。形良い唇でカップに触れ、癖なのか少し伏し目がちに。コクリと飲むたびに喉が揺れる。

その一挙一動は美しく、見惚れるあまりに意識を失い、淹れたての熱いお茶を飲んで何度火傷をしたことか。そうすると彼の麗しい顔に呆れの色が混ざってこれもまた良い。

今すぐに帰って自分もテーブルに着きたい。ずば抜けた麗しさの顔を眺めたい。

あの顔を見れば今日の疲れなんて一瞬で吹っ飛ぶのに……。

「……キャンディス？」

「えっ、あ、はい」

ユベールの良い顔を思い出すあまり意識をよそにやっていたキャンディスがはっと我に返った。

恐ろしい。ユベールの顔は良すぎるあまり離れていても意識を奪うのか……、と心の中で慄《おのの》く。

――後日その話を聞いたユベールはうんざりした顔で「遠隔でも効果があるのか」と返した――

「えーっと……、何の話でしたっけ。申し訳ありません、慣れない場で緊張しておりまして」

「気にしないでください。それよりレベッカ様も仰られていることですし、一曲どうでしょう」

スティーツが片手を差し出してくる。その仕草はなんとも優雅だ。知的な顔付きと合わさって随分と様になっている。

近くにいた年若い令嬢達がほぅと吐息を漏らしたのが聞こえてきた。彼女達の瞳に羨むような色があるのは、普段スティーツが自らダンスに誘うなどないに等しいからだ。

それどころか、女性から誘われたり知人を仲介して頼まれた際にも「こういったことは苦手で、失礼をしたら申し訳ありませんから」とそつなく断っているらしい。

だが今夜は違う。スティーツが自ら手を差し伸べてダンスに誘ったのだ。

だというのにこの誘いに対してキャンディスの胸は高鳴ることもなく「えーっと」と白々しく悩む素振りをしてみせた。

「ダンスは幼い頃に少しかじった程度なので、下手をするとスティーツ様の足を踏んでしまうかもしれません」

だから、と暗に拒否の姿勢を示せば、その言葉を切っ掛けに己に注がれる視線がより色濃くなったのを感じた。

スティーツに誘われたことを羨む視線、そこに彼の誘いを断るなんてという非難の色が加わる。

応じれば嫉妬、断れば非難。なんとも酷い話ではないか。これはもう罠と言える。

スティーツがこの場に現れた時点で、否、レベッカに屋内に誘われた時に……、むしろ夜会の警備を任された時点で罠は発動されていたのかもしれない。そう考えると頭を抱えたくなる。

そんな心の中で嘆くキャンディスに対して、スティーツはその心情を知ってか知らずか、ふっと軽く苦笑を浮かべた。

知的な顔付きに柔らかな雰囲気が混ざる。

「宰相と言えどもそれなりに鍛えてはおります。足を踏まれたぐらいでどうということはありません」

「まぁ、それは……、そうかもしれませんね」

自ら断言している通り、スティーツは細身ながらもそれなりに鍛えているのが分かる。

普段騎士隊長バロックと並ぶことが多いため細身な印象を受けるが、彼個人を見れば背も高く四肢も長く整った体つきをしている。逞しいとまでは言わないが、さりとて貧弱という印象もない。

対してキャンディスは騎士とはいえ女で、多少鍛えてはいるものの体格は年頃の令嬢とさほど変わらない。ダンスの最中にうっかりと足を踏むぐらいなら怪我にもならないだろう。

「それとも、私が相手では不満ですか？」

少しだけ眉尻を下げてスティーツが尋ねてくる。憂いを帯びた顔だ。

それに対してキャンディスは正直に「この場のすべてが不満です」と言いかけ、声を発する前に慌てて口を噤んだ。

危ない、ここで下手なことを言えば嫉妬と非難の視線が更に増すし、この場のすべてが不満などと言えばたんなる無礼者になってしまう。

だからこそ逃げ道を探す。そつなくスティーツとのダンスを回避する術は……、と横目で周囲を窺い、楽団に視線を留めた。

「私、踊るよりも演奏する方が好きなんです」

「音楽の習いが？」

「えぇ、まぁ、独学ですが。どうでしょう、今度一曲お披露目しますので」

ひとまずこの場をやり過ごしたい。そしてできるならば『今度』も有耶無耶にしてしまいたい。

そんなことをキャンディスが考えるも、レベッカが「それは」と口を挟んできた。

「音楽は、ちょっと……。ほら、せっかくパーティーの場に居るんだもの、音楽のことはまた今度考えることにして、今はこの場を楽しまないと。ねぇスティーツ」

「確かにそうですね」

レベッカの提案にスティーツが乗り、再びキャンディスへと視線を向けてくる。

誘いの言葉こそ口にしないがその瞳は物言いたげで、同時に、レベッカにここまで言わせているのだからという無言の訴えも感じさせる。

ここまで言われれば応じる他ないだろう。これ以上あれこれと難癖付けて断り続けても非難の視線が鋭さを増すだけだ。ならばさっさと終わらせて仕事に戻るに限る。

「……では、一曲お願いします」

諦めの境地で了承の言葉と共にスティーツの手を取った。

彼が穏やかに微笑む。そんな眩い笑みを前にキャンディスは僅かに目を細めた。

憧れの的である宰相様の微笑みに照れているとでも映るだろうか。もしくは慣れない場でのダンスに緊張しているか。そのどちらにも取られるかもしれない。

実際は、眼前の光景を目を細めることでぼやかせ、脳裏にユベールの美しい顔を想像しているだけなのだが。

あー、帰りたい。

帰ってユベール様の顔の良さを堪能したい。

そんなことを心の中で呟き、キャンディスはスティーツに手を引かれるまま会場の中央へと歩いていった。

　会場の中央、緩やかな音楽に合わせてスティーツに手を取られながらダンスを踊る。

　普段は「こういう華やかなことは苦手で」だの「不慣れなので失礼をしてしまうかも」だのと断っているくせに彼のリードは完璧で、ダンスなんて記憶の隅っこに残っている程度のキャンディスでさえ優雅にステップを踏めてしまう。

「ダンスがお上手ですね」

「立場的に覚えておかなくてはいけませんからね。それに、こういう機会を逃したくないので」

「機会、ですか」

「ええ、まさか貴女と踊れるなんて思ってもいませんでした」

　スティーツが穏やかに微笑む。

　麗しい男の見目の良い笑み。知的で冷静な物腰の中にゆるやかに漂う柔らかさ。それでいて、眼鏡越しの瞳の奥には虎視眈々と獲物を狙う色が見え隠れする。

　それに対してキャンディスもまた微笑んで返した。……できるだけ愛想良く。片目を眼帯で隠した自分の微笑みがどれだけ様になっているかは分からないが。

　そうしてダンスを終えてお互い頭を下げて称え合う。

　キャンディスは「よしうまいことやって会場から逃げよう。できればケーキを持って逃げよう」という思いを胸にそそくさとスティーツから離れようとし……、

「スティーツ様が踊ってる！　私、次はスティーツ様と踊るわ！」

という声に驚いて足を止めてしまった。

キャンディスだけではない、スティーツさえも突然の声に僅かながらに驚きの色を見せている。

声のした方を向けば、こちらをじっと見つめてくる一人の少女。年はキャンディスと同じくらいか。身形《みなり》を見れば相応の家の令嬢だと分かる。

隣で宥めているのは姉妹だろうか。どことなく顔が似ている。二人とも美しいドレスを纏っているが、声をあげた少女の方が派手で豪華な装いだ。

「あの方は……、さっぱり思い出せませんね。知らない人だ。よし、仕事に戻ります！」

「エルシェラ伯爵家のご令嬢ですよ」

三秒ほど悩んで即座に匙をぶん投げれば、背後にいたスティーツが教えてくれた。

ところでいつの間にスティーツは背後に立ったのだろうか。なんとなくだが彼から戻らせまいという空気が漂っている気がする。試しにと一歩ずれれば、彼もまた倣うように動いた。

相変わらず麗しい顔。だがその奥に面倒事に対する嫌悪のような色が見え隠れしているが、これはきっと見間違いではないだろう。

「エルシェラ伯爵家……。あぁ、ラーラ様とミレーナ様」

姉のラーラ・エルシェラと妹のミレーナ・エルシェラ。

田舎出の末端騎士キャンディスでも知っている——思い出せなかったけど——有名な姉妹だ。

なにが有名かと言えば……、

「ミレーナ、我が儘を言わないで。お願いだから困らせないでちょうだい」

「いやよ。私ずっとスティーツ様と踊りたかったの。あの騎士だけ踊るなんてずるいわ」

ミレーナが口にした『あの騎士』とは言わずもがなキャンディスのことだ。

たとえ爵位のない末端騎士に対してとはいえ、こうも明け透けに羨み「ずるい」とまで口にするのは品がないにも程があり、現に周囲もこの言い分に眉を顰《ひそ》めている。

だが「ずるい」と発したミレーナはそんな周囲の反応を気にもかけず、姉の制止の言葉すら無視してこちらに向かってきた。

面倒くさいことになりそう。

というか『なりそう』ではなく、これは確実に面倒なことになる。なりかけている。

そんなのご免だ、とキャンディスが逃げようとするも、先程からぴったりと背後に付いているスティーツがそれを許さない。

この男……！　とキャンディスが心の中で愚痴って彼を見上げた。

スティーツはそんなキャンディスの視線を受けてもなお涼やかな顔をし、そしてその顔は麗しい。切れ長の目が細められ、形良い唇が弧を描く。その微笑みはさながら「なにか？」と尋ねているかのようだ。

だがやはり腹に一物抱えている男の麗しさである。キャンディスの好みではなく、そもそもユベールの顔の良さには足元にも及ばないのだ。

つまりどれだけスティーツの顔が麗しかろうと、キャンディスにとっての彼は自分の背後に立つ男でしかない。

正確に言うならば『自分の背後に立って退路を断つ男』である。もはや顔がどうのの話ではない。

厄日だ、と心の中で呟くのとほぼ同時に、ミレーナが話しかけてきた。

「あなた！　今スティーツ様と踊った騎士、名前はなんて言うの!?」

「はぁ……、キャンディス・クラリッカと申します。以後お見知りおきを」

「スティーツ様、どうしてこの騎士とは踊ったんですか？　私、何度もお誘いしたのに応じてくださらなかったじゃないですか。私の方がスティーツ様と踊りたいのに、ずるいわ！」

酷い、ずるい、とミレーナがスティーツを見上げる。その口調も言い分も、まるで駄々をこねる子供のようではないか。

周囲はこれに対して呆れ、中にはまたかと言いたげな表情を浮かべている者も居た。

エルシェラ家の姉妹は社交界では有名である。

だが、けして良い意味ではない。むしろ悪評として名が知れ渡っている。

その原因が、今まさにキャンディスの目の前で繰り広げられている妹ミレーナの「ずるい」だ。

エルシェラ家次女のミレーナは今年で十六歳になるが、どうにも子供のような性格が抜けず、とりわけ他者に対して羨むことが多い。

他人の持ち物を「ずるい」と妬み、なにかあれば「私も、私の方が」と言い張る。

そのたびに姉のラーラが窘めるのだが聞く耳持たずである。

「ミレーナ、ダンスを踊るのにずるいなんておかしなことを言い出さないで」

「ラーラお姉様は昔スティーツ様と踊ったって言ってたじゃない。お姉様もずるいわ！　みんなずるい！」

ミレーナが不満を訴える。

それをキャンディスは意識を自宅へと吹っ飛ばしながら聞いていた。

今、自分の意識は既に帰宅し、夜食の用意をするユベールとリアを眺めている。

最近ユベールはリアの手伝いでキッチンに立つことが多くなった。豆のサヤ取りや野菜の皮剥き、下拵えの準備。彼のおかげで調理の効率が上がり、食事の品数やバリエーションが増えている。

そういえば、明日はクッキーを焼くと言っていた……。

「ユベール様にもエプロンがあった方が良いかな。水色か、青か、刺繍やレースがあしらわれたエプロンも似合いそうだなぁ。いや、でもエプロンに関しては顔の良さを引き立てるためのものじゃないし、機能性を重視しないと。それなら本人に選んでもらうのが一番かな。ちょうど良いからリアと三人で買いに行って、リアのエプロンも新調して……」

「キャンディス、キャンディス、なにを考えているのか知りませんが、今ここで考え事はやめてくれませんか」

背後からスティーツに名を呼ばれ、更に軽く肩を叩かれ、キャンディスは我に返った。

危なかった。現実逃避のために自宅に帰っていた意識が、今度はエプロンを買いに出かけてしまうところだった。

「えっと、なんでしたっけ……。そうだ、スティーツ様とのダンスでしたね。ですが、ずるいと言われても……」

「私がキャンディスにスティーツと踊るように言ったのよ」

「……レベッカ様」

横から割って入るように現れたのはレベッカだ。

堂々とした歩みで会場内を進む。その姿は麗しく、彼女の隣には第二王子ソエルの姿もある。

公爵令嬢レベッカの登場に、誰もが場を譲るように口を噤み、ラーラが頭を下げた。

もっとも、

「レベッカ様、どうしてキャンディスとスティーツ様を踊らせたんですか？　ずるい！　それなら私にも口添えしてください！」

開口一番に駄々をこねるミレーナは別である。

「ここまでくると潔くて良し。……おっと失礼しました、つい心にもない言葉が出かけてしまいました」

「全力で心の声を九割漏らしていた気がしますが」

ついうっかり漏れ出たキャンディスの本音に、背後からスティーツの鋭い指摘が入る。

だが幸い漏れ出た本音に言及するのは彼だけだ。

ミレーナはじっとレベッカを見つめ、そんなミレーナの態度にレベッカは冷ややかに彼女を見返している。哀れ姉のラーラだけが青ざめミレーナに謝るように促しているが、今更姉の言葉で引くわけがない。

周囲も口を挟むことができず、好奇心を隠しつつ野次馬に徹するだけだ。

巻き込まれ損だ、とキャンディスが内心で愚痴を漏らすと――幸いこの愚痴はポロッと口から漏れ出ることはなかった――、背後でコホンと咳払いが聞こえた。

スティーツだ。彼はこの状況を前にしても涼やかな笑みを浮かべている。……胸中はどうだか知らないけれど。

「私がキャンディスと踊ったのは彼女が騎士だからです。お恥ずかしい話ですがダンスは不慣れで、足を踏んでしまうかもしれません。その点キャンディスは騎士として鍛えているし、今日も騎士隊の頑丈なブーツを履いているから問題ないと判断し、練習に付き合っていただいたんです」

スティーツの形の良い唇が、まるでそうであったかのように説明の言葉を紡ぐ。

挙げ句に穏やかに微笑んで「そうですよね？」とキャンディスに同意を求めてくるではないか。相変わらず見目の良い顔だが、そこには同意以外は許さぬという圧がある。

その圧をひしひしと感じながら、キャンディスは「仰る通りです」とだけ返した。

彼は異論は認めぬと圧をかけてくるが、いったいどうしてこんな面倒な場で、更に面倒になると分かって異論を口にするというのか。

「そうでしたのね。それならスティーツ様、ダンスがお上手になった際にはぜひ私の相手をしてくださいね。絶対ですよ。私が一番最初ですからね」

「覚えておきます」

スティーツは約束はせず「覚えておく」という言葉で濁したが、ミレーナはそれに気付かず、満足そうに「では失礼します」と今更上品ぶった態度でその場を後にした。

　背中だけでも分かる得意げな歩み。対して彼女を追うラーラの後ろ姿は疲労を感じさせ、哀れにさえ思えてしまう。

　さながら台風が過ぎ去ったかのような勢いではないか。キャンディスが思わずほっと息を吐けば、それに気付いたレベッカがこちらを向いた。

「キャンディス、ごめんなさいね。私が呼んだせいで騒がしいところを見せてしまって」

「レベッカ様のせいではありません。それに、ちょうど良いので外の警備に戻らせていただきます」

「そんな、もう少し居ても良いんじゃない？　ミレーナには近付かないように釘をさしておくから」

「お気になさらず。ミレーナ様のことも気にしていません。それに私は……」

　ふと、キャンディスはミレーナが去っていった先に視線をやった。

ミレーナは「ずるい」と子供のように駄々をこねていた。それも公爵令嬢レベッカにまで。更にはスティーツに対して無理やりにダンスの約束を取り付け、挙げ句、騒いだことを詫びるどころか得意げに去っていった。

それは確かに恥ずべき姿だ。貴族の令嬢として、否、貴族でなくとも年相応の女性としてもっと落ち着きと思慮深さを養うべきである。

だけど……、

「私は、ああいう単純で我が儘な人は嫌いじゃないんです」

そう告げて、キャンディスはその場で一礼すると足早に会場を後にした。


「キャンディスのあの性格では、ミレーナ様のような騒がしい人物は嫌うと思っていましたが……」

意外だと言いたげに呟いたのはスティーツ。

キャンディスが去っていった先を見つめてふむと考え込む。その姿はまさに麗しく知的な宰相で、周囲の女性が彼に熱っぽい視線を向けている。

だが今のスティーツの興味は周囲の女性達ではなく、去っていったキャンディスだ。それと彼女が最後に発した意外な言葉。

「あぁでも、単純という意味では真実の愛だのと騙されたユベール様もそうでしたね。だから彼を譲り受けたのでしょうか」

「……」

「……レベッカ様？」

返事がないことに違和感を覚えたスティーツがレベッカへと視線をやり、次いで眉根を寄せた。

華やかさと賑やかさを取り戻しつつある会場の中、レベッカだけは静かに眉尻を下げ、何かを惜しむように、苦しむように顔を歪めていた。

「ただいま戻りました。想定外のことまであって疲れが……。あ、顔が良い！　帰宅早々に良い顔が見られる快適生活！」

「おかえり、お疲れさま。夜会の警備は問題なく終わったか？」

「警備自体は問題なかったんですが、スティーツ様とダンスさせられるし、そのせいで面倒事にも巻き込まれるしで本当に疲れました。でもとても麗しい顔を見たので徐々に疲れは癒やされてます。あと十五分くらい見させてください」

「見るのは構わないが玄関で立ちっぱなしは嫌だ」

キッチンへ行くぞ、とユベールが戻るように室内へと向かうので、キャンディスもこれに応じて彼の後を付いていった。

リアはもう眠ったらしく、家の中はシンと静まっている。

そんな中でユベールは本を読みながら待っていたという。言わずもがな、疲れて帰ってきたキャンディスに顔を見せるためだ。

「予定より遅くなってしまってすみません。良い顔を見るためとはいえ待たせちゃいましたね」

「仕事だろ、仕方ないさ。それに最近日中はリアの手伝いをしてるから久しぶりに落ち着いて本を読めて良かった」

「うちに落ち着いて読むような本ありましたっけ？」

最近ろくに本を読んだ記憶が……、とキャンディスが考え込む。

自室の本棚は本棚というよりたんなる棚になっている。辛うじてある数冊も娯楽主体の本ばかりで、静かな部屋の中で落ち着いて読むような代物ではない。

それを話せば、ユベールが読んでいた本の表紙を見せてきた。料理のレシピ集だ。

「リアに借りたんだ。他にも裁縫の本や流行りの本があった。部屋に入って選ばせてもらったんだが、彼女の部屋の本棚にはきちんと本が置かれていたな」

「本棚冥利に尽きますね。私も本棚に生まれ変わったらリアの部屋に置かれたいです」

リアの仕事はこの家の家事だ。掃除と料理、その他諸々。

だが家主であるキャンディスは日中仕事に出ており、帰ってからもさほど動き回ったりはしないためあまり散らからない。他の家事についても「適当で良いよ」という手抜き推奨なうえ、食事にもそう拘るわけではないので、リアの仕事は世の家政婦の中でも楽な方だろう。

ゆえに暇な時間があり、そういった時にはよく本を読んだり編み物をしているという。

「もう少し寒くなったら編み物を始めると言っていたな。俺も習ってみるか」

「ユベール様、器用だからすぐにできるようになるんじゃないですか？　その時は毛糸の眼帯でも編んでもらおうかな」

冗談交じりに話せば、ユベールも軽く笑って「任せてくれ」と冗談に乗って返してきた。

その表情はどこかあどけなさを感じさせて魅力的で、きっと編み物をしている時の表情もまた麗しいのだろう。

「ポトフがあるから今温めてくる。座って待っていろ」

「え、良いですよ。自分でやります」

「リアから頼まれているから俺がやる」

「でも遅くなったうえに食事の用意までさせるなんて」

「……気にするな。今の俺は王子じゃない、ただの居候だ。むしろ養われている身だろう」

一瞬言葉を詰まらせ、だがそれを隠すようにユベールは淡々と己の立場を口にした。

『居候』『養われている身』。当人は冷静を装っているが、隠し切れぬ自虐と悲観の色が声と言葉に込められている。

つい一カ月前まで第一王子として君臨していた者のなれの果て……。

もっとも、それは無償の保護だったらの話だ。

たとえば国の問題を最小限に抑えようという忠誠心やユベールへの同情で彼を預かっているのなら、それはきっと居候や養われているという関係になるのだろう。無償で保護し衣食住を与える、一方的な関係だ。

だが自分達は違う。

そう考えキャンディスははっきりと「違います」と返した。ユベールの顔を見て。彼の宝石のように美しい深緑色の瞳をじっと見つめながら。

ここまではっきりと否定されるとは思わなかったのか、ユベールは僅かに目を丸くさせ、かと思えば目を細めてふっと小さく笑った。

「そう気を遣うな。あれだけのことをしでかした身で何をと笑われるかもしれないが、今の自分の立場くらいは把握してるつもりだ」

「いえ、気を遣うとかの話じゃなくて。私はユベール様の顔の良さを堪能するためにユベール様を貰ったんです。衣食住の代わりに良い顔、つまりこれは対等な関係です」

「……そうだった。そういう話だったな」

「こんなおかしな話、よく忘れられますね」

自ら提案したことを『おかしな話』とまで言い切れば、ユベールが深く溜息を吐いた。分かりやすく肩を落とし挙げ句に俯くが、その角度から見る彼の顔も美しい。

俯くことで銀色の髪が顔に掛かり一部を隠してしまうが、一部を隠してもなお良い顔である。むしろ隠すことでまた違った魅力をもたらしている。

「その角度も良いですね。……はっ！　そういえば以前にユベール様が『跪いて靴を舐めろと言うなら』と言っていましたが、もしや跪かれた角度から見ても美しいのでは!?　いえ、きっと美しいに違いない！　一回私の前に跪いてみてください！」

「誰がやるか。とにかく座って待ってろ」

「ですが、遅くなったうえに食事の用意まで……、あれ、これさっきも言ったような……。だめだ、思い出そうとしてもユベール様の顔しか思い出せない」

「また記憶を失ったのか……。それなら言い換えよう、『座って、ポトフを温める俺の顔を見ていろ』。これでどうだ」

「分かりました」

それなら、と立ち上がりかけていたのをあっさりと座り直す。

ユベールがまたも深い溜息を吐き、これ以上話をする気はないとポトフの入っている鍋へと向かっていった。ちなみに、ポトフを温めている最中にちらちらとキャンディスの方を向くのは、自らの顔を提供するためである。

「鍋と一緒だとより顔が良いですね」

「鍋で映えるのか」

「鍋でも映えるほど顔が良いんですよ」

そんな会話を交わしつつ、キャンディスは温め直されたポトフに口をつけた。

歪に切られたジャガイモが程よく崩れて美味しい。


そうしてポトフを食べながら先程まで居た夜会の話をする。

話題に上がるのはスティーツと、彼と踊ったことを妬んできたエルシェラ家のミレーナ。

ユベールもエルシェラ家姉妹のことは把握しているようだが、なんとも言えない顔をしている。

視線を逸らしてだいぶ気まずそうだ。

「エルシェラ夫妻はミレーナが騒ぐのを事前に防ぐため、彼女の我が儘を叶えてやるようにしていたらしい。それが助長して、更に我が儘になって……、と悪循環だな。まぁ、その……、俺が言うのも……、なんだが……」

「ミレーナ様も問題ですが、エルシェラ夫妻も問題ですね。そこのところどうです？　かつて我が儘というか独断で婚約破棄騒動を起こした元王子としてのお考えは」

「うぐ……」

痛いところを突かれた、とユベールが呻く。

胸元を押さえているのは胸が苦しいからか。しばらく弱々しく「うぅ」と唸り、力ない手でカップを持つとお茶を一口飲んでゆっくりと顔を上げた。

どうやら胸中の色々をお茶と共に飲み込んだらしい。

「俺としてはやはりエルシェラ夫妻がどうにかすべきだと思う。ミレーナが癇癪を起こすと面倒なのは分かるが、かといって彼女の願いを聞き続けても解決にはならない。一度ちゃんと話をすべきだ。取り返しのつかない問題になる前に……、ちゃんと、全部話すべきだな……」

「そうですね。レベッカ様が聖女だということも話すべきでしたね。そうすればユベール様も突然婚約を破棄なんてせずにちゃんと話し合ったでしょうし。レベッカ様や両陛下が黙っていたばっかりに、取り返しのつかない問題になりましたもんね」

「うぅう……」

再びユベールが胸を押さえ、俯くだけでは足りないとテーブルに突っ伏した。

「追撃が早い」と訴える彼の声は弱々しい。

「今日は妙に攻撃的だな……」

「ポトフにニンジンが入ってるんです。ニンジン抜きが良いって言ったのに」

「文句はリアに言ってくれ。というか好き嫌いするな」

「真実の愛」

「やめろやめろ、これ以上の追撃は勘弁してくれ。入ってるニンジンは避けろ。俺が全部食べる」

ユベールが食器棚から皿を一枚取り出し、こっちに避けろと告げてくる。

その際にキャンディスの皿に鍋からよそった肉を二つほど追加するのは、きっと彼なりの交渉だろう。キャンディスも追加された肉にフォークを刺すことで了承を示した。

「でもミレーナ様の件もレベッカ様が聖女どうのって件も、ちゃんと話をしておくべきですよね。すべてを打ち明けて話さないと……」

言いかけ、キャンディスは話を止めた。

ユベールが続く言葉を待つようにじっと見つめてくる。

キャンディスは彼の視線に気付くと、右目を細めて肩を竦めた。


すべてを打ち明けて話さないと、いつまで経っても未練だけが残るから。

言いかけた言葉は、程よく味付けされた肉と一緒に飲み込んだ。

その日、非番のキャンディスは自室の掃除をしていた。

普段の掃除はリアに頼んでいるが、一から十まで全部丸投げをする気はない。非番の時ぐらいは自分で最低限のことはする。

といっても日頃からリアが片付けてくれているうえに最近ではユベールも掃除の手伝いをしており、おかげでキャンディスの部屋は常に整頓されている。ずぼらとまでは言わずとも根が大雑把なキャンディスからしたら、掃除する場所も見つからないほどだ。

それでもと普段はしまいっぱなしのものを引っ張り出して選別する。

いるもの、いらないもの、と分けていき、棚の奥から折り畳まれた一枚の服を手に取った。

「……懐かしい」

誰にというわけでもなく口にし、立ち上がって衣服の全貌を見る。

黒いワンピース。これだけ見ると地味で重い印象を受けるだろう。

だが片手に取った白いエプロンと合わせれば印象は変わり、華やかとまでは言わずとも重苦しさは軽減される。

黒と白のコントラストが清潔感と格調高さを漂わせるメイド服。だが本来のメイド服よりも一回りほど小さく作られている。

それに懐かしさを感じていると、コンコンと扉がノックされた。

返事をすればすぐに扉が開き……、

「キャンディス、すまないんだが頼み事が…………、分かった、着れば良いんだな」

入ってくるなりユベールが真剣な表情で頷いた。

「まだ何も言ってないのに覚悟を決めましたね」

「どうせ『メイド服を着ても顔が良い』とか言うんだろう。分かってる。ただ拒否はしないが色の合ったウィッグと化粧のうまい者を連れてきてくれ。やるからには中途半端は嫌だ」

「覚悟を決めたうえで極めようとしてますね。ですが安心してください、ユベール様にメイド服を着せようなんて気はありませんから……。ありません……。いや、でも有りですね。むしろおおいに有りです」

成人した男がメイド服を着ても滑稽になるだけだ。ロブが着ようものなら爆笑物だし、細身のスティーツだって不格好で終わるだろう。

だがユベールは別だ。飛び抜けて顔の良い彼ならきっとメイド服を着ても様になるはず。

ユベールは凛々しい顔付きをしているが、それでいてふとした瞬間に女性顔負けの儚さを見せる。メイド服を纏って色の合ったウィッグを被り、更に化粧まで施したら、きっとそこいらの女性など勝負にならないほど美しく仕上がるだろう。想像の段階でキャンディスは胸中で白旗をあげた。

これはおおいに有りだと呟きメイド服を手に一歩近付けば、何かしら察したのかユベールが一歩下がった。

「自分で言い出したとはいえ、着なくて良いなら着たくないんだが」

「いえ、もう着るしかありません。ユベール様が着る覚悟を見せた瞬間から着る運命になったのです。ご自分の発言と顔の良さに責任を取ってください」

「発言の責任はともかく顔の良さの責任ってなんだ」

「責任は責任です。ユベール様、お覚悟を。このメイド服は小さいので後日ちゃんとサイズの合ったメイド服と、ウィッグと化粧のプロを手配しますから。ひとまず今日は軽く当ててイメージを摑みましょう。それだけでもきっと顔の良さが映えるはず……」

「ま、待て、目が据わってるぞ、正気に戻れキャンディス」

じりじりとキャンディスがメイド服を手ににじり寄れば、危機を感じているのだろうユベールもじりじりと後退る。

　まさに一進一退。二人の間に緊迫した空気が漂い……、

「あらキャンディス、懐かしい服を持ってるわねぇ」

　というリアの言葉に張り詰めていた空気が一瞬にして壊された。

　はっ、とキャンディスが息を呑む。

「わ、私は何を……。メイド服を手にしてユベール様の顔を見たあたりから記憶が……。でも何かを喋っていた気もする……。あれは私であって私ではない……、私の中のもう一人の私？」

「まさか俺の顔が良いばっかりにキャンディスの内なる人格を呼び起こしてしまうなんて……。いや、でも内だろうが普段と変わらないから別に良いか。ところでリア、この服はなんだ？」

　内なるキャンディスについてはあっさりと結論付け、難を逃れたユベールがリアに尋ねる。

「懐かしいということは、リアが昔着ていたのか？」

「いいえ、違いますよ。これはキャンディスが着ていたんです」

「キャンディスが？」

リアの返事を聞いたユベールの表情は意外だと言いたげで、驚きとさえ言える色がある。

キャンディスへと視線を向けるも「まさか」と疑っているのが分かり、これに対してキャンディスは肩を竦めることで肯定した。

隠していたわけではない。ただ言わなかっただけだ。

「キャンディスが……、以前にメイドを……？」

「そんなに驚かないでください。メイドって言ったって、子供の頃に村に来ていた貴族の家に手伝いに行っていただけです。それも、そこの家のご令嬢に気に入られただけで、お世話係という名の遊び相手ですよ」

「……だけどメイドなんだろう」

よっぽど信じられない話なのか、キャンディスの話を聞いてもいまだユベールは怪訝《けげん》な表情をしている。

そのうえ「メイド……、キャンディスがメイド……」と呟いている。

確かに騎士の前職がメイドというのは珍しい話だ。

だがキャンディスが説明した通り、メイド服こそ着ていたが正式なメイドとして雇われていたわけではない。貴族の令嬢の遊び相手として屋敷に呼ばれていただけである。

　己の友達が自分以外と遊ぶのが許せないのか、彼女はいつもキャンディスを呼び出してはそばに置き、他に行こうとすると我が儘を言って無理やりに阻止していた。挙げ句に、いつでも自分の相手ができるようにと屋敷で寝泊まりするよう言い出す始末。

　見兼ねた彼女の両親が賃金を払うことでキャンディスを住み込みのメイドとして家に招き、娘の我が儘を成立させたのだ。

　そう説明するもユベールは眉根を寄せたまま、「貴族のメイド……」と呟いてキャンディスを見つめ続けていた。

　そうして真意を問うようにゆっくりと口を開いた。

「できるのか？　大雑把で怠惰の権化のようなキャンディスに、メイドの仕事が……」

「失礼極まりないですねぇ。できましたよ。……多分。一応、そこの家のご令嬢の遊び相手はやっていました。まぁ、最後は大きな問題が起こって終わったんですけど」

「できてないじゃないか」

　不穏な言葉を口にすれば、ユベールがやっぱりと言いたげな表情を浮かべた。

　これもまた失礼な反応だ。だがキャンディスも自身が大雑把で怠惰の権化である自覚はあるし、メイド業をこなせていたとも思えないのでさっさと話を切り上げることにした。メイド服は畳んで箱にしまっておく。

「それで、そもそもユベール様はどうして私の部屋に来たんですか？　なにか頼み事があると仰ってましたよね」

「あ、あぁ、そうなんだ。実は、話をするために一度王宮に来るように父上から……、いや、陛下から連絡が来た」

話すユベールの手には一通の手紙がある。

それに視線を落とす表情には緊張の色が宿り、声も沈んでいる。

話をするために王宮へ……。

いったい何の話をするのか、手紙にはどう書かれていたのか。キャンディスには分からないが、良い話ではないことぐらいは彼の表情を見れば分かる。絶縁を撤回というものでもないだろう。

それでもユベールは断る気はないようで「もちろん行くつもりだ」という彼の声は弱々しいながらも覚悟の色が窺える。

次いで彼は手紙から視線を上げてキャンディスを見つめてきた。

「それで……、できれば、キャンディスも一緒に来てくれないだろうか」

救いを求めるような表情。

普段は麗しく凛々しい顔付きだが、今この瞬間だけは捨てられた子犬のような儚さを見せている。

もっとも、捨てられた子犬ではあるかもしれないが血統書付きの子犬なのだが。

「これは頷かざるを得ない顔の良さ。内なるキャンディスも外なるキャンディスも、内と外の中間にいるキャンディスも、満場一致でご同行します」

儚い色を見せる良い顔に魅せられて即答すれば、ユベールが僅かに安堵し「それは分離してる必要はあるのか？」と苦笑した。

用意された王宮の一室は案の定重苦しい空気に満ちていた。

陛下は険しい表情でかつて息子と呼んでいたユベールを見つめ、その隣に居る王妃はこの対峙が辛いと言いたげに目を伏せている。

いまや次期国王と呼ばれている第二王子ソエルもおり、鋭い眼光でユベールを睨んでいる。

彼の隣には婚約者であり聖女でもある公爵令嬢レベッカの姿。レベッカはキャンディスが気になって厳しい態度を貫けずにいるようだが、それでもユベールを見る時の彼女の視線は冷ややかだ。

宰相スティーツや近衛騎士隊長バロックも同席しており、彼等も深刻な表情をしている。

空気は重く張り詰めており、肌がしびれかねないほど。

まさに針の筵《むしろ》。

無数の針が、かつてのユベールを、そして身を強張らせて椅子に座っている今のユベールを、慈悲もなく貫かんと構えている。

そんな中、ユベールの隣に座るキャンディスは一度室内にいる者達を見回した後、強張った表情を浮かべる彼にこそりと耳打ちをした。

「大丈夫ですよ、この中でユベール様が群を抜いて顔が良いですから。誰も敵わないし、比べものにもなりません」

そう告げる。おまけにぐっと拳を摑んで。

強張っていたユベールの表情が僅かながらに和らいだ。

……和らいだ気がする。もしかしたら和らいだと見せかけて呆れの色が浮かんでいるのかもしれないが、とりあえずキャンディスには和らいで見えた。

「ユベール様、なんでこいつ《キャンディス》を連れてきてしまったんですか」

「すまないロブ。さすがにこの場では俺の顔がどうこう言い出すわけがないと思ったんだ……」

「この場もなにも、キャンディスは元々貴方が婚約破棄を言い出したあの空気の中でぶちかましたんですよ」

「……そうだった、忘れていた。揺るがないこの精神はある意味で頼もしくもあるな」

ユベールと、当時を知る者として同席させられたロブがこそこそと話し合う。

そんな彼等をよそに、キャンディスはやっぱりユベールの顔が一番だと確信していた。

確かに両陛下も美しく、この遺伝子あってのユベールの美貌だと思える。同じく両陛下の息子であるソエルも麗しい。だがやはりユベールには及ばないのだ。彼に勝る者は居ない。

きっとユベールは元々美しい両陛下の優れた所を、絶妙でいてこれ以上ないほどの配合と配置をもって生まれてきたのだろう。もはや奇跡と言える領域だ。

「これが神のなせるわざ。……そうか、神は居たんですね」

「どうするロブ、キャンディスが突然信仰に目覚めたぞ」

「とりあえず放っておきましょう。もし話し合いの最中になにか余計なことを喋り出したらその顔で黙らせてください」

「分かった。三分ぐらい見つめれば黙るだろう。下手すると記憶が飛んで呼吸を忘れるけど」

そんなことをユベール達が話し合う。

だがそれもたった一度の咳払いで止められてしまった。

咳払いをしたのは陛下。ユベールの父である。……かつて父であった、と言えるか。

今はもう親とは思えぬ険しい表情でユベールを鋭く見据え、そしてゆっくりと口を開いた。

正式にユベールを一族から除名する、と。

曰く、王族ともなれば除名には幾多にも及ぶ手続きが必要で、今日ようやくすべて終わったのだという。

その処分は、あの騒動から二カ月が経ち世間が落ち着いてもなおユベールの過ちを許さぬという意思を示し、同時に、自ら言い渡すことで決して覆らぬ絶縁を突きつけている。

「二度とお前を息子と呼ぶことはない」

はっきりとした絶縁の言葉。冷たい声色には温情の欠片もない。

覚悟をしていたのだろうユベールは取り乱すことなく、ただ静かに「かしこまりました」とだけ返して深く頭を下げた。銀色の前髪がはらりと揺れ、彼の美しい顔を隠す。

彼の声は僅かに震えていたのだが、気付いたのは隣に座るキャンディスだけだ。

もっとも、悲痛そうなユベールに対してキャンディスの胸中は酷く落ち着いていた。

特に何も変わらない。

結局このままじゃないか。なんだ、とんだ無駄足。

という感想さえ浮かんでいた。もちろんそれを口に出す気はないし、表面上は真剣な顔付きで話を聞いておく。内心では早く帰りたいと連呼しており、心に至っては既に帰路についているのだが。

帰り際にケーキを買って帰ろう。ロブも家に呼んでリアと皆でお茶をしよう。

リアには何のケーキを買って帰ろうか。そういえば茶葉の残りが少ないと言っていたからそれも買って、ついでにフルーツと、明日の朝食用のパンも買って帰ろうか。

あと時間があれば本屋にも……と、帰路についていたはずの心が寄り道までしだす。

だがそんな寄り道三昧な心も、陛下がレベッカを呼んだことでこの場に戻ってきた。

「レベッカ、何かあるか？」

問う陛下の声は先程ユベールに絶縁を言い渡した時とは違い穏やかだ。まるで娘を気遣うような声色だが、事実、両陛下はレベッカに対して実の娘のように接していたと聞く。

だがユベールとレベッカの仲はあまり良くなかった……。というより双方あまり関わらなかったようだ。それでもレベッカはいずれ王妃になるべく厳しい王妃教育に励んでいた。

苛酷な王妃教育。ユベールよりも重きを置かれていたらしいが、今となってはその理由がレベッカが聖女だからだと分かる。彼女はそんな辛い王妃教育を、それでも真面目に、熱心に務めていた。その努力をユベールは婚約破棄という形で裏切ったのだ。絶縁したとはいえ親である陛下はこれに非を感じているのだろう。

何かあるかと問うのは恨みの一つでも言ってやれということか。もしくは落ちぶれたユベールを嘲笑ってやれという意味か。それとも、この場でレベッカを気に掛けることで自分達は味方だと彼女に意思表示しているのか。

「かしこまりました」

レベッカが軽く頭を下げて了承し、改めてユベールへと顔を向けた。

彼女の青い瞳に鋭さが宿る。冷ややかで、侮蔑の色さえ感じられる瞳……。

そんな彼女を、キャンディスは黙ってじっと見つめていた。

健在な右目で。それと眼帯で覆われた左目でも、見えないと分かっていても。

ただじっと、レベッカを、レベッカだけを、睨むでもなく無感情に見つめ続けた。

その視線に気付き、ユベールを厳しい顔付きで見つめていたレベッカが小さく息を呑んだ。

「あ、私……、私は……、特には。今更なにも、彼に掛ける言葉はありません」

顔を背けてレベッカが発言権を放棄する。傍から見れば、この場の空気に臆したか、もしくはユベールに対して声を掛ける気すらもないと思えるだろうか。

周囲もさして気にせず、それどころかレベッカに見放されたユベールに対して更に冷ややかな視線を向けていた。

そんな中、この場の空気に似合わぬ穏やかな声を出したのはつい先程まで冷ややかにユベールを睨んでいたレベッカだ。窺うように、まるで子供のご機嫌を取るかのように、優しい声色でキャンディスを呼んだ。

「キャンディス、あなた本当にユベールと生活しているのね」

「はい。ユベール様とリアと三人で暮らしてます」

「リア……、アデル村に居た女性ね。でもどうしてユベールなの？　……こんな顔だけの男」

ユベールを顔だけと言い切るレベッカの声は冷めきっており、彼を見る瞳は鋭い。恨みもあるが堕ちた男への侮蔑の色もあるに違いない。

彼女だけではなく室内に居る誰もが厳しい顔でユベールを見ていた。言葉にこそしないが、彼等もまたレベッカの言った『顔だけ』という言葉に同意しているのだろう。

かつての第一王子であったユベールならば、この扱いに無礼なと憤ったはずだ。だが今のユベールは何者でもない。そして責められるだけの咎は十分にあると考えているのか、レベッカの鋭い視線を正面から受けている。

僅かに辛そうに目を細め、必死に表情を崩すまいとしながら。

だがついには堪えきれなくなり、気まずそうに目を逸らしてしまった。

その表情もやはり麗しいが、見たいものではない。

そう考え、キャンディスはガタと勢いよく立ち上がった。

「顔だけって、これだけ顔が良ければもうそれだけで十分じゃないですか!!」

想いを込めるあまり片手を強く握りしめながら、キャンディスが「これほど顔が良いんですよ！」と訴える。

誰もがこの発言に言葉を失うが、それでも周囲の反応は気にも掛けず「いいですか」と前口上を置いた。

「確かにユベール様はミモア・ミルネアとの『真実の愛』なんてものに現《うつつ》を抜かして、果てにはレベッカ様との婚約を一方的に破棄しました。それは由々しき問題であり、婚約者であり聖女であるレベッカ様を蔑ろにしたのは許されぬことです」

これは揺るぎない事実だ。嘯《うそぶ》くことも無理に庇うことも彼のためにはならない。

ユベール本人も己のしでかした過ちの重大さを自覚しており、悲痛そうな表情で顔を背けている。

後悔と反省、自虐、そして手遅れな申し訳なさが綯い交ぜになっているのだろう。複雑な表情は憂いを帯びている。

そんなユベールの顔を見て、キャンディスは更に話を続けた。

ここからが本題だ。

そう気合いを入れて再び一同に顔を向ければ、誰もが真剣な顔付きで続く言葉を待っている。ならばと高らかに告げた。

「確かにユベール様は過ちを犯しました。ですが顔が良い！　なにをおいても顔が良い!!　素晴らしいほどの麗しい顔です！」

顔が良い！　と再三訴え、次いでキャンディスはまたもユベールに視線をやった。

先程まで憂いを帯びた表情をしていた彼だが、今は怪訝を通り越して感情を失った顔でこちらを見ている。

だがその顔もまた良いのだ。

普段は宝石のように美しい深緑色の瞳が濁りきっているが、濁りきってもなお宝石のようである。

腐っても鯛ならぬ、濁っても宝石。

「そもそも顔だけって言いますがその顔が百億点じゃないですか。ほら見てください、私を見つめる呆れきった顔すらも麗しい」

「キャンディス、そこらへんにしてくれ。とりあえず座れ」

「あとユベール様はスタイルも良いし声も良いんです。顔だけじゃありません、すべてが良い！　足の長さ、手の長さ、程よく鍛えられた肢体。それぞれが素晴らしく、すべてが揃って黄金比のバランスを紡いでいる。これ以上を望むのは神への冒瀆《ぼうとく》。人間の驕りです!!」

「座れ、とにかく座れ。頼む座ってくれ」

ユベールがキャンディスの上着の裾を引っ張って座らせ、次いで肩に手を置くと無理やりに己へと向き直らせた。

キャンディスの目の前にユベールの顔が迫り、眼前で銀色の髪がはらりと揺れる。

切れ長の目元、見つめていると吸い込まれそうな深緑色の瞳。すっと通った鼻筋。形の良い唇は低すぎず高すぎず耳に心地よい声で「落ち着け」と囁いてくる。

あぁ、なんて素晴らしいのか。

あまりのユベールの顔の良さにキャンディスは視界いっぱいが瞬《またた》くのを感じた。世界が彼を中心に輝いている……。なんて眩いのか。次第に意識まで瞬き……。

「わ、私は……、私はなにを……顔が、とにかく顔が良い……。なんて顔が良い……」

「よし、とりあえずキャンディスの意識は混濁させた。これで少し大人しくなるだろう」

「部下がお手数お掛けして申し訳ありません」

部下の失態にロブが頭を下げるが、それに対してユベールは「気にするな、すべては俺の顔のせいだ」と返した。

ちなみにこの間もキャンディスは視界がチカチカと瞬くのを感じていた。既にユベールの顔は離れていったが、それでもまだ視界は輝いているのだ。

残り香ならぬ残り輝き。あまりに麗しい顔は後を引く。

それでも数度瞬きを繰り返して首を横に振り、混濁していた意識を取り戻した。

「申し訳ありません、ユベール様の顔の良さを訴えるあまり我を忘れていました」

ふう、とキャンディスは一息吐いて軽く額を拭った。

もっとも、これで周囲が納得してくれるわけがない。両陛下やソエル達はいまだ引き気味の表情で言葉を失っているし、レベッカも怪訝な顔をしている。ユベールが露骨に顔を背けているのは、これはこれできっとレベッカ達の反応がいたたまれないからなのだろう。

「えぇっと、それで、ユベール様が顔だけって話でしたよね。ところで私、思うんですけど……」

話の途中でキャンディスが言葉を切り、一度ユベールの顔を見た。いったい何だと言いたげに首を傾げている。相変わらず麗しい顔付きだ。

輪郭も、目も、眉も、鼻も、口も、すべてが整っている。そして配置のバランスも良い。更に銀の髪は彼の動きに合わせて美しく揺れ、端正な顔付きをより品のあるものに昇華させている。きっとどんな髪色でも似合うだろうが、銀色が一番だ。

そんなユベールをじっと見つめて彼の顔の良さを再認識し、改めて室内の面々へと向き直った。

「みなさんユベール様のことを顔だけって思っているようですが、誰か一人でも、この顔の良さに相当する何かを持っていらっしゃるんですか？」

……。

…………、シンと室内が再び静まり返った。

だが今回は誰もが言葉を失う前に一度ユベールの顔を見ている。

彼の顔を見て、その整った麗しさを改めて認識し、そして言葉を発せられずにいるのだ。なんとも言えない空気が一帯を包み込んでいる。

「……俺は今どんな顔をすれば良いんだ」

とは、静まった室内でポツリと発せられたユベールの呟き。高すぎず低すぎずな良い声、まさに美声である。

だが生憎と誰もが言葉を失っており、彼の呟きに返事はなかった。

そうして僅かな沈黙が流れ――後にユベールはこの沈黙を「体感で言えば二時間はあった」と語っている――、コホンと咳払いが沈黙を破った。

レベッカだ。彼女は頬を引きつらせ更に声を僅かに震わせながら「それで……」と話を改めた。

「キャンディスがユベールの顔を気に入っているのは分かったわ。だけど、それだけで彼と生活を一緒にするなんておかしいじゃない」

「いえ、別におかしいことなんてありませんよ。ユベール様の顔はそれほど素晴らしいんです」

「で、でも、貴女の負担だってあるし、顔が良いからってそこまですることはないんじゃないかしら」

「そこまでしますよ。だってこれほどの良い顔を毎日見られるんですよ、素晴らしい生活じゃありませんか。そもそもですね、私は……」

言いかけ、キャンディスはまたもユベールへと視線を向けた。

彼は困ったようななんとも言えない顔をしている。仮に今いる場所が重苦しい王宮ではなく自宅だったなら「今度は何を言い出すんだ？」と呆れ交じりに苦笑しただろう。もしくはもう慣れたと聞き流しながら家事をするか。

だがさすがにこの場では普段通りにはいかない。ただ黙って続く言葉を待っている。己の立場を省みて、レベッカとキャンディスの会話を遮る資格はないと考えているのだろう。

そんな彼をじっと見つめ、次いでキャンディスはレベッカへと向き直った。

「私、真実の愛に浮かれてしまうユベール様の分かりやすい性格も好きですから、顔だけじゃありませんよ。ユベール様の全部が好きなんです」

はっきりとキャンディスが告げれば、この言葉に誰もが意外だと言いたげな表情を浮かべた。

とりわけユベールは見目の良い顔に驚きの色を見せ、深緑色の瞳を丸くさせている。その顔もやはり麗しい。

「そう、か……」

という彼の言葉に、キャンディスは照れるでも誤魔化すでもなく「そうですよ」と返した。

そのまま会議という名の糾弾の場は解散となった。

キャンディスが「さぁ帰りましょう」とユベールに声を掛ければ、彼が苦笑と共に頷いて返す。

その表情にはまだ息苦しそうで悲痛な色が残っているが、それでもどことなく晴れやかな色もあった。穏やかに目を細める。

「そうだな、帰ろうか」

返事をしながら微笑むユベールの顔は麗しく……。

「なんて顔が良い……素晴らしい……。あ、あれ、ここは……。そうだ、これから両陛下達と会うんでしたね。さぁ行きましょう」

「また記憶が戻ったのか。もう話は終わったから帰るぞ」

穏やかだった表情を呆れ交じりのものに変えてユベールが歩き出す。

キャンディスはそれに応じて彼の隣を歩き、重苦しい王宮を後にした。

二章
一般家庭の元王子様

王宮での話し合いから一カ月ほどすると、徐々に寒い日が続くようになった。

冬の訪れである。

「キャンディス、そろそろ起きろ。間に合わなくなるぞ」

扉を叩く音とユベールの声が聞こえ、それでもキャンディスは布団から出られなかった。

ここ最近冷え込んでいたが今朝は特に寒い。どうやら雨も降っているようで窓の外からシトシトと雨音がする。それが余計に寒々しい。

もぞもぞと上半身を起こすと布団がめくれて更に寒い。

ベッドから出ようとそろりと足を布団から出すも、外気の冷たさに耐えきれずまた引っ込めた。

寒い。……そして、こうも寒いと痛い。寒いよりも痛い。

無意識に顔の左半分を手で覆う。

潰れて見えなくなったはずの片方の視界が、今だけは揺らいで白く瞬いているように思える。まるで雪の中にいるかのように。覚えのある景色がちらつく。

真っ白な雪景色。

真夜中の森の中だというのに周囲は輝いて見える。

そこを歩く。二人で、手を繋いで……。


「キャンディス、入るぞ。パンが焼けたからさっさと起きて……、おい、どうした？　大丈夫か？」

部屋に入ってきたユベールが驚いたような声をあげて近付いてきた。

案じるように名を呼び顔を覗き込んでくる。眉尻を下げた心配そうな顔もやはり麗しいのだが、さすがに今のキャンディスにはそれを堪能している余裕はない。

そして堪能している余裕がないことも察したのか、ユベールが更に案じてキャンディスの肩に触れてきた。彼の手が宥めるように優しく肩を包んでくる。

「目が痛むのか？」

「ええ、少し……。こうやって冷える日は傷が痛んで、左目につられるのか右目の視界も悪くなるんです」

「そうか……。温めた方が良いのか？　それとももう少し寝るか」

「少し時間が経てば痛みは引きます。ですがこうなると仕事にならないので、今日は休むって連絡しに行かないと」

「俺が行く」

キャンディスの言葉を制止してユベールが断言する。

彼の発言にキャンディスは眼帯を着けながら「ですが」と躊躇いの言葉を口にした。

「わざわざユベール様に行ってもらわなくても。視界が悪くても歩くことはできますし、それにリアに行ってもらっても良いし」

「視界が悪いなら危ないだろ。それにリアも今朝は膝が痛むと言っていた。今この家の中で健康なのは俺だけだ」

「でも、王宮に近寄るなと言われたばかりじゃないですか」

一カ月ほど前、ユベールは両陛下に呼び出されて王宮へと出向いた。

改めて絶縁を言い渡されたのだ。その際に王宮へ近付くなとも命じられている。金輪際、二度と顔を見せるなという拒絶だ。

もちろんユベールがそれを忘れているわけがない。眉尻を下げ、掠れる声で「覚えてるさ」と言い切った。

「敷地内に入る気はない。正門に居る警備に言伝を頼むかロブを呼んでもらえば良い」

「それは確かにそうですが……」

「伝えてすぐに帰ってくる。だからキャンディスは暖かくして待っていろ」

説得するような口調のユベールの言葉に、キャンディスはそれならと頷いて返した。

「なるほど、それでユベール様がいらっしゃったんですね」

納得したと同時に「驚きました」と話すロブに、ユベールが首肯する。

場所は王宮、……ではなく、敷地を囲む壁の外側。賑わう市街地も近いというのにこの一角は人の気配が少なく、落ち着いて話をするに適している。

敷地内には入るまいというユベールの意思を汲んで、ロブがこの場所に連れてきてくれたのだ。

その際の「ここでよくキャンディスとさぼって……、いえ、なんでもありません」という言葉は聞かなかったことにした。

「キャンディスはよくああなるのか？」

尋ねながら、ユベールは今朝のキャンディスの状態を思い出した。

左目を押さえ、そして健在な右目も痛々しげに歪ませて視界が悪いと訴える。話す声も力なく、顔色も随分と悪かった。

いつもの飄々とした態度やユベールの顔が良いと褒める時とはまったく違う様子。一目見てすぐに異状だと分かった。あの瞬間を思い出すと胸に焦燥感が湧き上がる。

リアがそばに居ると言ってくれたから任せたが、もしも家に残したのがキャンディスだけならば今すぐに帰っていただろう。

「そうですね。よく、というほどではありませんが、一気に寒くなったり、雪が降ると傷が痛むみたいです」

「そうか……。あの傷は騎士隊の任務で付いたものなのか？」

国内は平和で、近隣諸国とも友好関係を築けている。国規模の争いは数百年以上起こっていない。

それでも騎士隊には時として荒々しい仕事が回ってくる。

国内の違法組織の制圧や犯罪者の追跡。過去には他国から不穏な組織が流れ着き、国家間での共闘もあった。犯罪絡みではなくても、市街地や近隣で喧嘩があると騎士隊が呼ばれる。

末端騎士とはいえキャンディスもそういった場に出て、時には剣を手にする。実戦以外でも訓練中に怪我を負う騎士だって居るのだ。

その時に左目を負傷したのか。

そう疑問を抱いてユベールが問うも、ロブは静かにゆっくりと首を横に振った。

「あの傷は騎士隊に入る前、村に居た時に負ったものです」

「村で？　何か事故でもあったのか？」

「俺が聞いた話では森の中で倒木に巻き込まれたとか。随分と酷い怪我で、数日は意識が朦朧としていたらしいです」

「そうか、それで……」

話の途中でユベールが言葉を止めた。

一点を見つめてその表情が強張る。その視線の先では一組の男女が立っていた。

第二王子ソエルと、その婚約者である公爵令嬢レベッカ。ユベールにとってはかつての弟と、そしてかつての婚約者だ。

二人から注がれる視線は遠目でも分かるほどに鋭い。

彼等の背後には警備が数人立っているが、あれはきっとレベッカとソエルの指示を待っているのだろう。何かあればすぐに捕らえようとしているのが伝わってくる。

「長居しすぎたな」

「ユベール様……」

「元々王宮には来るなと言われてたんだ。了承した舌の根の乾かぬうちにうろついているんだから、怪しまれても仕方ないさ。それに対応が早いのは王宮の警備が行き届いてる証だ」

「確かにそうですが……」

「とりあえずキャンディスのことは伝えたし、今日は失礼する。明日も冷えて働けないようならまた連絡に来る」

「かしこまりました」

ロブが頭を下げようとするが、それをユベールは「必要ない」と制して歩き出した。

なるべく早く。

だけど逃げているとは思われないように。

鼓動が荒くなり胸を押さえつけたくなるが、それを我慢しながら。

注がれる視線には気付かないふりをして……。


「それで帰りに八百屋に寄るのを忘れてしまったんだ。すまない……」

「八百屋に行き忘れたことをそんなに青ざめた顔で謝らないでください」

キャンディスが温かい紅茶を差し出しながらユベールを宥めた。

帰ってきた彼は驚くほどに青ざめており、いったい何があったのかと聞き出して今に至る。

やはり彼一人だけで王宮に行かせたのは間違いだった。今更ながらに後悔が湧く。

ユベールにとってレベッカやソエルからの視線は針どころか剣先のように鋭く、しでかした過ちへの罪悪感と後悔の念を呼び起こして責め立てるのだ。

普段食事にニンジンが入っていると「真実の愛、それはニンジンを愛すること」と不満を訴えるキャンディスだが、今の彼を見ていると同じ話題といえども純粋に心配と哀れみが募る。――そもそもキャンディスがユベールの過去を刺激する時は、彼も胸を押さえて呻きながらも「好き嫌いするな」と反論して皿にニンジンをよそって応戦してくるのだ――

「あんまり気にしない方が……、とはさすがに言えませんが、敷地内に入ったわけでもないし気付いてすぐに帰ってきたんだから、向こうも何も言ってこないはずですよ」

「……あぁ、そうだな」

「それにユベール様は私の休みを伝えるために行ったんですから。私のためだって分かれば少なくともレベッカ様は納得するはずです」

だから、とキャンディスが宥めれば、ユベールが頷いて返してきた。

次いで紅茶を一口飲んで、まるで己の胸の内を鎮めるように深く息を吐く。ゆっくりと顔を上げればその表情は少しだが晴れており、青ざめていた顔色もマシになっている。どうやら話をして温かい紅茶を飲んで少しは落ち着いたようだ。

良かった、とキャンディスは内心で安堵した。

「野菜の買い忘れも気にしないでください。体調もだいぶ良くなったし、後で私が買いに行ってきますよ」

「本当か？」

「えぇ、八百屋に行くぐらいどうってことありません」

左目の痛みも既に引いて、右目の視界も戻ってきた。市街地での買い物ならば問題ない。

そう話せばユベールが小さく笑みを零した。麗しい顔で微笑み、深緑色の瞳でキャンディスを見つめる。穏やかな声で「そうか」と返し……、

「リア、キャンディスがニンジン買ってくるって」

と、別室から現れたリアへと告げた。

「ニンジン!?　それはちょっと話が違いますよ！」

「いいや、違わない。己の発言には責任を持つべきだ。大人しくニンジンを買ってきて食べろ」

「くっ……、珍しく顔の良さをおいて心配したらこの仕打ちですか……。なんて酷い男……、でも顔は良い……！　顔が良い酷い男!!」

あんまりだ！　とキャンディスが喚くも、ユベールはさっさと切り替えてそのうえ「お釣りで菓子でも買ってこい」と買い出し用の財布を差し出してくるではないか。更にはリアが追加の買い物リストまで手渡してくる始末。

キャンディスが不満を露わにユベールを睨みつけながらも財布を受け取れば、彼は「クッキーを焼いて待っていてやるから」と笑った。

「キャンディス・クラリッカ」

キャンディスが名前を呼ばれて足を止めたのは、ロブと共に王宮の敷地内を歩いている最中。

振り返れば数人の集団がこちらに近付いてくる。その中の一人に目を留め、キャンディスとロブはすぐさま背筋を正した。

侍女達を従えているのは王妃だ。彼女は侍女長らしき女性に離れた場所で待つように命じ、一人が持っていた布の袋を受け取るとこちらへと歩み寄ってきた。

美しい女性。王妃としての威厳もありつつ、どことなく儚い繊細さもある。キャンディスの名前を呼ぶ声も鈴の音のようだった。

「これを受け取ってもらえるかしら」

「いつも申し訳ありません。ありがたく頂戴いたします」

王妃から差し出された布の袋を受け取れば、ズシリとした重みが腕に伝わった。

お礼の言葉と共に頭を下げる。だがすぐさま「母上！」と声が聞こえてきて、下げたばかりの頭を上げた。

見れば道の先から一人の青年が足早にこちらに歩いてくる。その歩みに合わせて揺れる銀の髪。涼やかな顔付きは整っているが、今は怒りが全面に押し出されている。

第二王子ソエル。今は第一王子だったユベールが除籍されているため、序列で言えば彼が王位継承権第一位とされている。

「母上、やはり隠れて兄上に……、ユベールに金を渡していたんですね」

「違うのよ、ソエル。これは」

「キャンディス、お前の狙いは金だったのか？　だからユベールを貰うなんて言い出したのか！」

母の制止すらも聞かず詰めてくるソエルは怒りの色を漂わせており、幼い子供や年若い令嬢ならば臆しかねないほどの気迫だ。彼の立場を考えれば並の男でも慌てて頭を下げかねない。

もっともキャンディスは彼の怒りを真っ向から受けても「はぁ……」と気の抜けた返事をするだけである。

「顔がどうのと言っていたが、金が目当てだったとはな。俺もレベッカも、ましてや父上さえも騙したのか」

「ソエル様、落ち着いてください。勘違いをしていらっしゃいますよ」

「勘違いだと？　ここまで見られて白《しら》を切るつもりか」

ソエルの言葉には怒りと共に確信を掴んだという強い意志がある。そして嘘を言わせまいという気迫も。口調に迷いや躊躇いがないあたり、以前より王妃の行動を怪しんでいたのかもしれない。

絶縁したとはいえ王妃は息子への情を捨てきれず、彼を預かった騎士に秘密裏に金を渡していた。

騎士もその金が目当てであった……。

きっとソエルの中にはそんな推測があるのだ。同時に、この事態への憤りもあるのだろう。

彼は兄であったユベールの起こした騒動に巻き込まれ、今は次期国王として日々励んでいる。

結果を見れば次期国王になりレベッカと婚約を結ぶという良い方向に進んではいるものの、ソエルは終始振り回されてばかりだ。ユベールが健在だった頃は兄を支えようと努めていたというのだから、その想いも努力も踏みにじられたように感じたに違いない。

そこを更に母親にまで裏切られたと知ったのだから怒りはもっともである。

だが今回の彼の怒りは見当違いだ。

「落ち着いてください、ソエル様。私はお金なんて受け取っていません」

「それなら手に持ってるものは何だと言うんだ」

ソエルの視線が鋭くキャンディスの手元に注がれる。

上質の布で覆われた袋。わざわざ人払いしてまで渡すのだから彼が怪しむのも当然か。

ならばとキャンディスは手にしていた袋を軽く持ち上げた。

「これはオレンジです」

軽く揺らせば、ごろっと中でものがぶつかる音がする。

金が入っている音。……ではなく、拳大の果物がぶつかり合う音だ。

「……オ、オレンジ？」

「はい。オレンジです。それも良いオレンジです」

袋の口を開いて中を見せれば、ソエルも言われるがままに覗き込んできた。

オレンジがたくさん入った袋。オレンジ色で染められており、ふわりと柑橘系の心地よい香りが鼻を擽《くすぐ》る。

予想外の袋の中身にソエルが目を瞬かせた。その表情はどことなく虚を衝かれた時のユベールに似ている。

「なんでオレンジを……」

「美味しいからです」

はっきりとキャンディスが答えれば、ソエルの表情から怒りの色が消えていく。……その代わりに怪訝な色が増していくのだが。

それでもキャンディスは二度三度と袋を揺らしてごろごろと鳴らしてみせた。良い音だ。

「なぜ母上がキャンディスにオレンジを」

「私が好きだからです。そのまま食べても良し、ジャムにしてもジュースにしても良し。あの甘酸っぱさと香りが良いですよね。皮のほろ苦さも好きです。そういえば王都にはオレンジとチョコレートを合わせたお菓子もあるんですよね。あれを知った時は衝撃でした」

「わ、分かった。お前がオレンジを好きなのは分かった」

だからちょっと止まってくれ、とソエルが制止してくる。

それを受け、キャンディスははたと我に返った。「失礼しました」と一方的に語ってしまったことを詫びる。

どうやら自分は特定の物事に関して語り出すと周りが見えなくなるようだ。言わずもがな、一番語ってしまうのはユベールの顔の良さについてだが、それを話せばまた周りが見えなくなりそうなので口にしないでおく。

「それで……、王妃様から頂いたオレンジの話でしたよね」

「分からないのは、なぜ母上がキャンディスにオレンジを渡したのかだ」

「以前に王妃様にお声を掛けられたんです。そこで……」

声を掛けてきた王妃は、悲痛な表情で自分に何かできることはないかと尋ねてきた。

そこにはきっと、絶縁すると決めた息子へのなおも断ち切れぬ未練と、ここまで事が大きくなってしまった罪悪感、そして絶縁した息子についてすべてを一介の騎士に託してしまった申し訳なさもあるのだろう。

お金は渡せない、大したこともしてやれない。

それでも迷惑を掛けた詫びに何か……。

「と問われたので、オレンジを貰うことにしました」

「だからなぜそこでオレンジが出てくる」

「美味しいからです。これを持って帰るとユベール様がジャムにしてくれるんです。顔の良い男性が作る美味しいジャム。素晴らしい。良いことしかありませんね」

「ユベール……、やはりあいつのためか！」

ユベールの名前を聞いて失いかけていた怒気が再び舞い戻ったのか、ソエルの表情が一瞬にして険しくなった。

ソエルは温厚な人格者だと聞くが今だけは口調も荒い。どれだけ落ち着いた人格者であっても今回の件では感情が出てしまうのだろう。

離れた場所で王妃を待つ侍女達までもが異変を感じて様子を窺いだすほどだ。

だがそれに対してもキャンディスは落ち着いたまま「いえ」と否定の言葉を口にした。

「ユベール様はジャムはリンゴの方が好きなので、オレンジのジャムを食べるのは主に私です。つまり私のためです。顔の良い男性が作る私のための美味しいジャムです。あと次点で食べるのはロブ上官です」

「へぇ、あのジャム作ってたのユベール様なのか。アデル村の味を完全に再現してるな」

凄いな、とロブが褒める。更には「次からもう一瓶増やしてくれ」とまで言ってくるあたり、かなり気に入っているのだろう。

事実ユベールが作るジャムは美味しい。

オレンジに限らず、イチゴ、リンゴ、どれも絶品だ。リアから教わっているためアデル村の味になっており、ゆえにここいらで売っているジャムよりも馴染み深い味わいになっている。

「王都で売っているジャムも美味しいとはいえ、やっぱりアデル村のジャムが一番ですよ」

独りごちて頷く。隣に立つロブもまた頷いているのは、彼は隣の村の出身だがジャムに関しては
アデル村が一番だと考えているからである。

それほどに美味しいのだ。アデル村のジャムも、それを再現するユベールの作ったジャムも。

「ユベールがジャム作りを……」

とは、王妃の言葉。

信じられないと言いたげである。

「パンに塗っても美味しいしクッキーにも合う、紅茶に入れると味わいと香りが深まってそれもまた良しな絶品ですよ。ジャムに限らず、ユベール様は最近自らキッチンに立ってあれこれ作っています」

「そ、そうなの……」

「おっと、もうこんな時間だ。ありがとうございました。では失礼します」

頭を下げてその場を後にする。

王妃とソエルはいまだ不思議そうな顔をしている。何か言いたいが的確な言葉が浮かばない、そんな表情だ。

だがそれが分かっても気付かないふりをして進んだ。些か足早になってしまう。

「どうした？」

急いでいることに気付いたのか隣を歩くロブに問われ、キャンディスは真剣な表情で口を開いた。

「ユベール様のことを話していて思ったんです。あれほど顔が良いうえに、スタイルも良くて声も良い。それだけでも素晴らしいのに料理もできて美味しいジャムも作れる……。ソエル様や王妃様がユベール様を取り戻そうとするかもしれません」

「……あー、うん、そうだな。そうかもしれないな」

「ユベール様は私が貰ったんです。もう返しませんし誰にも渡しません」

はっきりと断言し、早々に王宮を後にするために質の良い絨毯が敷かれた通路を歩く。

この執着にロブは意外だと言いたげな表情を浮かべつつ、自分もまた畏まった王宮は長居する気もないと、キャンディスに合わせて足早に通路を進んだ。

王妃からオレンジを貰った数日後。

キャンディスが部屋の掃除をしていると、コンコンとノックの音が聞こえてきた。

一言返すとゆっくりと扉が開く。隙間から顔を覗かせたのはユベールだ。

「キャンディス、ジャムを作ったから味見をして……。そうか、ついに自分の部屋に『机』というものが必要ないことを理解したんだな」

「部屋に入るなり何ですか、顔が良いのに失礼なひとですね。模様替えをしていたんですよ」

「その模様替えで不要な机を捨てるんだろう。捨てるなら俺にくれ」

「なんて顔が良い失礼なひとだ……」

「ここに来て数カ月が経つが、俺はキャンディスが机に向かっているところを一度として見ていないし、部屋の掃除をしてるから分かるが椅子を動かしている気配すらまったくない」

「顔が良くて失礼で察しが良いひとだ……！」

なんてこった、とキャンディスが呻きつつ、ガタガタと机を動かす。

部屋の一角に寄せてふぅと一息吐いた。

「確かに机を使った記憶はありませんが、こうやって隅に置けば上と下に物を置けるんですよ」

「世間はそういう時には棚という家具を使うんだ。後で俺の部屋に持っていくからな」

「顔が良くて失礼で察しが良くて横暴なひと。まぁでも、この机もきちんと机として使われるならそっちの方が幸せかもしれませんね。実を言うとさっきからずっと記憶を引っ繰り返してるんですが、この机で何かした記憶が一つもないんです」

王都に来て騎士になった際、もしかしたら仕事を持ち帰るかもしれないと考えて買った机。

だが幸い仕事を持ち帰ることはなく、むしろ最近では絶対に仕事を持ち帰るまいという強い意志のもと働いている。ゆるい末端騎士業ゆえ仕事が終わらなくても「明日の私、頑張って」で残せるのだ。――ちなみに翌日もさして頑張りはしない――

「ユベール様の部屋で机として幸せになり……」

別れを惜しむようにそっと机を撫でる。

まったく使っていないせいか傷一つない。驚くほどに新品同然だ。これはやはりユベールの部屋に行くべきだろう。

そうして自室を出てキッチンへと向かい、ジャムの味見をする。

ユベール曰く、ジャムを作っていたがちょうど味を調えるタイミングでリアが近所の知人に呼ばれてしまい、ならばとキャンディスに最終調整を頼むことにしたらしい。

　といっても既にリアからのお墨付きを貰っているらしく、ジャムの味は故郷のアデル村で食べたものとまったく同じだ。

「今回も美味しいですね。この甘い中に皮のほろ苦さがあるのが好きなんです」

「そうか、うまく作れたみたいで良かった。一緒にクッキーを焼いたんだ。紅茶も淹れるから先に座っていてくれ」

　ジャムの出来が満足なのか嬉しそうにユベールが話し、いそいそと紅茶の準備に取り掛かる。彼が動くたびに水色のエプロンがひらりと揺れた。

「顔が良いうえにジャムも作ってクッキーも焼く……。素晴らしいですね。このジャム、ユベール様の肖像画と共に売ったらどうでしょうか」

「俺の肖像画と？」

「そうです。『私が作りました』という肖像画を添えるんです。美味しいジャムに『顔が良い人が作った』という付加価値が付くんです。売れること間違いなし。桁を一つ二つ増やしてもいけますよ。これはジャム界の革命！」

「はいはい、そりゃ革命だな」

　まったくと言いたげな態度でユベールが茶器をテーブルに並べだした。

　紅茶を淹れる仕草は手慣れたもの。更に出来立てのジャムを小皿に移して持ってきており、スプーン一杯分をカップにぽちゃりと落とした。

「紅茶の手配をする仕草も麗しいですね。見惚れすぎて記憶を失いそうです。いや、既に失ってるかもしれませんね。もしかしてこの会話、二回目ですか？」

「安心しろ、一回目だ。それと見惚れて記憶を失うのは勝手だが、机をくれる約束をした記憶は失うなよ。後で取りに行くからな」

「大丈夫ですよ。ユベール様の顔の良さでどれだけ記憶を失おうとも、私が一度として机を使っていないという事実は変わりません。ユベール様の顔の良さも過去を変えることはできないんです」

「ここにきてようやく俺の顔の良さでも不可能なことが現れたか。まぁでも机を貰えるなら良いか。これで部屋で手紙を書ける」

絶縁を言い渡されて以降も、ユベールは母親である王妃とだけは手紙のやりとりをしていた。

息子への情を捨てきれぬ王妃がせめてと望んだことであり、王と第二王子ソエルも渋々といった様子で許したらしい。寛容とも言えるが、ユベールの行動を監視する目的もあるのだろう。

現に、手紙は都度二人が検分しており、親子の情に訴えるようなやりとりや王宮内の細事を伝える内容は禁止されているという。つまりたんなる生存と近況の報告に過ぎない。

オレンジを貰った時のソエルの反応を見るに、検分や制限はかなり厳しいはずだ。

「そういえば、今まではキッチンやリビングのテーブルで手紙を書いてましたね」

「俺の部屋に机がないからな。でも部屋で書くこともあったぞ。窓から差し込む月明かりを頼りに、ベッドの上で寝ころんで書いてた」
「私の隣の部屋でそんなロマンチックな光景が……!?」
「でも書くことがないから、最近は作った料理のレシピを書いてる」
「なんというロマンチックシェフ……。その光景、今度見せてください」
ぜひ、とキャンディスが頼むと、ユベールが呆れの表情ながらに頷いて返してきた。

そうしてしばらく他愛もない会話を交わしつつ、キャンディスがユベールの顔の良さを堪能し、そして堪能しすぎるあまりに意識を失ったりしていると、ユベールがおもむろに「ところで」と話を変えた。

深緑色の瞳が逸れる。まるで今だけはキャンディスの視線を受けていられないと言いたげに。

形の良い唇が一瞬きゅっと締められ、その表情から何か言い難いことをそれでも言おうとしているのが分かる。

悩ましげな表情。その顔もまた麗しいが、さすがにこれには見惚れるわけにはいかず、キャンディスは窺うように「どうしました」と先を促した。

それを受けてユベールがゆっくりと口を開いた。形良い唇から溜息のような小さな声が漏れる。

「……ミモアは、まだ見つかっていないのか？」

問うというよりは囁くような声量。細く儚く、仮にここが賑やかな街中であれば雑音に掻き消され、目の前に居ても聞き逃してしまいそうなほど。

だが今この部屋にはキャンディスとユベールしかおらず、彼の声は消えることなくキャンディスの耳に届いた。それでも一瞬返答に迷ってしまうのは、彼の言う通りいまだミモアの行方が分かっていないからだ。

かつてフォルター公爵家に仕えていたメイドのミモア・ミルネア。

ユベールとの身分違いの恋に落ちた彼女は『真実の愛』を貫こうとし、だが突きつけられる事実に耐え切れず王宮から逃げ出した。

……という話になっている。一応は。

あの日、迷う素振りも見せず振り返りもせずユベールを置いて逃げていったあたり、ミモアが本当にユベールを好きだったのかは定かではない。

むしろユベールへの想いは端からなかっただろうというのがキャンディスの考えである。あの場に居合わせた誰もが同じように考えているだろう。

だがそれを当人を前にして言えるわけがなく、どうしたものかと言葉を選んでいると、察したユベールが「大丈夫だ」と言い切った。

「あれほど見事に置いていかれたんだ、『真実の愛』なんて言葉に溺れていた身でもさすがに目を覚ますさ」

「……そうですか。でもミモアのことは気になるんですか？　もしも彼女が見つかったら？」

「見つかったところで、もう俺にはどうにもできないだろ」

ユベールの返事はあっさりとしている。落ち込むでも嘆くでもなく、さりとて怒りを抱くでもない。ただ事実を口にしているだけだと言いたげに。

だが本人の言う通り、今のユベールにできることはない。仮に今この瞬間にミモアの所在が分かったところで、彼女の罪が軽くなるように懇願する資格も、酷い女だと罵る資格もないのだ。会いに行くことすら許されないだろう。

そもそもミモアについての情報すらも今のユベールには知らされていない。キャンディスが聞いた話をそっくりそのまま伝えているだけである。

「我々騎士隊も総出とはいかずともできる限りの人員を割いて探しているんですが、いまだ足取り一つ掴めていないんです」

お恥ずかしい話です、とキャンディスが肩を竦めながら話す。

もっとも、言葉でこそ恥じてはいるがまったくその気はないのだが。――「だって私は捜索に関わってないし」という本音はさすがに口にしないが、多分ユベールは気付いているだろう――

ミモアの捜索には騎士隊の中でも優秀な者達が当てられている。その筆頭を務めるのが近衛騎士隊長バロック。他にも宰相スティーツや国の上層部が尽力してたった一人の少女を探している。

それでも足取りが掴めないのだから、ミモアはいったいどこに逃げたのやら。見事な逃亡ぶりにはお見事と言いたくなる。

「私としては別にミモアに関しては興味も何もないので、彼女がどこに行こうが構わないんですけどね。ただ成果がないことを伝えに行くのに同行させられるのだけは困りものです」

「捜索には関わってないのに報告には同行させられるのか？」

なぜ、と不思議そうなユベールに問われ、キャンディスは思わずうんざりとした表情を浮かべた。

「レベッカ様対策です」

「レベッカ……。なるほど。キャンディスが居ればレベッカの怒りだけは抑えられるのか」

「いわば人身御供ですね。あぁなんて可哀想な私。田舎出の騎士が背負うには辛すぎます……」

わざとらしくキャンディスが肩を落として溜息を吐く。ついでに頬をそっと指先で拭ってみる。涙は一滴とて出ていないのだが。

この白々しいアプローチに、察しの良いユベールもまた溜息を吐き「分かった」と一言返してきた。だが何をするでもなく、じっとキャンディスを見つめるだけだ。

じっと、真正面から。

その凛々しく麗しい顔で……。

「顔が良い!!」

と思わずキャンディスが声をあげた。

じっと見つめてくるユベールの顔は麗しく凛々しく美麗。芸術品という表現すらも生温く、神が丹精込めて作り上げたとしか思えない。

そんな整いまくった顔を独占しているのだから優越感すら感じてしまう。

なんて素晴らしいのか。少し首を傾げて別の角度から見ても美しいし、横を向いてもらってもその横顔もまた麗しい。呆れ顔でクッキーを食べだすが、その顔も姿も麗しく輝いて見える。

「そうですね、この顔の良さに比べれば私が背負ったものなんて羽のように軽いですね！」

「何がそうなのか分からないが、多分そうなんだろう。納得したのなら良かった」

「ユベール様の顔を見ていたら食欲が増してきました。麗しい顔は食欲増進効果もあるんですね」

「俺の顔の良さは食欲にまで関与しだすのか」

「それほどまでに麗しい顔なんですよ。ユベール様の美しく整った顔を視覚で認識し、脳でその美しさを判断し、そして網膜に焼き付けようとすることで過剰にエネルギーを消費し空腹になるんです。というわけで、クッキーもっとありますか？」

自論を語りながら空になった皿を渡せば、ユベールが呆れた表情ながらに受け取った。その顔もまた麗しいのは言うまでもない。


「腹巻……」

キャンディスが呟いたのは、寒さがより増してきた日の朝。

出勤の準備をしていたところ、リアが手編みの腹巻を持って部屋に入ってきたのだ。

鮮やかなピンクの毛糸で編まれた腹巻。故郷の村でよく使われる柄をベースに、キャンディスのイニシャル付き。手編みの暖かさを感じさせつつもなんとも言えないデザインの代物である。手編み感がこれでもかと伝わってくる。

「リア、確かに寒くなったけどさすがに腹巻はちょっと恥ずかしいかも……」

「服の下に着るんだから誰も見ないわよ。ほら、昔はよく『腹巻がないとお腹が寒いから外に出たくない』って渋ってたじゃない」

「それは何年も前のことで……」

好意で編まれた腹巻を前にすると拒否もし難い。だがさすがに騎士として毛糸の腹巻はどうなのか。それもピンクの手編みでイニシャル付き。

騎士の誇りだのなんだのは生憎と持ち合わせていないし、騎士とはなんぞやというのもいま一つ理解していない。騎士業に務めているのは王都に居るためだけ。崇高とは掛け離れた精神で騎士を名乗っている自覚はある。

それでも毛糸の腹巻が騎士らしくないことは分かる。更にピンクでイニシャル付きとなれば尚更。

だがリアは真心込めて編んでくれており、毎年新調してくれている。それも飽きがこないよう色も柄も変えながら。

去年は鮮やかすぎる虹色で、一昨年は毒のある蛙が腹に張り付いたようなマーブルカラーだった。

さすが王都は毛糸の種類も豊富だと感心しながら腹を温めていたのを思い出す。

そう考えるとファンシーさが強いだけのピンクはマシか……、と考え、早々に絆されかけている自分に気付いて首を振って律した。

毎年この季節が来るとキャンディスは今年こそは断らなければと考えているが、結局はリアの押しの強さと毛糸の温もりに負けて腹巻と共に冬を過ごしているのだ。

そしてまたこの季節が訪れた。

今年こそは……。

「今年は外套が新しく支給されたし、大丈夫だから」

「そんなこと言わないで。ほら、ユベール様も眼帯を編んでくれたのよ。これで目元も温かいわ」

「いやそんなまさか……、うわ！　本当に毛糸の眼帯だ‼」

話の流れで視線をやれば、そこには毛糸の眼帯を手にしたユベールの姿。

黒一色なのは元の眼帯に合わせてくれたからだろうか。黒い布の時は重苦しさがあったが、毛糸となるとなぜかどことなく温かみを感じさせる。

「前に冗談で話していただろ。あれを思い出して、編めるかなと思って挑戦したら編めたんだ」

「またなんて器用なことを……」

「イニシャルを入れなかっただけありがたいと思え。それに温かいに越したことはないんだし、着けていけば良いだろ」

毛糸の眼帯を手にユベールがずいと一歩近付いてきた。

真面目な表情。深緑色の瞳がまっすぐに見つめてくる。彼が一歩また一歩と近付いてくるたびに、その麗しい顔が近付いてくる。

輝きが増していき、視界も意識もすべてがユベールの麗しい顔で覆い尽くされる。

これが神の御業……、とキャンディスは彼の顔に見惚れ、だが次の瞬間はっと我に返った。

「しまった、ユベール様の顔の良さに意識を失いかけるところだった……！」

「我に返ったか、惜しかったな……。だがこれならどうだ」

不穏な言葉を口にし、ユベールが深く息を吐き……、そして徐《おもむろ》に前髪を掻き上げた。

彼の銀色の髪が揺れる。その仕草に合わせて一度目を閉じ、次いでゆっくりと目を開けた。

深緑色の瞳は今朝もまた申し分ないほどに美しく、宝石のように輝いている。その宝石を囲む目元も、知的で精悍な印象を与える眉も、すっと通った鼻筋も、唇も、すべてがこれ以上のものはないほどに整っており、なおかつ黄金比のバランスで配置されている。

そんな顔の良さを更に見せつけるように、ユベールは小首を傾げると目を細めた。

いわゆる流し目というやつだ。

その美しさといったらない。

「世界が輝く……、なんて顔が良い……、顔がっ……！　……っ！」

「よし、意識を失ったな。俺は眼帯を巻くから、リアは腹巻を着けてやれ」

今のうちだ、とユベールとリアが毛糸の眼帯と腹巻をキャンディスに着けだした。


「というわけで、今日は毛糸の腹巻と毛糸の眼帯を着けているんです」

「なるほどな。しかしユベール様が編み物か……」

「手袋も編んでくれたんです。ほら、アデル村の柄ですよ」

外したばかりの手袋をロブに見せれば、彼はユベールの器用さに感心して良いのか彼の変化に驚いて良いのかと言いたげな表情だ。

「料理してジャムまで作って、果てには編み物か。器用なお方だな……」

「私としてはさすがに腹巻と眼帯は恥ずかしいんで辞退したいんですが、こうやって一度着けてしまうと温かさに負けてしまうんですよね。毛糸の温かさに勝るものなし。ロブ上官も編んでもらいますか？」

「いや、俺はさすがに……。おっと、長話をしてる場合じゃないな」

ふと、ロブがなにかを思い出して話題を変えた。

だが変えたかと思えば途端に「それがな……」と口ごもってしまった。

先程までの感心と驚きを交えた表情もどこへやら、一転して渋い顔をしている。眉根を寄せて露

骨に視線を逸らし、それでもキャンディスの前に立ったまま動こうとしない。

話がある。

だが話したくない。

でも話さないわけにはいかない。

そんな彼の苦悶の声が聞こえてきそうだ。

これにはキャンディスも嫌な予感しかせず、自分の眉間にも皺が寄るのを感じつつ、それでもロブを気遣って「どうしました」と話の糸口を提供してやった。

これが仮にレベッカやソエルだったなら、話し出さないのを良いことに「忙しいのでお話はまた後程お伺いします」とでも告げてさっさと退散しただろう。

「……キャンディス、悪いんだが、またお前にミモア捜索の報告に同行するよう指示が来た」

ロブが渋い表情で伝えてきた。

なぜ捜索に関わっていない末端騎士が報告に……、という疑問は今更だ。

進展がないという心苦しい報告の場で、せめてレベッカのご機嫌取りはしようという苦肉の策。

つまりレベッカ対策、人身御供である。

先日ユベールと話したばかりではないか……、と考え、キャンディスは小さく息を呑んだ。

「もしかして、これもユベール様の顔が良いせい……!?」

あれほど顔が整っていると、話した内容を現実化させてしまうのかもしれない。

きっとそうだ。そうに違いない。『可能性』が彼の顔の良さに惹かれ、彼の言葉を実現させてしまったのだ。それは奇跡と言える所業だが、そもそもユベールのあの顔の麗しさが奇跡の賜物なのだ。

なにせ神の領域。

彼の麗しさは神の御業。

ともすれば、彼自身が奇跡を呼び寄せるのも納得である。

辿り着いた真実に衝撃を受け、キャンディスは思わずふらと後退ってしまった。

無意識に左目に手を添えれば、普段は布だが今日は毛糸の眼帯なのでもこもこと柔らかい。

「あまりにも顔が良いと因果律さえも狂わせてしまう……。あの顔の良さは過去を変えることはできなくても、未来を変えることはできるんですね……！　これこそが神が作る美貌の領域、普通の顔では成し得ない奇跡！」

「よく分からん真理を見出してるところ悪いんだが、バロック様が待ってるから早めに行ってくれ」

「今回はバロック様ですか。重ね重ね、ユベール様の顔の良さのせいですね」

思い返せば、バロックについても以前にユベールと話をしていたではないか。一度はバロックの顔の良さを話し、そして先日は人身御供で報告に同行させられることを話した。それらの会話が今まさに現実となっている。

これはやはり彼の顔の良さが引き起こしたに違いない。

となれば……。

「ユベール様の顔の良さのせいなら、それを堪能している私も務めを果たさないといけませんね。仕方ありません、行ってきます」

因果律さえも狂わせる奇跡の顔の良さを独り占めしているのだから、その顔の良さが引き起こした事象の始末ぐらいはしなくては。ユベールの顔の麗しさはそれでもお釣りが来るぐらいだ。

そう話せば、ロブがうんうんと頷きながら「さぁ行ってこい」と背中を押してきた。彼からしてみれば、よく分からないながらもキャンディスが応じるならそれで良し、である。

「では行ってまいります。多分レベッカ様に捕まって戻りは遅くなると思うので、私の仕事はお願いします」

「あぁ分かった。今日は仕事なんてあってないようなものだし適当に割り振っておく。遅くなるならそのまま直帰しろ」

「かしこまりました。あとできれば私の家に行って、リアに『今日も疲れて帰ってくるから夕飯はニンジン抜きのお肉料理で』と伝えておいてください」

「よし任されよう」

「ユベール様には『疲れて帰ってくるので、その麗しい顔で出迎えてください』と伝えておいてください」

「それは断る」

ぴしゃりと一刀両断してくるロブにキャンディスは「けち」と返し、だがこのまま話を長引かせる気はないと詰め所を後にした

既に外には数人の迎えが待っており、彼等に案内されて王宮へと向かう。

だが同じ敷地内なので距離もなく、そもそも場所を知っているので迎えなんて必要ない。末端騎士ゆえ頻繁にとは言わないが、キャンディスだって王宮に入ったことはあるし、案内が居なくとも王宮に入ることは可能だ。騎士隊の制服が通行証のようなものである。

それでも律儀に迎えを寄越すあたり、よっぽどキャンディスを頼りにしているのだろう。

……レベッカ対策の人身御供という頼られ方なので嬉しくもなんともないが。

そうしてさほど掛からず目当ての建物に到着すれば、入り口ではバロックが待っていた。

背が高く体軀も恵まれたいかにも騎士といった風貌。騎士隊の制服を彼以上に着こなせる者は居ないだろう。

整ってはいるが威圧感を与える顔付き、それでいて貴族の家柄だけあり、ふとした時に品の良さと優雅な所作を見せる。そのギャップこそが女性人気の秘訣なのだと以前に同僚が話していた。

「バロック様、お待たせして申し訳ありません」

「構わない。むしろ仕事もあっただろうに急に呼び出してすまないな。支障があれば俺の名前を出

してくれ」

「仕事なんてあってないようなもので……、いえ、なんでもありません。私の仕事はロブ上官と同僚が分担してくれていますのでご心配なく」

バロックは近衛騎士隊長だ。平時でも仕事が多く、今はミモア・ミルネア捜索の指揮を執っているため多忙を極めている。この報告だって仕事の合間を縫って時間を作ったのだろう。

末端騎士がゆるゆると仕事をして、一人二人抜けたところで微塵も支障がなく通常運転を続けているなどとは思うまい。――ゆるゆる仕事はしているが、キャンディスもロブも、同僚達も、やるべき仕事はこなしているし有事の際にはきちんと騎士として働いている。ただ近衛騎士隊長とは同じ騎士であっても住む世界が違うのだ――

「聞いていると思うが、ミモア・ミルネア捜索についての報告だ。今回も同席を頼みたい」

改めて頼んでくるバロックの言葉には言い知れぬ重さがあり、キャンディスは肩を竦めることで了承を示して中へと入った。

屋内は濃紺の絨毯とカーテンが威厳を感じさせ、細部に施された金と銀の装飾が格調高い空気を醸し出している。だがその重圧を絵画や生花が適度に緩和させており、その絶妙な足し引きのセンスは見事なものだ。

だが今のバロック達には内装を気に掛けている余裕はないようで、周囲に視線をやることもせず、一言も発せず、黙りこくって強張った表情をしている。せっかく生花や絵画が空気を緩和させているというのに、それを無下にするような重苦しさだ。

だが彼等の気持ちは分からなくもない。

なにせミモア・ミルネアの足取りはいまだ一つとして摑めておらず、つまりこれからするのは報告とは名ばかりの「まったく消息が分かりません」という謝罪とせめてもの言い訳なのだ。

あの婚約破棄騒動でミモアが逃げてから四カ月が経つが、いまだこの有様である。

捜索の指揮を執るバロックに掛かるプレッシャーは相当なものだろう。せめてレベッカの怒りだけでも逸らしたいとキャンディスを人身御供に使うのも致し方ない。

もっとも人身御供ことキャンディスはここまで来てもまだ他人事で、脳内でこの通路を歩くユベールの姿を想像してうんざりする気持ちを落ち着かせていた。

中庭が見える窓、風が吹くとふわりと揺れる濃紺のカーテン。豪華な装飾品が並ぶ通路を颯爽と歩むユベールはさぞや美しいだろう。

壁に掛けられている絵画が有名な画家の作品であっても、生花を飾る花瓶がどれだけ高価なものであろうと、ユベールの美しさを引き立てるための品でしかない。世界中の装飾品をどれだけ並べようとも、彼の麗しさを映えさせるか霞むかの二択だ。

だけど、とふとキャンディスはこの通路を歩くユベールの姿を想像して思った。

その光景は、彼が王族から除名されるまでは日常的なものだったのだろう。

そう考えるとなんとも言えない気分になり、脳裏に思い描く光景は早々に打ち切った。

「着いたぞ。報告は俺がする。お前達は後ろに控えていろ。キャンディスはレベッカ様側に立っていてくれ」

「かしこまりました」

「……できれば定期的にレベッカ様に視線を向けてもらえると助かる」

バロックの声色は随分と渋い。見れば整った顔も今は分かりやすく険しくなっている。

成果が一つもないという報告。それも捜索に関与していない末端騎士のキャンディスをレベッカのご機嫌取りに使うのだから、バロックの胸中は複雑どころではないはずだ。色々なものが渦巻いて、渦巻きすぎるあまりに顔に出てしまっている。

それでも報告しなければならないし対策としてキャンディスは必須なのだ。

身分のある人は大変だ、と労いの気持ちを込め、キャンディスは素直に了承の言葉を口にした。

そうして通された一室には既に面々が揃っていた。

両陛下と第二王子ソエル、王宮関係の重役達、宰相スティーツの姿もある。それにフォルター夫妻と娘のレベッカ。

錚々たる顔触れとはまさにこのこと。並みの貴族でもこの部屋に入るのは躊躇し身構えるだろう。

更には今回の報告内容は既に把握しているようで、誰もがみな渋い表情をしている。これがまた圧をより重くさせており、実際に息苦しさすら覚えかねない。

だがレベッカだけは、キャンディスが入ってくるのを見ると厳しい表情を和らげた。試しに軽く視線をやれば労いと歓迎の微笑みさえ浮かべるではないか。

我ながら人身御供としては効果抜群と思えてしまう。別に嬉しくはないが。

「お待たせして申し訳ありません」

代表して話すバロックの声には緊張の色がありありと出ている。

これだけの面々を前に、それも成果がないことを報告せねばならないのだから、さすがの近衛騎士隊長といえども緊張を隠せずにいるのだろう。

「ミモア・ミルネア捜索について、ご報告させていただきます」

重苦しい声色でバロックが話し出す。

成果がないという報告。話す方も聞く方も何一つ嬉しい要素なんてない、心労だけが溜まる時間。キャンディスもまた聞いていて良い気分ではなく、頭の中で今頃長閑に本を読んでいるであろうユベールの姿と顔を思い描きながら過ごすことにした。

手元の本に視線を落とす深緑色の瞳。癖なのか難解な箇所を読む時は僅かに眉根を寄せ、そしてたまに熱が入りすぎると疲れるのか、読み終えた後に背伸びをしたり肩や腕を動かしたりもする。落ち着くと表情を和らげて軽く息を吐く。

その所作もまた輝かしいほどに魅力的なのだ。

本を閉じてこちらを見て「本を読む俺の顔はどうだ？」と悪戯っぽく笑う時もある。

あぁ、記憶の中でも麗しい。

そんなことをキャンディスは考えていた。

その間のバロックの話はもちろん右から左である。むしろ右から入っているかも定かではない。

王宮で重苦しい報告会が開かれている最中、キャンディスからの言伝を頼まれたロブは彼女の家に向かっていた。

ドアノッカーを鳴らせば、ゆっくりと扉が開かれる。

中から顔を覗かせた人物を見て、第一声は、

「……本当にキャンディスの家に居るんですね」

これである。

屋内からユベールが出てきたのだ。それも水色のエプロンを纏って。

分かっていたこととはいえやはり理解ができず、先程の言葉を発してしまった。

対してユベールは不思議そうに首を傾げ、怪訝な表情で「何を言ってるんだ」と尋ねてきた。

「俺がこの家に居るのなんて今更すぎる話だろう。そもそもキャンディスが俺を引き取ると言い出した時にロブも居たじゃないか」

「それはそうなんですが……。なんというか、実際に家に居るのを見るのは今日が初めてでして、想像以上に馴染んでいるのでそれが逆に違和感を覚えたというか……」

「俺の作ったジャムも食べてるくせに」

「ジャムに関してはいつもありがとうございます。ですが、やはり目の当たりにするとなんだか不思議な感じがするんです」

見慣れないと訴えながらロブが豪快に頭を掻けば、ユベールが溜息交じりに肩を竦めた。

以前のユベールは常に王族らしい服を纏っていた。上質の布で仕立てられた衣類は細部にまで刺繍や飾りがあしらわれ、田舎出のロブでさえ一目で一級品と分かる代物だった。

なにせ第一王子だ。王宮御用達の仕立て屋がわざわざ彼のために作った服ばかりだったろう。

だが今ユベールが着ているのは飾りもなにもない衣服。市街地の店で買ったのかありふれたものだ。更には水色のエプロン。

似合っていないわけではない。むしろエプロン込みで似合っている。

だがかつての彼の姿を知っていると違和感を覚えてしまう。

そのうえ現在地は市街地の一般家屋。そこから当然のように出てきたのだ。

護衛もなしで、元とはいえ第一王子が……。

何度も話に聞いていたとはいえ初めて見る光景にロブが言葉を紡げずにいると、ユベールの背後からひょいと一人の女性が顔を出した。

「あらロブじゃない。久しぶりねぇ」

「リア、久しぶりだな」

「キャンディスからの伝言かしら。わざわざありがとうねぇ。せっかくだから中に入ってお茶でも飲んでいきなさいよ」

「いや、俺は伝言を預かっただけだから」

「そんなこと言わずに。ほら、立ち話もなんでしょ。奥さんは元気？　最近は村には帰ってるの？任期が終わるのはあと二カ月だっけ？」

　ロブの返事も聞かずにリアは話を続け、かと思えば「なにかお茶請けあったかしら」とさっさと屋内に引っ込んでしまう。有無を言わさぬ押しの強さ、これを断って帰るのは至難の業だ。

　少なくともロブにはできず、仕方ないかと家の中へと入った。

「いらっしゃい、ゆっくりしていけ」

　一連のやりとりを見ていたユベールが苦笑交じりに歓迎の言葉を口にし、先導するように家の奥へと歩いていった。

　その態度も口調も自然なもので、この家にも馴染んでいる。彼は当然のようにここを自分の家だと考え、ロブを来客として迎えているのだ。

　自然で、自然すぎるがゆえに過去とのギャップを感じて違和感を覚える。

「これはそろそろ慣れないと無駄に気を遣うだけだな」

驚いたり啞然としたりするのは徒労に終わる。そう豪快に頭を掻きながら己に言い聞かせ、ロブは案内されるがままに屋内へと進んだ。

　そうしてテーブルセットに着けば、開口一番にユベールが紅茶を淹れると言い出した。

「えっ、ユベール王子……、ではなく、ユベール様が紅茶をですか？　そんなことさせられません。俺が淹れます！」

　慌ててロブが言い出すも、ユベールは眉間に皺を寄せるだけだ。

「他人の家のキッチンに入るのはどうかと思うぞ。そもそも、この家の茶器や茶葉の置き場所を知っているのか？」

「……知りません」

「だろう。リア、お茶もお茶請けも俺が準備する。積もる話もあるだろうから座っていてくれ」

　リアに声を掛け、ユベールがキッチンへと向かう。

　それと入れ替わるように戻ってくるリアは慌てることもましてやユベールを止めることもなく、彼の気遣いに「ありがとうね」と告げるだけだ。まるで息子や孫に接するかのように軽い。

　そんな二人のやりとりをロブは啞然としながら眺め、ユベールが居なくなるとガクリと肩を落とした。

　当然のように紅茶を淹れ始めるユベールに驚くべきなのか、それを当然のように受け入れているリアに驚くべきなのか、もしくはすべての発端であるキャンディスに呆れるべきなのか。なんだか分からなくなってしまった。

いや、そもそも驚くのは徒労だと先程分かったばかりではないか。……それでも驚いてしまう。

「リア、知ってるだろうが、あの方はかつてとはいえこの国の王子でな……」

「知ってるわよ。悪い女に騙されたところをキャンディスが情熱的に求めたんでしょう？　あの子も隅に置けないわねぇ」

「……ん？　うぅん？」

絶妙なリアの言い回しにロブが首を傾げた。

間違えているわけではない。だがリアが言うほどロマンチックなものでは……と考え訂正しようとした瞬間、コトンとロブの前にカップが置かれた。トントンと追加で二つ。更にテーブルの中央には切り分けたタルトも。

持ってきたのはもちろんユベールだ。彼はテーブルの上を整えると、そっとロブの耳に顔を寄せてきた。

「無駄だ」

コソリと耳打ちしてくる。――この瞬間にユベールの顔が間近に迫り、ロブが内心で「確かに顔が良い」と思ったのはさておき――

耳打ちされた言葉にロブが不思議そうにリアとユベールを交互に見る。

「無駄、とは？」

「どう訂正してもリアの解釈は正せないということだ。諦めろ。俺もキャンディスも諦めた」

あっさりと言い切り、ユベールがさっと離れて一脚に座った。エプロンを外して椅子の背もたれに掛ける仕草は妙に板についている。

そんなユベールを見て、ならばとロブもこれ以上は言及するまいと己に言い聞かせた。

当人達が説得できなかったものをどうして自分が説得できようか。そもそもリアの解釈はまったく違うというわけでもないのだ。大筋は合っているし、大筋が合っていれば問題ないだろう。

「それで、えっと……。これはリアが焼いたリンゴのタルトか？　それも見たところ焼きたてっぽいな。リアが焼いたリンゴのタルトはうまいから、俺は良いタイミングで来たようだ」

「リアに教わって俺が焼いたんだ。味が違っていたらすまない」

「ユ、ユベール様がタルトを……!?　……いや、ジャムを作って編み物をするんですからタルトぐらい焼きますよね。なんだかいちいち反応するのが逆に失礼に思えてきました」

「別に失礼とは思わないが、そもそも、一番に驚いて反応すべきはキャンディスが俺を欲しいと言ってきた時だろう。あれ以上の衝撃がどこにある」

「なるほど確かに」

それもそうだとロブが頷けば、ユベールもまたそうだろうと言いたげに頷く。

ちなみにリアはこの会話を聞いてもなお「周りが驚くほどに情熱的に求めたのね」と言っていた。

そうして長閑にお茶をしながら他愛もない会話を楽しむ。

訪問時こそ言伝に来ただけだと話していたロブだが、一度家に上がると随分とゆっくりと寛いでいる。紅茶もおかわりし、タルトもしっかりと食べた。

「家に上がるように促しておいてなんだが、仕事は大丈夫なのか？」

「ええ、ご心配には及びません。有事の際には部下が呼びに来るはずですし、今日は仕事もあってないようなもの。それもできる限り楽になそうとしてますから、一日ぐらいお茶をして過ごしても問題はありません」

「この上官あってのあの部下か……。職務怠慢騎士」

「キャンディスから職務怠慢と言われた時の対処法は聞いておりますが、あの言葉を口にしてもよろしいのでしょうか」

「うぐっ……」

痛いところを突かれる予感がしたからか、ユベールが胸を押さえて呻く。

そのうえ立ち上がるとふらふらとキッチンへ向かい、弱々しい声で「ジャムが一瓶ある」と話しながら持ってきた。これはきっと「ジャムを差し出す代わりにあの言葉《真実の愛》だけは」という意味なのだろう。言葉にこそしないが切実さが窺える。

「……思った以上に効くんですね」

「当たり前だ……。己のしでかした過ちの愚かさぐらい自覚してる。最近は夜中に思い出して枕に顔を埋めて叫ぶこともあるぐらいだからな……」

小さく呻きながらもユベールが椅子に戻り紅茶を一口飲む。飲み終えた後の一息は妙に深い。

次いで彼はこの話題を続ける気はないと言いたげに「話を変えるが」と力技で話し出した。若干声が上擦っている。

「随分と親しそうだが、リアとロブは元々顔見知りなのか？」

「俺はアデル村の隣村出身なんです。歩いて行き来できる距離なので昔から交流が盛んで、しょっちゅう互いの村に顔を出してました。顔見知りどころか親戚のような感覚ですね」

「そうか。それならロブの村も夜の八時に」

「あの演奏会はアデル村だけです。むしろ俺の村では夜寝ない子供に『早く寝ないとアデル村に行かせる』と言い聞かせるぐらいです。あれと一緒にしないでください。俺の村にはきちんとした音楽の知識と技術があります」

ロブの断言は今までにないほど強く、怒鳴ったり声を荒らげたりこそしないが言い得ぬ圧がある。

その圧を真正面から受け、ユベールは気圧されつつもコクコクと頷いて返した。

あまりの勢いに「それほどなのか……」と呟けば、ロブが「それほどです」と言い切る。これもまた力強い、むしろ力強すぎる断言である。顔付きも、先程まで気楽に話していたのに今や真剣みを帯びたものになっている。

アデル村の毎晩八時に行われる演奏会はそれほどまでに酷いらしい。

もっとも、アデル村出身のリアはと言えば、

「楽しい演奏会よ」

と暢気なものだ。

きっとこの場にキャンディスが居たら「せっかくですし一曲披露を」とでも言い出しただろう。

アデル村での演奏会の話題が出た時こそロブが険しい表情になったが、それ以外の会話は穏やかに進んだ。そんな中、ふと時計を見上げたロブが「そろそろ」と腰を上げた。

リアが手土産の準備をするためにキッチンへと向かう。帰宅の準備を始めるロブを眺め、ユベールが「そういえば」と話しかけた。

「そもそも、なんで今日はうちに来たんだ？」

「……あっ、キャンディスから言伝があったんです。忘れてた」

「言伝？　何かあったのか？」

ユベールが話の先を促す。

といっても預かった言伝は重要なものではない。キャンディスの帰宅が遅くなり、疲れを癒すために肉料理を希望していたということだけだ。ニンジン抜きを希望していたことも伝えておく。

ニンジンの件のみ、リアもユベールも頷きもせず了承の言葉も返さないので希望が通るかは定かではないが。

もう一つについては……、とロブがユベールへと視線をやれば、察したのだろう彼が一度頷いた。

さすが元王子という優雅な所作だ。……手元では台拭きでテーブルを拭いているが。

「俺の顔だな」

「……はい」

「分かった。起きて待ってよう。疲れていても十分ぐらい正面から顔を見せれば大丈夫だろう。記憶は失うかもしれないが、多分記憶と一緒に疲労も失うはずだ」

「随分と慣れていらっしゃる……。申し訳ありません、俺の部下がこんなことを」

ロブが部下の非礼を詫びれば、それに対してユベールは不思議そうな表情で首を傾げた。

「謝る必要なんてないだろ。俺はキャンディスに感謝してるからな」

「あいつに感謝を？」

「あれだけのことをしでかして衣食住を保障してもらってるんだ、感謝して当然だ。それに俺は今の生活に満足してる。掃除も料理も好きだし、以前よりも穏やかに生活できてるからな。……あと」

「あと？」

「あぁもはっきりと顔を求めてくるのは潔いだろ。キャンディスにとっての俺は『第一王子』でもなく『元第一王子』でもなく、ただ『顔が良い男』なんだ。それって肩書も生まれも関係なしに俺を見てるってことだろ」

分かりやすくて良い、とユベールが表情を柔らげながら断言する。

深緑色の瞳を細めた、愛おしむような笑み。

「それに、俺はキャンディスのあの変わった性格が好きだよ」

優しい声でユベールが話す。

この言葉にロブは一瞬意外そうに目を丸くさせたものの、次第につられるように笑い「それはなによりです」と返した。

手土産を持ってきたリアがこのやりとりを見て「心の傷を癒すにはやっぱり愛ね」と頷いていた。


「へぷちっ！　ぷしゅん!!」

キャンディスがおかしなくしゃみをしたのは王宮の一室。

報告を終えて各々仕事場や執務室へと戻り……、とはならず、レベッカの要望により場所を変えてお茶をする羽目になっていた。

突然の誘いではあったが想定内でもある。やっぱりこうなったか、という気持ちしかない。

そんなお茶の場で豪快なくしゃみをしてしまい、ハンカチを当てた鼻をグスと一度啜って「失礼しました」と詫びた。

「キャンディス、大丈夫？　部屋が寒かったかしら。膝掛けを持ってこさせるわね」

「いえ、大丈夫です。お気遣いなく。腹巻をしているので寒さは大丈夫です」

ほら、とキャンディスが騎士隊の制服をべろっと捲って腹巻を見せた。

ピンク色の毛糸で編まれた腹巻。アデル村でよく使われる柄とキャンディスのイニシャルが編み込まれている。お洒落とは言い難い腹巻だが、優しくお腹を温めてくれている。

この暖かさを味わってしまうと手放せなくなるのだ。とりあえず今年の冬も毛糸の腹巻と過ごすことを決めた。

そんな腹巻を見たレベッカは苦笑を浮かべていたが、ふと視線を上げると眉根を寄せた。キャンディスの左目を覆う眼帯を見たからだ。もこもこした温かみを感じさせる毛糸の眼帯だが、レベッカにとっては見るのも辛いのかそっと視線を逸らしてしまった。

「……それ《眼帯》もリアが？」

「いえ、これはユベール様が編んでくれました」

「ユベールが……」

かつての婚約者の名前を聞き、レベッカが小さく息を呑んだ。表情が複雑そうに歪む。

だがそんなレベッカの表情の変化を見てもなおキャンディスは落ち着いたもので、左目の眼帯に触れながらも「暖かいですよ」とだけ返した。

最初こそ拒否を示したものの、腹巻同様、毛糸の眼帯は柔らかく暖かくて着け心地がいいのだ。

これにも一冬お世話になろうと心に決めておく。

そんな話の最後に、またも「へぷしっ」と軽くくしゃみをしてしまった。

「これは、もしかしたらどこかで誰かが私の話をしているのかもしれませんね」

仮にユベールが話をしていたのなら、あの形良い唇が自分の名前を発したということだ。それならくしゃみの一発や二発構わない。三発したけど許容範囲である。

そうキャンディスが断言すれば、レベッカが「そう……」と小さく呟くように返した。

キャンディスの隣に座っているバロックに至っては分かりやすく呆れた表情を浮かべている。それでも退室もせず立ち上がりもせず、大人しくキャンディスとレベッカのやりとりを聞いていた。

この部屋には今、彼とレベッカとキャンディスしか居ない。報告会が終わるや否や、レベッカはキャンディスを呼び留め、バロックも含めて三人でと名指しでお茶に誘ってきたのだ。

報告の最中こそ畏まって渋い表情をしていたバロックだが、終えた今は肩の荷が下りたと言いたげだ。さすがにレベッカの前だけあって体勢を崩したりはしないが、幾分リラックスしているのが分かる。――ちなみにキャンディスが制服を捲って腹巻を見せた瞬間、バロックは分かりやすくぎょっとしていた。多分、腹巻をする騎士を初めて見たのだろう――

「寒いのなら俺の上着を羽織っていろ、少しはマシになるだろう」

「えっ、そんな、バロック様の上着を借りるなんてできませんよ」

「遠慮するな」

キャンディスの返事も碌に聞かず、バロックは徐に上着を脱ぎ始めた。

騎士隊の上着。名誉ある近衛騎士隊長の制服だけありキャンディスが着ているものとは質も飾りも違う。一級品だ。体格の差ゆえにサイズもだいぶ大きい。

それをふわりとキャンディスの肩に掛ける彼の仕草はスマートで、それでいて「羽織っていろ」という言葉は簡素で無骨さを感じさせる。

男らしく勇ましい騎士が見せる紳士的な優しさと、素っ気なく伝える不器用さ……。

これがギャップというものか。

なるほど女性人気があるのも頷ける、とキャンディスは心の中で独りごちた。

「ではお借りしますね。ありがとうございます」

「気にするな」

バロックの返事はこれまた簡素だ。だがきっと彼に想いを寄せる女性からしたらその簡素さも胸を焦がすものなのだろう。

そんなことをキャンディスが考えていると室内にノックの音が響いた。レベッカが返事をすればゆっくりと扉が開き、メイドが恭しく頭を下げる。

「レベッカ様、スティーツ様がお呼びです」

「スティーツが？　どうしたのかしら」

レベッカが立ち上がり部屋の扉へと向かう。

そうしてしばらく話すと、室内にいるキャンディスとバロックに対して「少し席を外すわね」と告げて部屋の外へと出て行った。

それと入れ替わるように部屋に入ってきたのはスティーツ。彼は元々レベッカが座っていた場所に腰を下ろし、「話の最中に申し訳ありません」と詫びてきた。どうやらレベッカに代わって会話に加わるつもりのようだ。

しまった、このタイミングでうまいこと帰れば良かった。

キャンディスが心の中で悔やんだのは言うまでもない。


向かいには見目の良い知的な宰相スティーツ。隣には見目の良い凜々しい騎士バロック。

そんな二人とお茶をするのはきっと世の令嬢達の夢だろう。仮にここにエルシェラ家のミレーナが居たら「ずるい!!」と喚いたに違いない。

とりわけスティーツもバロックも妙に愛想良くしてくるのだ。スティーツは相変わらず落ち着き払った態度で、バロックもまた無骨さを漂わせつつ、それでもキャンディスに対して興味があると言いたげにあれこれと話しかけてくる。

更には穏やかに微笑んだり褒めてきたりもするのだから、この状況を見ればミレーナだけではなく、普段は節度ある態度を取る他の令嬢達でさえもずるいと訴えかねない。

だがキャンディスは相変わらず冷静に、胸をときめかせることも一切なく、考えを巡らせていた。

二人の態度は分かりやすいほどに好意的だ。

なぜか？

そこまで考え、キャンディスは若干上擦った声で「あのぉ……」と控えめに話を始めた。

「レベッカ様が居ない今だからこそ言いますけど、私を手元に置いても期待しているような恩恵は得られませんよ」

　気遣いとアプローチはまったくの無駄。……とまではさすがに言えず言葉を濁しながら伝えれば、スティーツとバロックが揃えたように目を丸くさせた。

「それは、どういう意味でしょうか……」

「そのままの意味です。確かに私はレベッカ様に贔屓にされていますが、それを利用しようという気はまったくありません。それにあと数年のうちには見切りをつけて故郷に帰るつもりです」

「故郷に？」

「はい。アデル村という、田舎も田舎、人間と羊の数がとんとんなぐらいの田舎村です。公爵家の恩恵も届きませんし、村に帰る時はレベッカ様との仲も終わりにする予定です。だから私を手に入れてもレベッカ様という後ろ盾は得られません」

　アデル村は田舎すぎて公爵家の恩恵も何もない。そもそもスティーツもバロックも王都での躍進を望んでいるはずで、仮に恩恵が届こうとも田舎村なんて御免なはずだ。

　現に二人は先程までキャンディスを持て囃していたというのに今は静かになり、かと思えば何か

を考え込み……、

「そういうことはもっと早く言ってください」

「なんだ、無駄な手間だったか」

と落胆を露わにしてきた。片や知的、片や勇ましく見目の良い顔が、揃って「がっかりだ」と言葉にせずとも訴えてくる。

更にバロックは気が抜けたと言わんばかりに座る体勢を崩し、スティーツも先程までの凜とした雰囲気が薄まっているではないか。紅茶を飲む仕草すらどことなく雑になる始末。

「気持ちは分からないでもないですが、本性を出すにしてももう少しなんとかなりません？」

呆れを込めてキャンディスが訴えるも二人はどこ吹く風だ。

どうやら二人の中でキャンディスに対しての認識がガラリと変わったようである。

おおかた、今までは『手に入れば、公爵令嬢であり次期王妃レベッカの恩恵が期待できる女性』だったのが、先程の訂正により『ただの末端騎士』になったのだろう。

そうでしょう？　とキャンディスが問えば二人が悪びれることなく頷いて返してきた。迷いも誤魔化しもない首肯。それもどうかと思うが。

「レベッカ様は平等なお方です。公爵家の令嬢、更には次期王妃という立場もあり、特定の者や家を優遇することは決してしない。ですがキャンディス、貴女は別です。レベッカ様は貴女に対してだけは周囲の目も気にせず優遇しています」

「はぁ……、そうですね」

「それを目の当たりにしているんです。『キャンディス・クラリッカが手に入れば、レベッカ・フォルターという最強の後ろ盾を得られる』と考えるのも当然でしょう。次期王妃の後ろ盾を得れば更なる出世は保証されたようなもの。幸い、レベッカ様は我々がキャンディスに近付くことに好意的ですし、これを利用しない手はありません」

「ビックリするほど人を物のように言ってくれますね」

スティーツの説明は明け透けにも程がある。だというのに悪びれる様子もなく、説明を彼に任せたバロックも全面同意と言いたげに頷いているのだ。

もう少しオブラートに包むとかしても良いのではなかろうか。

だがオブラートに包んで愛想良くしても意味がないことは先程キャンディス自身が断言している。ならばいっそ包み隠さず話した方が良いのかもしれない。話も早く終わるし。

そう割り切れば、バロックが「勿体ないな」と話しかけてきた。

「勿体ない？」

「あそこまでレベッカ様に贔屓にされてるんだ、それを手放すのは勿体ないだろう。お前が望めば田舎出の末端騎士から一気に飛躍できるんだぞ」

「出世したいなんてこれっぽっちも思ってません。騎士になったのは知人の口添えがあったのと、私にとって一番都合が良い仕事だったからです」

「それなら、いずれ騎士業を辞めるにしたって田舎に帰らず王都で仕事を探せば良いだろ。いっそ自分で店を開いたって良い。レベッカ様の贔屓となればどんな店だろうと成功間違いなしだ。望めば貴族の息子とも結婚できる」

「どれも興味ありませんね」

「悉く勿体ないな」

バロックの話に今度はスティーツが頷いている。

彼の話はもっともだ。とりわけ、キャンディスを手に入れ公爵家の恩恵を利用しのし上がろうとまで考えている二人には、恩恵を手放して田舎に帰るというキャンディスの考えは『勿体ない』の一言に尽きるのだろう。当人からしてみれば「そう言われましても」というところだが。

これは単に求めているものの違いゆえである。それを説明しようとキャンディスが口を開きかけるも、それより先にバロックが話を続けた。

「そもそも、騎士としての拘りがないならどうして公爵家で働かなかったんだ？」

「私が公爵家で？」

「あぁ。騎士だろうと護衛だろうと、なんだったらメイドとしてでも良い。レベッカ様付きになれば今より楽に稼げるだろう。レベッカ様は品行方正な方だから側仕えになっても手間はないし、お茶の相手として三時のおやつ付きだ」

「確かに三時のおやつはありえそうですけど。でも今の仕事も苦ではないですよ。それに……」

話の途中でふいに視線を逸らせば、窓の外に見慣れた後ろ姿があった。

金の髪をふわりと揺らす、あれは……、レベッカだ。

誰かと話しているのだろうか。こちらに気付く様子はない。

そんなレベッカの後ろ姿をじっと見つめ、キャンディスはゆっくりと息を吐くように話し出した。

「それに、私、生涯お仕えする方は一人と決めているんです」

静かに、淡々と、窓の外の光景を眺めながら無機質に告げる。

キャンディスの言葉に合わせるように、ザアッと一際強く吹いた風がカーテンを大きく揺らした。

生涯仕える相手は一人。

そんなキャンディスの言葉に、バロックとスティーツが意外そうな表情を浮かべた。

あれだけ騎士業に拘りはないと、いずれ田舎に帰ると言ったのだから、そんな拘りがあるとは思わなかったのだろう。

「仕えると決めた相手が居るのに、今は国の騎士をやってるのか？　それすらも数年で辞めて田舎に帰るんだろう？」

「ええ、そうです。まぁひとにはひとの事情がありますので。ところで、レベッカ様も戻ってくる様子はありませんし、そろそろお開きにしませんか？　私はのんびりお茶をしても別に構わないんですが、お二人は忙しいでしょう」

仕事も融通の利く末端騎士のキャンディスと違い、スティーツもバロックも多忙だ。

とりわけバロックはつい先程までミモア捜索について『何の成果もない』という報告をしたばかりなのだから、ここでのんびりしているのは体面的にもあまりよろしくないはず。

レベッカに誘われたとはいえ、王族や上層部に何をさぼっているのかと咎められれば彼は頭を下げるしかない。

当人達もそれは分かっているのだろう、キャンディスの提案に同意をして腰を上げた。

そうして一室を出て通路を歩き……、その途中、スティーツが何かに気付いて「あれは」と足を止めた。自然とキャンディスとバロックも歩みを止める。

彼の視線を追えば、窓の外、整えられた花壇を眺めながら三人の女性が話しているのが見えた。

レベッカと、それと……。

「ミレーナ様とラーラ様ですね」

レベッカと話をしているのはエルシェラ家の姉妹だ。

何かあるとすぐに「ずるい」と訴え癇癪を起こす我が儘な妹ミレーナと、それに振り回される姉のラーラ。社交界では良くない方面で有名な姉妹である。

キャンディスも夜会でスティーツと踊ったところ、ミレーナに「ずるい！」と訴えられたことがあった。周囲の目も気にせず姉の制止も聞かず、己の主張を捲し立てる彼女の姿が脳裏に蘇る。

あれは衝撃的だった……、と話せば、バロックもミレーナの我が儘に巻き込まれた経験があるという。眉間に皺を寄せて「あれは酷かった」と低い声で話すあたり、その時のミレーナの様子も相当だったのだろう。

そんな会話の中、スティーツだけは考え込むような表情で窓の外のミレーナを見つめていた。

「確かに以前のミレーナ様は我が儘で困った方でしたが、最近はどうやら違うようです」

「違う？」

「はい。といっても私も又聞きでしかないんですが、確か今から一カ月ぐらい前、ミレーナ様が高熱を出して寝込んでいた時期があったそうです。幸い主治医のおかげもあって数日で回復したようですが、その後からミレーナ様の様子が変わったと」

スティーツ曰く、ミレーナは突如なにかに目覚めたかのように性格を一変させたのだという。

あれだけ訴えていた「ずるい」を口にすることなく、それどころか今まで困らせていた者達に対して詫びてまわる。嫌がっていた勉強にも励み、マナーも覚え、贅沢も言わない。

何より周囲を驚かせたのが、姉ラーラに対してだ。今までは姉の言葉など聞く耳持たずだったというのに、それを謝り、そして我が儘な自分を見捨てずにいてくれたことに感謝を示したという。

その変わりようは目を見張るどころではない。

スティーツの話にキャンディスは僅かに言葉を詰まらせた。

「……それは、まるで」

「『人が変わったよう』とはまさにですね。ですがラーラ様も喜んでいらっしゃるし、悩みの種がなくなったのでエルシェラ夫妻も安心していることでしょう」

「そう……、ですか」

スティーツの話は世間話をするかのように軽く、それを聞くバロックも「そんなことが」と興味本位な好奇心を寄せている。

だがキャンディスだけは彼等の軽さに馴染めず、目の前の光景から目を離せずにいた。

ミレーナとレベッカが穏やかに話している。そこにかつて我が儘で周囲を困らせていた面影はない。静かで淑やかな令嬢の微笑ましい会話だ。

彼女達はしばらく会話を楽しむと、視線を感じたのか誰からともなくこちらを向いた。

「キャンディス、そこに居たのね」

レベッカがこちらに歩いてくる。それとエルシェラ家姉妹も。

スティーツとバロックが揃えたように背筋を正し、途端に精悍な空気を纏いだした。一瞬にして女性達の憧れの知的な宰相様と逞しい騎士様になるのだから、この切り替えは見事なものだ。

キャンディスだけは態度を変える気にならず、窓越しに立つレベッカ達に対してせめてと一度軽く頭を下げておいた。

「キャンディス、私からお茶に誘ったのに戻らなくてごめんなさいね」

「お気になさらず。私もただお茶をしていただけですから。ですが、仕事がありますのでこれで失礼させていただきます」

「そう、忙しいのね……。あぁそうだわ、彼女達とは一度会ったことがあったわね」

レベッカが背後に立つ二人へと視線を向けた。

ララとミレーナ。二人が恭しく頭を下げる。……ミレーナまで。まるでできた令嬢のように。

そうしてゆっくりと頭を上げるとミレーナがそそと一歩近付いてきた。彼女が見上げるのはスティーツだ。

二人の対峙と考えれば、自然と思い出されるのはあの夜会での一件。

ミレーナはキャンディスとスティーツが踊ったことに対して周囲の目も気にせず嫉妬し、「ずるい」と訴え、そして一方的にいずれ自分とも踊るようにと約束を取り付けた。噂に違わぬ我が儘ぶり。

だが今のミレーナにその時の勢いはない。

申し訳なさそうに上目遣いで彼を見上げ、窺うように名前を呼ぶ。胸元で握られた手が更に弱々しさを感じさせた。

「スティーツ様……、夜会ではご迷惑をお掛けして申し訳ありませんでした」

「……いえ、ミレーナ様が謝るほどのことではありません」

「騒いでお恥ずかしい姿をお見せしたうえに、無理に約束をするような真似を……。どうかお許しください」

ミレーナの声音には謝罪の色が込められており、心から申し訳なく思っているのが伝わってくる。

そのうえ言葉だけでは足りないと深く頭を下げて詫びるではないか。

話には聞いていたがこれほどまでとは思っていなかったのか、スティーツもたじろぎ、らしくなく動揺を露わにした上擦った声で頭を上げるようにミレーナを促した。

次いでミレーナが視線を向けたのはキャンディスだ。

あの夜会の時、ミレーナはキャンディスに対しても無礼を働いた。名前を尋ねておいて碌に返さず、挙げ句に「ずるい」と何度も訴えていたのだ。もっともミレーナは貴族の令嬢で、対してキャンディスは田舎出の騎士、多少の無礼は水に流せる格差である。

だがミレーナはキャンディスにも謝罪の言葉を口にしてきた。「失礼なことを言ってごめんなさい」と詫びて頭を下げようとしてくる。さすがにこれは慌てて制止した。

「そんなに謝らないでください。私も気にしていませんし」

「そう……。ありがとう」

許しを得て、ミレーナがほっと安堵の表情を浮かべた。

そんなミレーナに姉のラーラが寄り添う。優しく腕を擦るのは謝罪をする妹を支え、そして妹が許されたことを姉として喜び、共に安堵しているのだろう。並ぶ姿は仲の良い姉妹そのものだ。

二人が最後に一礼してその場を去っていき、彼女達に用事があるのかレベッカも続く。

寄り添い楽しそうに話す姉妹。それと並んで共に会話を楽しむ令嬢。

三人の後ろ姿は麗しく微笑ましい。少し前まで我が儘な妹が姉を振り回し、それに困り果てていたなどとは想像もできない。

「実際に目の当たりにするのは初めてでしたが、まさかあれほどとは……」

　スティーツの声には驚きと感心を綯い交ぜにしたような色がある。

　バロックも同感だと言いたげに小さくなる三人の背中を見続けていた。

「あれは確かに、改心したっていうよりひとが変わったって言った方が納得できるな。あの変わりようを見るに相当痛い目に遭ったんだろう」

「痛い目、ですか。エルシェラ家にそういった問題があったとは聞いてませんが。……そういえば、姉のラーラ様にはお付き合いしている方がいて、近く婚約発表をする予定らしいですね」

　スティーツ曰く、ラーラの恋人は隣国の公爵子息だという。

　王族とも懇意にしている家の嫡男。伯爵家であるエルシェラ家からしてみたら格上の相手で、またとない良縁と言っても過言ではない。

　この話にバロックが「へぇ」と興味深そうに返した。

「お付き合いの期間は随分と長いようですが、今の今まで秘密裏に関係を続けていたそうです。きっとラーラ様も公言するタイミングを窺っていたのでしょう。以前のミレーナ様なら、下手すると公爵子息との婚約を『ずるい』と騒ぎかねませんでしたし」

「そりゃ確かに騒いだだろうな。『お姉様、公爵家の方と婚約なんてずるい。私に頂戴!!』ってな」

ミレーナの口調を真似るバロックに、スティーツが肩を竦めて返した。

もちろんバロックの言葉は冗談だ。だがかつてのミレーナだったならありえない話でもない。そう思わせるほどに過去の彼女は我が儘で、他人のものであろうと何でも欲していた。

それが誰もが羨む公爵子息との良縁ともなれば猶更だ。なぜ姉に、ずるい、私にだって、私の方が！　と癇癪を起こして喚いただろう。

「だがさすがに婚約を我が儘で変えるわけにはいかないよな。そんなことをすれば公爵家の怒りを買って、エルシェラ家から追放だ」

今までエルシェラ夫妻はミレーナの我が儘を聞いていた。癇癪を起こされて問題が大きくなるより、我が儘を聞いた方が早いと考えていたのだ。それがミレーナの我が儘を助長させて……、と悪循環だった。

だがさすがに他国の公爵家との縁談ともなればそうもいかない。公爵子息とラーラの縁談を守り、そして体面を保つために彼等の縁談に害をなそうとしたミレーナを罰せざるを得なくなる。度合いによってはエルシェラ家から追放する必要さえあるだろう。

そこまで話し、バロックが「追放か……」と呟いた。

「婚約どうので追放なんて、まるでユベール様のようだな」

「追放という意味ではミレーナ様も同じ道を辿りかけていましたね。ユベール様に比べてこちらはぎりぎりのところで命拾いしたようなものでしょう。そういえば、キャンディスはミレーナ様の我が儘な性格を嫌いじゃないと言っていましたね」

話題が変わり、スティーツとバロックの視線がキャンディスへと向けられる。

だがキャンディスは話を振られたことにも彼等の視線にも気付かず、じっと窓の外を眺めていた。

既にミレーナ達の姿は見えない。

それでもいまだそこに三人の背中があるように……。

「気持ち悪い……」

嫌悪を露わに、キャンディスが呟いた。


スティーツとバロックと分かれ、詰め所に戻る。

長ったらしく重苦しい報告とその後のお茶……、と存外に時間が掛かり、詰め所に戻った時には既に午後を過ぎていた。そこから残されていた仕事や書類をあらかた片付け、気付けば夕刻。

明日以降の予定を確認し、他にも諸々と雑務をこなして終業時間を迎える。暇な末端騎士とはいえ仕事はそれなりにあるのだ。

そうして帰り際、外套を羽織ろうとし……、

「あーっ!!」

と声をあげた。

座っていたロブや仲間達がぎょっとしてこちらを見てくる。

「な、なんだキャンディス、どうした!?」

「バロック様の上着、着たままで戻ってきちゃいました！」

しまった！　とキャンディスが着ている上着を軽く引っ張って仲間達に見せる。

これは王宮でお茶をしている時にバロックから借りたものだ。彼の上着を羽織ったまま話をし、レベッカとスティーツが入れ替わって話を続け、そして部屋を出て……、と、ずっと着続けていた。

仕事の間も着続け、帰り支度を始め、そこでようやく違和感を覚えて思い出したのだ。

「質が良いばっかりに……。驚くほど着心地がよくて馴染みすぎて忘れていました……」

「それバロック様の上着なのか。どうりでうちじゃ見ない質の良さだと思った。というか、でかいの羽織ってて気付かなかったのか？」

「あえてサイズ違いを着ているようなゆったりとした着心地のよさなんですよ。袖も捲ってたから仕事もできたし。危うく着て帰るところでした。バロック様に返しに行かないと。もう帰ってたらどうしよう……」

「バロック様ほどのお方なら、そうそう定時では帰らないんじゃないか？」

「なるほど確かに」

偉い人達は大変だとロブや仲間達と話しながら上着を畳み、キャンディスは詰め所を後にした。振り返れば仲間達がぞろぞろと詰め所から出てくる。

皆もう帰るのだ。偉くもないし、忙しくもないので。試しに手を振れば陽気に振り返してくれた。

バロックは王宮敷地内の巡回警備をしており、彼を探すのに時間が掛かってしまった。そのうえようやく見つけたかと思えばそこにはスティーツの姿もあった。

二人は真剣味を帯びた表情で話し込んでおり、纏う空気も張り詰めている。先程のゆるゆるしていた仲間達を思い出し、やはり同じ騎士を名乗りつつも根本から違うと改めて実感してしまう。

「あの、バロック様……。今よろしいでしょうか」

「ん？　キャンディスか。どうした」

恐る恐る声を掛ければ、バロックとスティーツが同時にこちらを向いた。

「上着をお借りしたままだったので、お返しに来ました」

返すのが遅くなったことを詫びながら上着を渡せば、バロックが受け取ると同時にそれを羽織った。キャンディスにはサイズ違いでゆったりとした着心地の上着だったが、持ち主であるバロックにはピッタリである。

「押し付けるように貸した手前、返せとも言えないし、どこまで着ていくんだろうなと思って見送ったんだが、まさか今まで忘れてたのか？」

もしかして、と言いたげなバロックの言葉に、キャンディスが一瞬口籠る。

彼と別れて詰め所に戻り、仕事をし、帰り支度をし、外套の袖に腕を通そうとしてようやく気付いたのだ。まさに今の今までである。

だがそれを正直に言う気にもならないので、「そんなまさか」と否定した。

「すぐに気付いたんですが、仕事があってお返しする時間が見つからなかったんです」

しれっと誤魔化しておく。

そうして二人と別れようとし……、「送っていく」というバロックの言葉にキャンディスは右目を丸くさせた。

「送っていくって、私をですか？」

「あぁ、わざわざ上着を返しに来て、そのせいで遅くなっただろう。もう周囲も暗くなってきたし、夜道を一人で帰すわけにはいかないからな」

断言するバロックはまるで決定事項を告げているかのようだ。それでいて夜道を送るという優しさを見せている。

不器用な心遣い。少し強引なところも合わせて、この一面に胸を焦がす女性は少なくないだろう。

もっともキャンディスの胸はまったく焦げず平温である。

「大丈夫ですよ。遅いって言ったって別に真夜中というわけでもないし」

「ここでお前を家まで送り届ければレベッカ様へのアピールになる」

「うわぁ、遠慮なしの本音。もう少しオブラートを……。と思ったけど別に良いです」

今更バロックに愛想良くされても嬉しくも何ともない。むしろ意図を探らなければならないのだから余計な手間だ。それならオブラートなしの本性丸出しで対応してもらった方が楽である。

そうキャンディスが結論付ければ、バロックとスティーツが揃えたように「お前もオブラートを」と言って寄越してきた。

だがここで互いの対応に文句を言い合っても時間の無駄と考えたのか、バロックがコホンと咳払いで場を改めた。次いで声を潜めて話し出す。

「お前を送るのはレベッカ様へのポイント稼ぎでもあるが、ミモア・ミルネアの消息について話があるからだ。だいぶややこしいことになっていて、今後は報告の場でも同席者を絞るかもしれない。だがお前の耳には入れておいた方が良いだろう」

周囲に聞かれまいと声を潜めてバロックが話す。スティーツも同様、落ち着いた態度ながらに周囲に人が居ないかを確認している。

キャンディスだけはこんな場で聞くとは思わなかったミモアの名前に驚き、思わず「えっ」と声をあげてしまい慌ててぱたと口を押さえた。

ミモア・ミルネアの消息について。

元々ミモアの捜索は大々的には公表せず進めている。国内の混乱を避けるためと、たった一人の少女にここまで手こずっているのは国の恥と考えているからだ。

事情を知っているのは僅か。それを更に減らす可能性があるというのだから、バロックが言う通りだいぶややこしく面倒なことになっているのだろう。

涼やかな表情をしているが二人の纏う空気は重い。

その空気に当てられ、キャンディスの脳裏に、ミモアについて話すユベールの顔が思い出された。

『……ミモアは、まだ見つかっていないのか？』

そう尋ねてくる彼の表情はどことなく苦しそうだった。

未練はないと断言していた。きっとそれは本当で、それでいて少し嘘なのだろう。

ユベールはもうミモア本人に未練はない。逃げる彼女に置いていかれたことで『真実の愛』が偽りだと理解した。恋心も跡形もなく散っていったはずだ。

だがミモアと己が引き起こした騒動に関しては、後悔や罪悪感という名の未練がある。

これは断ち切るのは困難な未練だ。

常に彼に付き纏い、苦しめ続ける……。

その辛さが少しでも和らぐのなら、面倒事に巻き込まれたって構わない。

「分かりました。そのお話、聞かせてください」

スティーツとバロックと共に市街地を歩きながら帰路につく。

見目の良い彼等は周囲の目を引く。通りすがりの女性達が惹かれて視線をやり、彼等が自分達の方を向くと頬を赤らめていた。中には胸を押さえる者さえ居るではないか。

「さっきから女性達の視線が凄いですね」

「俺達は顔が良いからな。レベッカ様が俺達をお前と会わせようとしていたのも、俺達の顔が良いからだろ」

「私もバロックも、ユベール様に次ぐ顔の良さですからね。顔の良い男が好きなキャンディスのお眼鏡に適うと思ったのでしょう。我々も己の顔の良さでレベッカ様という後ろ盾を得られるのならこれ以上ない話だと思っていました」

「お二人とも、よくその性格でユベール様に対して顔だけだとか糾弾するあの場に居られましたね」

キャンディスが呆れをこれでもかと込めた露骨な態度で訴えれば、スティーツとバロックが揃って「どういう意味だ」と尋ねてきた。

スティーツは優雅に微笑みながら、バロックは不敵な笑みを浮かべながら。二人の見目が良いだけに笑みは言い知れぬ圧を漂わせている。麗しいがゆえの圧だ。

だがキャンディスには二人の圧も何のその。「そのままの意味です」とはっきりと返しておいた。

どれだけ彼等の見目が良かろうが、こちとら常日頃ユベールを見ているのだ。今更二人の笑みを前にしてもどうとも思わない。

　そもそも以前にユベールとも話したように、スティーツもバロックもキャンディスからしたら『顔は良いが近寄りたくない人』なのだ。結果的にこうやって一緒に歩く羽目にはなっているが。


　そうしてバロックとスティーツを連れて自宅へと到着し、鍵を開けて扉を開けると……、

「キャンディス、おかえり。帰ってきたところ悪いんだが、パンを買ってきて……」

と、水色のエプロンを纏い片手に財布を持ったユベールが出迎えに来てくれた。

……出迎えに来てくれたが、なぜが言葉も動きも途中で止まってしまった。

　水色エプロンの紐だけがゆらゆらと揺れている。

「ただいま戻りました。でも行ってきます。何のパンを買ってくれば良いんですか？」

「食パンですね。お釣りでお菓子買ってきて良いですか？」

「しょ……パ……」

「……い、けど」

「けど？」

　けど、どうしました？　とキャンディスが首を傾げながらユベールを見る。

　相変わらず整った顔だ。麗しい。宝石にも負けぬ美しさの深緑色の瞳は、今は目の前に立つスティーツとバロックをじっと見つめている。

形良い唇は少し開かれており、言葉を発しようとしたところで彼だけ時間が止まってしまったかのようだ。まさに硬直。

「鳩が豆鉄砲を食ったよう……。いえ、ユベール様の美しさなら、孔雀が豆鉄砲を食ったよう、と言った方が正しいですね」

ユベールの顔の良さはけして鳩ではない。孔雀だ。もしくは純白に輝く白鳥。

そうキャンディスが自論を展開しながら一人納得していると、今の今まで固まっていたユベールがピクと動いた。固まったままだった唇がぎこちなく動き「ひ……」と掠れた声を漏らす。

「ひっ、久しぶり……、だな……、ふたり、と、も……。そ、息災で、なによ、り……」

随分と震える声でユベールがスティーツとバロックに告げた。

彼の麗しい顔は見る見るうちに真っ赤になっており、言い終える頃には耳まで真っ赤だ。銀色の髪が余計に彼の顔の赤さを映えさせる。

更には、ぎこちない動きで顔を両手で覆うと俯いてしまった。

そんな彼の隣に立ち、キャンディスは「ユベール様?」と声を掛けながら彼の顔を覗き込んだ。

深緑色の瞳は今も宝石のように美しいが、動揺の色がありありと映し出されている。その顔もまた麗しいが、今は見惚れるよりも彼の様子への疑問が勝る。

「ユベール様、どうしました?」

「……は、恥ずかしい」

「恥ずかしいって、エプロン姿ならこの前ロブ上官にも見られたじゃないですか」

「あいつはもう俺の中では騎士というよりジャム愛好家だから別に構わないんだ。だけど……」

話すユベールの声は呻き交じりだ。随分と弱々しい。次いで彼は顔を覆う手の隙間からチラと横目で玄関口に立つ二人を見た。

宰相スティーツと近衛騎士隊長バロック。かつてはユベールを支え護るため常に行動を共にしていた二人だ。

「……さすがに元側近に見られるのはまだ恥ずかしい」

「似合ってますよ、そのエプロン」

「そりゃどうも……」

「紫色と悩んでましたが、やっぱり水色にして正解でしたね。ユベール様の美しさがより映えてます」

「……そうだな。……あぁもう自棄《やけ》だ、開き直るか」

ユベールがゆっくりと顔を上げて覆っていた手を放す。いまだ顔は真っ赤だ。

それでも少しは落ち着いたのか、深く息を吐くとスティーツとバロックへと向き直った。そそくさとエプロンを外しながら。

「変なところを見せてすまなかった。……久しぶりだな、二人とも」

「お、お久しぶりですユベール様……」

「お元気そうで、なにより……、です……」

まだぎこちなさを残すユベールと同様、スティーツとバロックの返事も上擦っている。

彼等の間に漂う空気はなんとも言えないものだ。片やまずいものを見せてしまったと、片や見てはいけないものを見てしまったと言いたげである。三者三様に美しい顔付きだが——もちろん一番はユベールだが——全員の表情に漏れなく気まずさが窺える。

そんな中、キャンディスはくいとユベールの服の裾を摑んだ。いまだ顔を赤くさせた彼がこちらを向く。赤くなっても麗しい。

「ユベール様、買ってくる食パンは一斤で良いですか？」

「ここまできてもブレないところは尊敬に値するな。食パンは一斤で……」

一斤で良い、と言いかけたユベールが言葉を止める。

彼は一度スティーツとバロックへ視線をやり、再びキャンディスへと向き直った。

「二斤だ。あとデザート用にタルトかパイを買ってきてくれ」

「あ、あの、ユベール様、我々はキャンディスを送ってきただけなのでお気遣いなく」

もてなそうとするユベールをスティーツが慌てて止める。

次いで「ではこれで……」と軽く会釈をすると二人は帰ってしまった。心なしか早歩きだ。

彼等の背中を見届け、ユベールが深く息を吐いた。はたはたと己を手で扇ぐのは顔が熱いからだろうか。

「あいつらを連れてくるなら事前に連絡ぐらいよこせ」

「別に連れてきたわけじゃありませんよ、ただ付いてきただけです。それだって、私を送ればレベッカ様にアピールできるって理由ですよ」

それと、ミモアの消息について話すため。

言いかけ、だが口を噤んだ。

これは夜にでも落ち着いて話した方が良いだろう。

そう考え、キャンディスは「パンを買ってきます」と手にしていた財布を軽く掲げた。

「俺も一緒に行こう」

「ユベール様も？」

「今日は一日編み物をしていたから少し動きたいと思ってたんだ。夕食の準備も殆ど終わってるから、後はリアに任せても大丈夫だろうし。……それと、まだ恥ずかしさで顔が熱いから少し冷たい風に当たりたい」

「重傷ですね」

「誰のせいだと……。いや、もとをただせば俺のせいなんだが」

そんなことを話しつつ、ユベールが手にしていたエプロンを玄関横の棚に置き、屋内に居るリアに声を掛ける。

家の奥から「行ってらっしゃい」というリアの声が聞こえてきた。ついでに「せっかくだし少しデートでもしてきなさい」という提案付きで。

　これにはキャンディスもユベールと顔を見合わせ、また愛がどうのキスがどうのと言い出す前に出発しようと頷き合った。


　キャンディスの家を後にしたスティーツとバロックは、しばし無言で歩いていた。

　沈黙が漂う。黙ったまま歩く二人の姿に周囲の女性達が惚れ惚れと熱い視線を送ってくるが、今はそれを一瞥すらしない。

「……エプロンを着けていたな」

　とは、ようやく口を開いたバロックの言葉。元より低めの声が今はより低くなっている。

　彼の言葉に隣を歩くスティーツが頷いて返した
「噂には聞いていましたが、まさかあのユベール様が……」

　スティーツの口調には『信じられない』という気持ちがこれでもかと込められている。

　だがどれだけ信じられない光景であろうとも、見たものは事実だ。

　あのユベールが、かつては第一王子であり次期国王とされていたユベールが、水色のエプロンを着けていた。

オフホワイトのニットと濃い色のズボンは元王子の服装とは思えないほどシンプルで、そのうえエプロンだ。

だが、けして似合っていなかったわけではない。むしろ似合っていた。

かつて第一王子として上等な服を着こなしていたユベールは、庶民的で質朴な服も、ましてや水色のエプロンも、見事に着こなしていたのだ。

更に噂では、ユベールは先程のようなシンプルな格好で市街地で買い物までしているという。それもパン屋や八百屋、肉屋といった一般的な店に。そのうえ店の主人や居合わせた客と他愛もない会話をしたり、パン屋に至っては焼きたての時間を狙って来店するという噂まである。

聞いた目撃情報はどれも元王子とは思えない。一般家庭の主婦の目撃情報である。

「過去、爵位を剥奪されて庶民の生活を強いられた者は複数居ました。その殆ど、いえ、私が把握している中では全員が、かつての生活との落差に耐え切れず逃げるように住まいを地方に移しています」

「俺もそう把握してる。地方に引っ込むことも許されず残った奴も昔は居たらしいが、肩身の狭い生活をしていたみたいだな」

「そうですね。……ただ」

ふと、スティーツが言葉を切った。改めてユベールの姿を思い出す。

水色のエプロンを着けて財布を片手に、パンを買ってくるように頼んでいた。元王子として命じるのではなく、軽い口調で。

　自分達が居ることに気付くと恥ずかしさから固まってしまったが、もしも居なかったならあのままキャンディスに財布を渡して買い物に行かせていたのだろう。

「行ってらっしゃい」と、もしかしたら「寄り道するなよ」とまで言っていたかもしれない。今となってはそんなことまで想像できる。

　その姿は相変わらず麗しく品良く、そして自然だった。

「……爵位を奪われて一般の生活を送る者は居ましたが、あれほど馴染む者は今まで居なかったでしょうね」

　そうスティーツがユベールの姿を思い出しながら話せば、同感だとバロックも頷いた。


　馴染みのパン屋で食パンと、食後のデザート用のタルト、それとお釣りでクッキーを買う。

　そうして帰ろうとなったのだが、ユベールが足を止めた。帰路とは別方向の道を見つめている。

「少し寄っていくか」

「ユベール様？」

　突然の提案に、キャンディスは彼と彼が見る道の先を交互に見やった。

この道は大きな公園に繋がっている。中央には噴水が置かれ、手入れのされた草木の中を歩けるように整備された道が広がる美しい景観の公園だ。

朝は散歩する者が周囲の景色を眺めながら行き交い、日中は子供達が楽しそうに遊び回る。

だが今の時刻は遅く、真夜中というほどではないが既に夜と言える時間だ。公園には街灯が設けられているので真っ暗闇とは言わないが、さすがに人は少ないだろう。

日中の散歩ならまだしも、なぜわざわざこんな時間に公園に行くのか。

そうキャンディスが問おうとするも、それより先にユベールが小さく息を吐いた。

「……ミモアのことで何かあったんだろう？」

「それは、その……。なんで知ってるんですか？」

「あの二人がわざわざ家まで送るんだ、レベッカへの点数稼ぎっていうのも分かるが、もう一つぐらい理由があるだろうと思ってな。それに、キャンディスの態度も少しおかしかったし」

「私の態度？」

まさか、とキャンディスはぱたと己の頬を手で押さえた。

自分はあまり感情が表に出ない質《たち》だと思っていた。

呆れたり面倒くさがる時は露骨に顔に出るが、それは別に顔に出しても良いと思っているからだ。

それ以外の時は比較的隠せていると思っていたが……。

とりわけ左目は眼帯で覆っており、これだけでも表情の変化は多少なり隠せているはずなのに。

そんな疑問を抱くキャンディスの反応が面白かったのか、ユベールがふっと軽く笑った。

「キャンディスがいつも俺を見ているように、俺だってキャンディスのことをよく見てるんだ。話し難いことがあった時の反応ぐらいは分かるさ」

「ですが、この話題は……」

「もう未練はないって言っただろ。事態の進展として聞いておきたいだけだ」

「だけど……」

夜にでも話そう、なんだったら明日以降でも……、と、そう考えていたキャンディスにとって、今これからというのは急すぎる。

かといって隠せばユベールも気になるだろう。そもそも一番に気遣うべきはユベールなのだから、彼が聞きたいのならば話すべきだ。

どうしよう……、と悩んでいると、ユベールの笑みが苦笑じみたものに変わった。まったくと言いたげな穏やかな表情だ。

「月が出てきたな」

「月？　ええ、そうですね」

「今話せば、月を背景にして、憂いを帯びた表情で溜息を吐く俺の顔を見られるんだぞ」

「そ、それはっ……!!」

ユベールの話を聞き、キャンディスに衝撃が走った。

平時でさえ彼は麗しい。今こうやって市街地で立っている姿でさえ、その顔も、佇まいも、スタイルも、何もかもが美しいのだ。

それが、月を背景にし、更に憂いを帯びた表情で……。ユベールの顔の良さに更に物悲しげな色が混じるというのか。儚さと神秘さが加わり、より崇高な美になるに違いない。

「それは見たい……、とても見たい……」

「そうだろ、見たいだろ」

「見たい……、ですが！　見たいと思うのは人としてどうかとも思えます!!」

月を背景にするだけならまだしも、憂いを帯びた表情で溜息を吐くということはユベールが傷つくということだ。いくら顔の良い彼の普段とは違う麗しさを見たいからといって、それを求めるのは人としてどうだろうか。

キャンディスが頭を抱えて苦悶する。ちなみにそれを見るユベールはといえば「意外としぶとい理性だな」とまで言っているのだが。

「私の中で善意を司るキャンディスが『悲しむ様を求めては駄目』と訴え、悪意を司るキャンディスが『帰りにお菓子をもう一つ買ってしまえ』と訴えている……」

「後者が司ってるのは悪意じゃなくて食欲だな。とにかく、分かったからとりあえず移動するぞ」

このまま話していても埒が明かないと判断したのか、ユベールがキャンディスの手を掴んで歩き出す。もちろん公園のある方へと。

問答無用ではないか。更には「これでも気を遣ってるんですよ」というキャンディスの訴えに対しても、「それはありがたい話だな」と軽く返してくる。……手を繋いだまま。

自分の手を握り、引っ張るように歩く。

そんなユベールに連れられ、キャンディスはゆっくりと目を細めた。

そうして公園の一角で、バロックとスティーツから聞いた話をユベールに伝える。

ミモア・ミルネアが今どこに居るのか。彼女が今誰と居るのか……。

話を聞いたユベールは驚き、そして「俺は何も知らなかったんだな」と自虐めいた笑みを浮かべた。ふいに視線を逸らすのは、かつての自分に対しての哀れみを抱いたのだろうか。

月を背景に溜息交じりに笑む彼は美しいが、見ていたくない。

そうキャンディスは心の中で呟いた。

三章　冬の訪れ

トサッ……、トサッ……、と柔らかなものが落ちる音がする。
これは故郷でよく聞いた音だ。
積もった雪が落ちる音。真っ白な雪が、真っ白な雪面に落ちていく……。
懐かしい、とキャンディスは微睡《まどろ》む意識で思った。脳裏に故郷の景色が蘇る。
雪で覆われた村。森へと続く道も白く染まり、吐く息も白い。
そんな白だけの世界を、手を繋いで歩いた。
真夜中の森は、雪が月明かりを反射して不思議なほどに明るい。
『こんな時間に外に出て、旦那様に怒られてしまいますよ』
『バレなければ良いのよ。それに、誰も踏んでない雪を踏みたいんだもの』
『それなら朝早くに起きれば良いじゃないですか』
『嫌よ。だって朝は寝ていたいんだもの』
何を言っても歩む足を止めない。

さくさくと雪を踏みしめる音と、自分達の会話だけが聞こえる静かな夜。

真夜中だろうと恐れるものはないと森の中を進む。

『何もないつまらない村だけど雪だけは綺麗ね。冬には帰ってきてあげてもいいわ』

得意げで恩着せがましい口調。まるでこちらが願っているかのように話す。

彼女が話すたびに小さな唇から白い息が漏れる。彼女の話に返事をするたび自分の唇から漏れた白い息が視界に移り込む。

森の中、あるのは雪と、自分達と、自分達の呼吸だけ。

『貴女だって冬ぐらいは帰ってきたいでしょ？』

『私も？』

『そうよ』

当然のように彼女が言う。

真っ白な森の中。両の目に映るのは屈託のない笑み。

『私と一緒に王都に行くのよ。　　　　にしてあげる』

そう言って、あの子は繋いだ手をぎゅっと握ってきた。

❄　❄　❄

「……キャンディス、おい、キャンディス」

自分の名前を呼ぶ声と、体を軽く揺すられる感覚。

雪の中に溶けるように微睡んでいた意識が次第に浮上し、ゆっくりと目を開けた。

片方が遮られた視界はぼやけている。白い森の中……、ではない。

「キャンディス、起きたか？」

尋ねながら顔を覗き込んでくるのは銀色の髪の青年。

深緑色の瞳がじっとこちらを見つめてくる。

「……ユベール様」

彼の名を呼び、キャンディスはぼんやりとした意識ながらに身を起こした。

意識はまだ揺らいでいる。まるで頭の中を左右から交互に引っ張られているかのようだ。実際にふらついていたのかユベールが支えるように肩を押さえてきた。

「……もう、朝ですか」

「あぁ。だがさっきロブが来た。今日は休みにして良いって」

ロブから連絡を受け、既に起きていたユベールとリアはそれならもう少し寝かせておこうと考えたらしい。だが部屋の前を通ったところ、うなされる声が聞こえて起こしに来たのだという。

話をしている最中もユベールは宥めるように肩を撫で、次いでそっと頬に触れてきた。無意識にキャンディスも彼の手を追うように自分の頬に触れ……、そして初めて、自分の頬が濡れていることに気付いた。泣いていたのか。

「そうですか……。起こしてくれてありがとうございます」

「いや、礼を言われることじゃない。それで……、大丈夫か？　起きるなら食事の準備はできてるから温めてくる。それともう一度寝るか？」

案じてくるユベールに、キャンディスはまだはっきりとしない意識でふとベッドの横にある窓へと視線をやった。

カーテンを閉めているため外の景色は分からない。

「雪が降ってるんですか？」

「ん？　あぁ、降ってる。昨日の夜に外を見たら少し降っていたから一晩中降り続けてたんだろうな。大雪というほどじゃないが積もってるよ」

だから余計に冷えるのだとユベールが話す。それを聞きながら、キャンディスは「雪が……」と小さく呟いた。

外には雪が積もっている……。

もっとも、キャンディスの部屋の窓は隣家と面しており、開けたところで雪景色とはいかない。

隣家との隙間もひとが二人並んで通れるかぐらいの幅しかないため、せいぜいその細道が雪で埋まっているのを見下ろすぐらいだろう。

それでも窓の外に真っ白な雪景色を思い描いてしまう。

一面の雪。すべてが雪で覆われた、足跡一つない白。

そこに雪が降り注いで、雪景色に溶けるように積もっていく。

「ユベール様、雪を見に行きませんか」

「雪を？　構わないが、平気なのか？」

「大丈夫です。だから、どこか、誰も踏んでない雪面に行きましょう。真っ白な、足跡一つない場所に……」


今度は文句なんて言わないから。

手を繋いでどこにだって行くから。


口にしかけた言葉を呑み込みぼんやりと窓を眺めていると、肩に触れていたユベールの手がそっと離れていった。

彼の手が今度は布団の上に置かれたキャンディスの手に重なる。

「冷たいな」

ユベールが小さく呟く。

重ねられる彼の手は大きく温かい。その手に包み込むように握られ、キャンディスはゆっくりと窓からユベールへと顔を向けた。

深緑色の瞳がじっと見つめてくる。色濃い綺麗な瞳だ。その目が細められ、形良い唇が穏やかに優しくキャンディスの名を呼んだ。

「雪は朝食を食べたらリアと三人で見に行こう。買い物がてらでも良いし、公園に行っても良い。誰かの足跡があったって構わないだろ」

「……そう、ですね」

ユベールの言葉にキャンディスは吐息交じりに返した。

彼の言葉が胸に染み込んでいく。染み込んで温まっていく胸の感覚に無意識に肩の力を抜けば、それを見て取ったユベールも安堵の表情を浮かべた。

もう大丈夫だと判断したのか握っていた手を放す。

「それじゃ朝食にしよう」

「なんだかお腹が空いてきました」

「食欲があるのは良いことだ。……おっと、その前に」

思い出したようにユベールがポケットから何かを取り出し……。

そしてふわふわの毛糸で編まれた眼帯をそっとキャンディスの左目に巻いてきた。

「毛糸を変えてみたんだ、前より暖かいだろ」

「……暖かいんですけど、着ける直前に柄が見えた気がします。もしかしてイニシャルですか？」

「似合ってるぞ」

「答えてください、イニシャルなんですか」

「うん、似合ってる」

「こたえっ……、あっ、良い笑顔!!」

輝かんばかりの笑顔で見つめてくるユベールの顔の良さにやられ、思わずくらりと頭を揺らしてしまう。

顔の良いユベールの更に良い笑顔を間近で、それも寝起きに見てしまったのだ。これに耐えられるわけがない。これはこれで視界が白く瞬いてしまう。

思わず「目が……」と呻きながらふらふらと手を上げれば、ユベールが笑いながらその手を握ってベッドから下りるように促してきた。


朝食を摂り、温かなお茶を飲み、食後の運動がてら市街地にある公園へと向かった。

雪はまだ細かく降っており地面は雪で覆われているが、人が幾度となく通っているため積雪と泥濘の中間といった具合だ。

だが木の枝や屋根、堀には親指程度の厚みの雪が積もっており、時折、木の枝が重みに耐えきれずにしなり雪の塊を落としていた。そのたびにトサトサと独特な軽い音がする。

市街地にある公園は雪を見に来た者達が多く、着膨れしてもこもこに膨らんだ子供が雪を触っては冷たいとはしゃいでいた。

コートと、手編みのマフラーと手袋。更に手編みの眼帯まで着けたキャンディスはその光景をぼんやりと眺めていた。

「この調子だと道には積もらないだろうな」

周囲を眺めながらユベールが話す。

彼の隣に立つリアがその話に同感だと頷き、アデル村での雪景色について語り始めた。

「一度雪が降ると村中が真っ白の雪景色になるのよ。どこもかしこも全部雪」

「全部、か……。王都は雪が降ると歩行のために整備されるから、一面の雪景色っていうのは見たことがないな。でもそんなに雪が降ると歩くのが大変じゃないか？」

「毎年のことだから子供のうちに慣れてしまうわね。コツは、誰かが歩いた足跡を頼りに歩くのよ」

こうやって、とリアが地面に付いた足跡を辿って歩き出した。

ここは雪が積もるアデル村ではなく市街地にある公園。先客のおかげで地面は泥濘程度で、一面の雪景色になる村で生きてきたリアにとって歩くのは容易だ。遊ぶかのように足跡を追っていく。

対してリアの話を聞いて真似るユベールの動きは随分とぎこちない。恐る恐る足跡を踏み、たまに泥濘に足を取られてズリッと滑っては「うわっ」と声をあげている。転びこそしないが、いつ転んでもおかしくない足取りである。見ているこちらがハラハラしてしまう。

「今なら分かるが、王宮の敷地内は雪と言えどもしっかり整備されてたんだな……」

よたよたと歩くユベールを見てリアが愛でるように笑う。

「キャンディス、ユベール様の手を引いてあげて」

「……え、あ、はい」

名前を呼ばれ、はたと我に返りキャンディスが手を伸ばした。

ユベールがよたよたと覚束ない足取りで近付き、手を摑んでくる。

互いに手袋を着けているため温かさは感じないが、ぎゅっと握ってくる強さに必死さが窺える。

「これで一緒に転べるな」

「転ばない前提で歩いてください。というか、私はこんな雪道じゃ転びませんよ」

アデル村出身ゆえキャンディスも雪道には慣れている。

足首まで沈むほど積もった日だってなんなく歩けるし、走り回ることだってできる。この程度ならば気を付けるものでもない。そもそもこの程度はアデル村では雪道とは呼ばない。

そう話せばユベールも感心したような表情を浮かべ、更に強く手を握ってきた。


雪を眺めながら公園内を歩き、そのまま買い物を済ませ、体が冷える前に家へと戻った。

軽く食事をして各々自由に過ごす。そんな中、キャンディスが自室から出て階段を下りると、玄関でリアが出掛ける準備をしていた。

「買い忘れがあったの。ちょっと行ってくるから留守番よろしくね」

「買い忘れ？　まだ雪が降ってるし寒いから私が行こうか」

「大丈夫よ。いつ傷が痛み出すか分からないんだし、せっかく休みにしてもらったんだからお茶でも飲んでゆっくりしていなさい。それとユベール様がリビングで眠っているから静かにね。あと棚にクッキーがあるからそれは食べて良いけど、お鍋の中の料理は駄目よ。クッキーじゃ足りないようならパンを食べて待っていて」

あれこれと告げて、言い終えるや「それじゃ行ってくるわね」とあっさりと家を出て行く。

その勢いにキャンディスは言われるままに「はい」を繰り返し、辛うじて「行ってらっしゃい」という言葉を投げかけるだけだった。

相変わらず有無を言わさぬ押しの強さ。あの調子なら寒かろうと雪だろうと大丈夫だろう。

思い返せば、村に居た時も、どんなに寒く雪が降りしきる日であってもリアは誰よりも早く起きていた。キャンディスや子供達が外に出ると決まって彼女が「寒いから温かくしなさい」と声を掛けてくれたのだ。

雪が降っているからただの寒いからだのと言ったが、彼女からしてみたら「ひよっこが甘いことを」とでも思ったかもしれない。

そんなことを考えながらリビングへと向かえば、リアが話していた通りソファでユベールが眠っていた。

柔らかな毛布を体に掛け、ソファに身を預けて眠っている。

サイドテーブルには本とマグカップ。読書の最中に眠くなってそのまま……、といったところか。

「雪の中を歩いたし疲れたのかな」

キャンディスもリアも雪道は慣れている。むしろ今日のような道は雪道にあらず、雨天の道に近い。どれだけ歩いても疲れなどしない。

だがユベールは今まで整備された雪道しか歩いた経験がなく、それもきっと好奇心で外に出て少し歩いて満足したら屋内で過ごしていたのだろう。第一王子が寒い中をわざわざ歩き回る必要はないし、仮にその必要があっても彼の歩く道は入念に整備されていたはずだ。

ゆえに疲労に差が出るのは仕方ない。彼が疲れて眠ってしまうのも当然。

「随分ぐっすり眠ってるなぁ。寝顔も麗しい」

寝顔を覗き込む。よっぽど熟睡しているのか、もしくはどれだけ注視しようともキャンディスからの視線には慣れたのか、彼が起きる気配はない。

色の濃い瞳は今は閉じられており、長い睫毛が閉じられた目を縁取る。スゥと微かに聞こえる寝息は形の良い唇から漏れたものだ。

凛々しく麗しいが、無防備に眠る今はあどけない印象も受ける。

綺麗。

彼を起こさないよう心の中で呟き、左目を覆う眼帯を外した。

横断する傷跡ごと左目は塞がれており、完全に機能を失っている。その生活にも慣れたし、惜しむ気持ちはない。

だけど今だけは眠るユベールを両目で見つめたかったと思ってしまう。

いや、今だけではない。彼をじっと見つめる時、彼が見つめ返してくれる時、その時だけは両の目があれば良かったのにと思っていた。

そんな惜しむ気持ちを胸に、キャンディスはユベールの寝顔を覗き込みながら右目を細めた。

『こんなに顔が良い方とずっと一緒に居られたら幸せですね。毎日この綺麗な顔が近くにある、見つめ放題、これ以上ない生活ですよ』

『私は嫌よ、結婚するなら私のことを心から愛してくれる人じゃないと』

『私はこの顔を心から愛せます』

『……貴女、いつも私の言うこと聞いてくれるのにたまに頑固よね』

そんな会話が記憶の底からゆるゆると浮かび上がる。

雪を見たからだろうか、記憶の中の声も普段よりはっきりとしている。

あの子は今の自分のことを知ったら呆れるだろうか。大袈裟に肩を竦めて、居丈高に「良い顔がどうのって、全然変わってないのね」とでも言ってくれるかもしれない。

そんな想像をするくらいには今日は記憶が鮮明で、会話が一つまた一つと蘇ってくる。

　あの後、あの子は呆れたように肩を竦めて、まるでそれが当然の事実であり自慢するかのように『いつか私を愛してくれる素敵な人が現れるのよ』と断言していた。

　自分はその人と惹かれ合い、愛し合い、結ばれるのだと。

　それこそまさに……。

「真実の愛」

　ポツリとキャンディスが呟くと、それが聞こえたのか、もしくは視線を感じ取ったのか、それとも偶然か、ユベールが「ん……」と微かに声を漏らして身じろいだ。

　長い睫毛で縁取られた目がうっすらと開き、深緑色の瞳が覗く。眠たげな目元には艶めかしい麗しさがあり、ぼんやりとした瞳がキャンディスを見上げる。

　緩慢な瞬きは寝惚けているからか。見ているこちらまで眠くなりそうだ。

「すみません、起こしましたか？」

　じっと見つめたまま問えば、少し掠れた声で「気にするな」と返してきた。

　その声も表情もまだ眠たげで、これもまた麗しい。

「キャンディスが俺の顔を見つめるのなんていつものことだろ」

　眉尻を下げてユベールが笑う。苦笑とリラックスを交えた笑みだ。

　その柔らかさにキャンディスも「確かにそうですね」と笑って返した。

「もう一度寝ますか？　私が居て気が散るなら部屋に戻りますけど」

「いや、じゅうぶん寝たから平気だ。もう起きる」

ユベールがゆっくりと身を起こし、額に掛かっていた前髪をぐいと強引に手で掻き上げた。次いで眠気を払うように体を伸ばす。

その豪快な動きと、それでいて繊細で端正な顔付きの差は良いギャップとなっている。なんて素晴らしいのか。

「なんて顔が良い……、寝顔も良ければ寝起きの顔も素晴らしい……。すばら……、し……。……はっ!!」

「また記憶を失ったのか」

「とお思いでしょうが、バッチリ記憶は残っています。これはきっとユベール様の麗しい寝顔を忘れまいと、私の記憶が消え失せる直前で堪えたんでしょう。良い顔は見た人の意識と記憶を失わせますが、それでいて記憶に残そうと脳が働くんです。相反する動き、これもまた麗しく美しい顔のせいです」

「またわけの分からない理屈を……。まぁいつものことか」

今更言及する気もないとユベールが肩を竦める。

そうしてふと思い立って「寝顔」と呟いた。己の頬に手を当てる、その仕草も様になっている。

「今まで昼寝なんてしたことなかったし、寝てるところを見られたこともなかったな。俺の寝顔はどうだった？」

「最高でした。これから積極的にソファで昼寝してください」

「衣食住を保証されたうえに昼寝推奨か。快適な生活だな」

「あ、そうだ、リアがおやつがあるって言ってました。食べましょう」

「三食昼寝におやつ付き……。これが俺の顔の良さがなせるわざか」

そんな会話を交わしつつおやつの準備をする。

紅茶とクッキー。それにクッキーに乗せるためのジャム。足りなそうなのでパンも漁る。

「ユベール様、だいぶぐっすりと眠ってましたね」

「そうだな。慣れない雪道で疲れたみたいだ。足がちょっと筋肉痛になりかけてる」

「公園に行っただけで？」

「慣れない道だから仕方ないだろ。滑って転ばなかっただけマシだ」

「そうですか……。それなら、今のうちに慣れておいてくださいね」

そうキャンディスが紅茶の手配をしながら告げれば、ユベールが深緑色の瞳を僅かに丸くさせた。

だが次第にその目を細める。嬉しそうな柔らかい笑み。

「そうだな。これからは雪が降るたびに散歩に行こうか。もちろん手を引いてくれるだろ？」

当然のことを確認するかのような口調で尋ねてくるユベールに、キャンディスも微笑んで頷いた。

積もっていた雪も溶け、数日経つと名残も溶けてなくなった。

そんなある日、そろそろ夕刻に差し掛かる時間帯にドアノッカーを鳴らされ、夕食の下準備をしていたユベールとリアが揃って顔を上げた。

キャンディスの帰宅にはまだ早い。そもそも彼女はドアノッカーを鳴らさずに帰ってくる。

「お客さんかしら？」

「俺が見てくる」

一言告げてユベールが玄関へと向かい、扉を開け……、そこに立つ人物を見て目を丸くさせた。

「突然の訪問、申し訳ありません。少しお話を伺いたく参りました」

玄関前に立っていたのは近衛騎士隊長バロック。出てきたのがユベールだと判断するや、彼は畏まった挨拶と共に頭を下げた。騎士らしい仰々しい態度は一般家屋の玄関だと些か浮いている。

そんなバロックを見てユベールは一瞬だが言葉を失い、次の瞬間、深緑色の瞳をカッと見開いた。

「雨っ!?」

ユベールが声をあげれば、バロックがビクリと肩を震わせた。

だが今のユベールは突如声を荒らげたことに謝罪をする余裕もなく、バロックが纏っている濡れた外套と、それと彼越しに見える外の景色に驚愕していた。

重々しい薄墨のような雲が空を覆い、しとしとと降りしきる……、雨だ。

「え、ええ、俺が王宮を出たあたりから雲行きが怪しくなり、先程降りだして」

「すまないが話は後だ！　とりあえず家に上がって待っててくれ!!　リア、雨だ！　窓を閉めてくれ！　俺は洗濯物を取り込んでくる!!」

屋内に声を掛けながらユベールが大急ぎで二階へ続く階段を駆け上がっていく。

残されたバロックはと言えば、ひとまずこれ以上濡れるまいと玄関から家の中に入りつつも、奥までは入り込む気にはなれず「……お邪魔します」と誰にも聞こえないと分かっていても呟いた。


慌てて洗濯物を取り込み、まだ洗濯物を干したままの隣家に窓越しに「雨が降ってきてるぞ！」と声を掛け、立ち尽くしていたバロックをようやく家の中へと案内する。

取り込んだ洗濯物を畳むのと調理の続きをリアに任せ、ユベールは紅茶の準備とお茶請けを手早く用意してテーブルについた。

お茶請けはクラッカーとリンゴのジャム。王宮関係者に出すお茶請けにしては些か地味だが、ここは一般家庭だ。

「待たせてすまなかった。それに変なところも見せてしまったな。日中は晴れてたから油断して、天気が悪くなっていたのに気付かなかったんだ」

恥ずかしそうにいそいそとエプロンを外しながらユベールが話せば、バロックが若干上擦った声ながらに「お気になさらず」と返した。

「俺の方こそ突然訪問して申し訳ありません。少しお話をお伺いしたくて……」

「ミモアのことだろう？」

　まだ若干気圧された様子のバロックに対して、ユベールはあっさりと本題を口にした。

「ジャムを作ると聞きつけて貰いに来る奴を除けば、王宮勤めの騎士がわざわざこの家に来ることなんてミモア絡みでしかないだろ」

「それはそうですが。……ジャム？」

「あぁ、気に入ったら持って帰ってくれ。それで、ミモアについて何を聞きたいんだ？　知っていることはすべて話したはずだが」

　ジャムの件はあっさりと流して今更な訪問の理由を問う。

　ミモアについては婚約破棄騒動が起こってすぐにすべて話すよう詰められており、その後は絶縁されて今日まで蚊帳の外。今更ユベールが提供できる情報はない。もちろん隠していることもない。

　そう話せば、疑っているわけではないのだろうバロックも頷いて返してきた。

「改めて情報を確認させていただくだけです。ミモア・ミルネアは……」

「まさか他国の王子と繋がってるとは思わなかったな」

「ご存じでしたか」

「あぁ。キャンディスから聞いた。さすがに情報を漏らしただのと言ってくれるなよ？」

「分かっています。俺達も、ユベール様に伝わること前提で彼女に話しましたから」

直接ユベールに話をすれば、情報を漏らすなとレベッカや両陛下から咎められる可能性がある。そもそも連絡を取っていること自体よく思われないだろう。

だからバロックはキャンディスに話をしたのだ。

彼女は王宮勤めの騎士であり、婚約破棄騒動の場にも居た。報告の際には同行させている。関係者として情報を提供するのはおかしな話ではない。

なにより、たとえユベールに情報を流していたことを咎められたとしても、間にキャンディスを挟んでいればレベッカの怒りは逸らせる。

そう淡々とバロックが説明すれば、ユベールも同感だと頷いた。キャンディスが人身御供どころか緩衝材扱いなのだが、それに関してはどちらも言及しない。

「それで、ミモアの相手はフレノア国のリベルタ王子、確か第一王子だったよな」

フレノア国は国を一つ跨いだ先にある、国土や発展度合いも同等の国だ。国家間の関係はまずまずといったところで、抜きん出て友好的ではないがさりとて敵対もしていない。あくまで近隣諸国の一つ、といったぐらいである。

その国の第一王子リベルタ・フレノアとミモアは繋がっていた。

ミモアは王宮から逃亡するや真っ先にフレノア国を目指したのだろう。更には第一王子の恋人として保護されているというのだから、どれだけ探しても見つからないはずである。

「昔からの知り合いだったらしいな。俺と一緒に居た時はそんな素振りはなかったんだが……」

「彼女をメイドとして雇っていた公爵家も、それどころかミモアの両親すらもこの件は把握していなかったようです」

「両親すらか……。そういえば、ミモアは前に両親とは不仲だと言ってたな」

「はい。おかげで親族からまったく情報を得られず困りました。ようやく所在が掴めたと思えばこの事態。国を跨いでそのうえ王族に関係しているとあっては、こちらも容易には動けないんです」

溜息交じりのバロックの口調は情報の提供というよりも愚痴に近い。

なにせ、ただでさえ捜索が難航してプレッシャーを感じていたというのに、ミモアは既に他国に渡っており、更にはその国の王子と繋がっていたのだ。

「まだ見つからないのか」という周囲からの非難の視線は「みすみす逃がして」というものに変わり、今となっては「なぜこうなるまで気付かなかった」と変化している。

事態は進展こそしたものの、バロックが率いる捜索隊にとっては立つ瀬がなくなる一方だ。さすがに近衛騎士隊長だって愚痴りたくもなる。

「馬鹿な王子がメイドに騙されて痛い目を見た事件から、まさか国を跨いだ問題になるとはな」

「……随分と達観してますね」

「さすがにここまでくるとな。まぁだが協力はもちろんするさ。ミモアについてだろ」

過去を思い出すようにユベールが視線をよそに向ける。

その際に「うぅ……」と呻いて胸元を押さえるのは、なんだかんだ言っても達観しきれていないからだ。

ミモアについてを思い出せば同時にかつての自分の言動も思い出され、脳裏に蘇るのは『真実の愛』の言葉。後悔やら反省やら自己嫌悪やら羞恥心やら何やらが一気に胸に押し寄せてくる。

「今夜は枕に顔を埋めて叫ぼう……」と小声で呟き、それでもせめてとミモアとのことについて話し出した。

ユベールがミモアと出会ったのは、レベッカの父であるフォルター家当主に用があり公爵家を訪問した際のこと。

当時まだミモアはメイド見習いで、当然だが第一王子の給仕に付くわけがない。

だがミモアはユベールの前に現れた。それも、公爵家当主も他の給仕も居ないタイミングで。掃除用具を片手にうっかりと部屋に入ってきてしまったのだ。

彼女はユベールの姿を見ると驚き、自分が部屋を間違えたことに気付くと慌てて詫びだした。

何度も頭を下げ、慌てているため説明もままならない。口調も言葉遣いも「ごめんなさい！」「私、うっかりしていて！」と、公爵家に仕えるメイドとは思えないものだった。

仮にレベッカや公爵家の者達が居たら公爵家の恥だとミモアを叱責しただろう。他の王族や貴族ならば「こんな品のない者を雇っているのか」とでも言ったかもしれない。

だがユベールには慌てふためき謝罪するミモアが清く新鮮に見えた。

純粋で、あどけなく、感情を露わにする無邪気な少女。苦笑交じりに「気にするな」と宥めれば分かりやすく安堵し、次いで照れくさそうに頬を染め、花が咲き誇ったように明るく笑った。

　その笑顔を見て恋に落ちたのだ。

　……もっとも。

「今になって思えば、あれも全部演技だったんだろうな」

　紅茶を飲みながらユベールが溜息交じりに結論付ければ、バロックが僅かに眉根を寄せて何とも言えない表情を浮かべた。

　同感ではあるが、さすがに騙された男を前にしてそれを肯定するのは躊躇われるのだろう。気遣うような気まずそうな表情をしている。

　そっとクラッカーに手を伸ばすのは、この場の空気の気まずさから逃げるためか。

「ミモア・ミルネアは以前よりユベール様と接触する機会を狙っていたようです。いずれ暗躍するために……」

「元々メイドから王妃にのし上がろうとしていたってことか。俺には『爵位も権力も興味はない』って笑って話していたんだけどな」

　王族として生まれ、権力争いや権威を誇示する者達に囲まれ、それらが当然の世界で生きてきたユベールにとって、興味がないと笑って言い切るミモアは眩く魅力的に思えた。彼女のこの言葉もまた『真実の愛』に拍車を掛けたのだ。

だというのに、その話も、そもそもの出会いも、すべては最高位の権力を手にするためだった。

今となっては手遅れな真相に、ユベールが自虐の色を含めて小さく笑った。

向かい合って座るバロックが痛ましげに眉根を寄せる。それでもここで話を終わりにするわけにはいかず、気遣うような表情ながらにゆっくりと口を開いた。

「ミモア・ミルネアがのし上がる目的でユベール様に近付いたのは事実です。ですが、メイドから王妃ではなく……。聖女として、かもしれません」

「聖女？」

なぜ今の会話でその単語が出るのか。

どういうことかとユベールが視線で問えば、バロックが何かを言いかけ、一度周囲を窺った。話がよそに漏れることを恐れているのだ。つまりそれほど極秘情報なのだろう。

だがいかに警戒したところで、ここは王宮や騎士の詰め所ではない、ただの一般家屋だ。それも雨が降っているので窓はすべて閉めた。外部からの盗み聞きは不可能。

話を聞いているのはユベールだけだ。リアはキッチンで鼻歌交じりに料理を作っているのでよっぽど大声を出さなければ聞こえないだろう。

それを察し、バロックが低い声で「実は……」と話し出した。

「ミモア・ミルネアの日記が発見されたんです」

彼女は婚約破棄騒動の直後にフレノア国に渡った。

それが判明するやすぐさまバロックをはじめとする捜索隊は彼女の足取りを追い……、そしてミモアの物と見られる日記の切れ端を見つけた。

「日記？」

「はい、ほんの一部分ですが。書かれている内容と筆跡からミモア・ミルネアの物で間違いないと判断しました。その日記から判明したことですが、実は彼女は……、え、このジャムうまいっ！」

「後で持たせてやるから本題から逸れてくれるな」

「し、失礼しました。えぇっと、そう、ミモアですが、実は彼女も聖女としての素質があったようです。仮にレベッカ様がその資格や能力を失った際には、ミモアが国を治めることになっていたかもしれません」

話すバロックの表情が渋くなる。ただでさえ面倒な状況だというのに、更にややこしくなる事実が発覚し、胸中としては「もう勘弁してくれ」というところなのだろう。

彼の話を聞き、ユベールは驚きを隠せずにいた。「そうか……」と呟く声は自分でも分かるほどに上擦っている。

この件についてキャンディスから聞かされていないと話せば、判明したばかりなのだという。逆にユベールから彼女に伝えるよう頼まれ、それは頷いて了承した。

「ミモアにも聖女の素質があったのか……」

「はい。このことはミモアの両親や国王陛下も知らなかったようです。……ユベール様は」

言いかけ、バロックの視線が一瞬にして鋭さを増した。

あえて最後までは言葉にせず問うことでユベールの出方を窺っているのだ。まっすぐに向けられる視線が、張り詰めた空気が、嘘も誤魔化しも許すまいと圧を掛けてくる。

その圧と無言の問いかけに、ユベールは軽く息を吐くと小さく首を横に振って返した。

「残念だが俺は何も知らない。そもそもレベッカに聖女の力があったことすらも俺は知らされてなかったんだ。父上……、いや、国王陛下が知らないことを知るわけがないだろう」

「……そうですか。不躾なことを聞いて申し訳ありません」

「気にするな、疑われて当然だからな。……ただ、何から何まで、婚約者だったレベッカについても、真実の愛だのと誓ったミモアに関してまで、俺は全部蚊帳の外だったってわけか」

ユベールが深く息を吐いた。だが悔しさや後悔の溜息ではない。過去の騒動を思い出して一息吐くようなものだ。

この真相に驚いてはいるものの、反面、驚いたところで今更どうなるという気持ちもある。

すべての事実が透明でいて分厚い壁を隔てて展開されているかのような感覚。

壁の向こう側にはもう戻れない。仮に戻ることを許されたとしても、きっと自分はもう戻らないだろう。そんな達観に似たなんとも言えない感情が胸に湧く。

そんなユベールを気遣ってか、バロックが窺うような声色で「レベッカ様とは」と話し出した。

「レベッカ様とは互いのことを話したりはしなかったのですか？」

「そんな仲でもなかったし、互いの話なんて碌にしなかったな。それに婚約自体は幼い頃から結んでいたが、フォルター家が王都に住まいを移すまでは顔を合わせたことすらなかったんだ。婚約に俺達の意思なんて関係ないからな」

随分と冷めた物言いだが、政略結婚なんてこんなものである。

この話にバロックもさして異論を挟まずに相槌を返した。自身もまた貴族の子息であり、ゆえに結婚とは家と家の繋がり、互いや家の利益で結ぶものだと割り切って考えている。

一度として顔を合わせず、言葉を交わさず、家柄だけで結婚まで進めるのも稀ではない。

とりわけそれが王族と公爵家ともなれば、当人達が生まれる前から結婚が決まっていた可能性すらあるのだ。

だからこそミモアはユベールに対して『真実の愛』という浮ついた言葉を使ったに違いない。

そこまで読んでいたのか、とバロックが心の中で呟いた。もちろんユベールを前にして口に出すことはできないが、きっとユベール本人も同じことを悟っているだろう。

「王都に来てからレベッカは王妃教育を始めたんだが、それはもう、俺だったら音を上げそうな厳しさだった。……俺よりも期待されているのかと苛立ったが、今考えてみれば俺の嫉妬は的外れだったんだろうな」

ユベールは自身が第一王子であり、ゆえに次期王だと考えていた。

レベッカがいかに未来の王妃と期待される才女であろうとも、あくまで自分の婚約者であり、第一王子と結婚するからこその未来の王妃でしかない、と。

だが蓋を開《あ》ければレベッカの方が厳しい王妃教育を受けているではないか。家庭教師も質の良い人材を充てられ、遊ぶ暇もない多忙な日々。それをレベッカは見事にこなしていったのだから、周囲の期待が彼女に注がれていくのは空気で分かった。

とりわけ、両親である両陛下はレベッカをまるで実の娘のように可愛がり、彼女の聡明さを褒め、未来に期待していたのだ。

「国王陛下からはよく『レベッカを大事にしろ』と言われていたよ。あの時はただレベッカが婚約者だからだと思っていたが、実際は彼女が聖女だから言っていたんだろうな。まぁ、今となっては真相を知ったところでどうしようもない話だ」

「それは……、確かに仰る通りです」

「俺が知ってる情報はこれぐらいだ。すべて話してるから今更新しい情報もないだろ」

あっさりとユベールが話を終え、挙げ句に紅茶を飲みながら「他に聞きたいことは？」と促す。

もっとも、問われたところで新たな情報を提示できるわけがない。知っていることは洗い浚い話しているし、そもそもすべてにおいて蚊帳の外だったのだ。

バロックもそれは理解しているのだろう、これで終わりにしようとし……、ふと思い立ったように「そういえば」と話を続けた。

「キャンディス・クラリッカについてですが」

「キャンディス？」

　この場でなんでキャンディスの名前が出てくるのか、とユベールが不思議そうにする。——現在地はキャンディスの家なのだが——

「あいつだって蚊帳の外だぞ。というか俺よりも無関係だからな。ただ俺の顔が好きで首を突っ込んだだけだ。……助けられた身で言うのもなんだが、それもどうかと思うけどな」

「それは存じております。ただ単純な疑問というか、ミモアの件とは関係ないのですが、どうしてレベッカ様はあれほどキャンディスを気に入っているのかと不思議に思いまして。ユベール様は何かご存じですか？」

　レベッカ・フォルターは誰に対しても分け隔てなく接し、同時に公平である。公爵令嬢であり聖女、そして未来の王妃という立場からそう心がけているのだろう。

　だがキャンディスに対してだけは別だ。レベッカは見て分かるほどに彼女を特別視している。

　以前あった報告会の場がまさにだ。厳しい顔をしていたのにキャンディスが来るだけで表情を和らげ、仕事に戻ろうとするところを呼び止めてまでお茶に誘う。

　それは年頃の令嬢らしいと言えばそうなのだが、レベッカ・フォルターらしさは皆無である。

　明確な態度の違い。レベッカには似合わぬ単語だが『贔屓』とさえ言える。バロックやスティーツがレベッカの後ろ盾を期待してキャンディスを手に入れようと考えたほどだ。

「確かにあれは分かりやすいし、レベッカらしくないよな。俺も一度理由を聞いたことがある」

当時、まだユベールはキャンディスのことをよく知らなかった。

田舎出の末端騎士ゆえ王族の護衛に付くこともなく、女性騎士も少なくはあるがさりとて珍しいというほどでもない。当人も向上心ややる気は一切なく、活躍することも功績をあげることもない。末端騎士隊の一人にすぎず、第一王子が把握していないのも無理はない。

だがさすがにレベッカがあれほど贔屓にしていれば自然と認識する。それと同時に、なぜという疑問も湧く。

『レベッカ、なぜあの騎士を気に掛けるんだ』と、そう尋ねるのは至極普通の流れだろう。

「それに対して、レベッカ様はなんと？」

「『以前に少し』だけだ。当時は疑問には思ったがキャンディス自体には興味はなかったし、レベッカも言い切るとすぐに立ち去ってしまったから、それ以上は聞き出そうとしなかったな」

「……そうですか。今はキャンディスから聞き出そうとは思わないんですか？」

「あいつから？」

バロックのもっともな問いかけにユベールが意外そうな表情を浮かべた。

次いでしばし思案したのち「考えもしなかったな」と呟くように返した。

「確かにキャンディスに聞けば分かるかもしれないな。でも別に聞き出さなくても良いさ」

「良いんですか？　気にはならないんですか？」

「そりゃ気にはなるが、話さないのは理由があるんだろ。……それに、あいつならちゃんと話してくれる」

話の最中、ユベールが表情を緩めた。

視線を手元の紅茶に落とし、そこに映る自分の顔を見つめて柔らかく笑った。

「レベッカのこともミモアのことも何一つ知らされてなくてこの様なのに、不思議だよな、キャンディスはいつか話してくれるって考えてるんだ。だからそれまで何も言わずに待つし、その時には俺はどんな話でも受け入れようと思ってる」

紅茶に視線を落としながらユベールが胸の内を語る。

だが次の瞬間はっと顔を上げた。その表情は「語りすぎた」と言いたげで、次第に頬が赤くなっていく。

「そ、それにっ！　あいつは俺の顔が好きだから、いざとなったら正面から見つめて問えばあっさりと全部話すだろうしな!!」

上擦った声でユベールが無理やりに結論を告げ、更には「ジャムの用意をしてくる！」と立ち上がるやキッチンへと向かってしまった。

明らかな逃げである。それが分かっているからこそバロックは引き留めず、ユベールが去っていった先を肩を竦めながら見つめ続けた。

手土産として用意されたのは瓶に詰められたジャム。お茶請けに出したのと同じものだ。

それを小さな紙袋に入れて渡そうとするも、バロックは受け取らず遠慮した。

近衛騎士隊長として王家に仕えている身で、王家から追放されたユベールから物を貰うのは躊躇われるのだろう。もしくは急な訪問のうえに手土産まで貰うのは気が引けるのか。

「店さえ教えていただければ自分で買いに行きますので」

「俺が作ったジャムだからどこにも売ってないぞ」

「え、ユベール様が……、このジャムを……？」

「あぁ。アデル村の作り方に倣ったから村に行けばあるだろうが、ここから馬車で数日だ。それにどこの家庭も販売用ではなく家庭用として作ってるから手に入れるのは難しいかもな。だがいらないのなら」

「い、いります……。ありがたく頂戴します」

「あの近衛騎士隊長バロックが俺のジャムに屈したか。……悪くないな」

不敵な笑みを浮かべるユベールに対して、バロックが歯痒そうな表情を浮かべながらもしっかりと紙袋を受け取った。

そうして一礼して去ろうとするところを、ユベールが「ちょっと待て」と呼び止めた。

「急な訪問自体をとやかく言う気はないが、一つだけ忠告しておく」

真剣な声色でユベールが告げれば、その空気に当てられたのかバロックもまた表情を真面目なものに変えた。

騎士としての習慣か背筋を正してユベールに向き直る。まるでかつて第一王子を前にしていた時のように。一瞬にして騎士らしい逞しさと張りつめた空気を纏うのだからさすがである。

「忠告とはどのようなことでしょうか」

尋ねる声は普段より幾分低く、何を言われるのかと探るような色さえある。

彼に焦がれる女性達であっても、威圧感を纏う今の彼を前にして更に低い声で問われれば臆しかねない。

そんなバロックに対し、ユベールは「いいか」と前口上を置くとゆっくりと口を開いた。

「この時間帯はどこのご家庭も夕食の準備で忙しいんだ。訪問するなら時間を考えた方が良い」

真剣な顔付きと声色でユベールが告げれば、この忠告は予想していなかったのかバロックが啞然とした。張りつめていた空気が一瞬にして四散していく。

「かしこまり……、ました……」という返事は辛うじて絞り出したと言いたげなものだった。

去っていくバロックの背を見届け、ユベールは一息吐いて家の中へと戻ろうとし……、玄関に立つキャンディスの姿に驚いてびくりと体を跳ねさせた。

目を丸くさせ、それどころか「うわっ！」と声まであげてしまう。

「驚く顔も良いですね！　……じゃなかった。家主に対して『うわっ』はないんじゃないですか？」

というキャンディスの訴えにも反応できない。

跳ね上がった心臓を押さえるように胸に手を当て、「お、驚いた……」と上擦った声を漏らす。

「いつ帰ってきたんだ？」

「バロック様が家の中に入っていった直後ぐらいです。二人が話していたんで顔を出すのもあれだなぁと思って」

「まだ勤務時間だろ？」

「早上がりしました。ロブ上官も快く送り出してくれましたよ」

だから問題ないと話しながらキャンディスが家の奥へと戻っていく。

ユベールもそれに続き……、だが立ち止まると一瞬考え込み、かと思えばにやと笑みを浮かべて足早にキャンディスを追いかけた。

「俺のことが心配で早く帰ってきてくれたのか」

キャンディスがここにいる理由が分かりユベールの表情が緩む。

対してキャンディスは彼の方を見て……、

「あれ、わ、私は……、私はなんでここに……詰め所に居たはずじゃ……」

と、あっさりと記憶を失った。右目を数度瞬かせ、記憶を辿るように額に手を当てる。

その相変わらずさにユベールが更に笑みを強めた。柔らかく口角を上げて目を細めれば、この表情にもキャンディスは見惚れてじっと見つめてくる。

「なんて……、いいかお……。あ、あれ、おはようございますユベール様」

「記憶を失いすぎて朝まで戻ったか。そろそろ落ち着け」

ぽんぽんと軽く頭を叩いてやれば、意識を混濁させかけていたキャンディスがはっと息を呑んだ。

「すみません、あまりにユベール様の笑顔が眩しすぎて記憶を失ってました」

「気にするな、すべては俺の顔が良いせいだ。それで、早く帰ってきた理由なんだが、俺のことを心配してくれたんだな」

改めて問えば、キャンディスがこくりと頷いて肯定してきた。

照れもせず隠しもせず、誤魔化しもしない。

「王宮の敷地内を歩いていたらどこかに行くバロック様を見つけて、彼の部下からユベール様に話を聞きに行ったって教えてもらったんです」

それを知るや慌てて詰め所に戻り、ロブや同僚達に仕事を託して早上がりをして帰ってきた。

バロックがユベールに暴力を振るったり横暴なことをするとは思っていない。無理やりに話を聞き出すこともしないだろう。

彼は後ろ盾のために己の顔の良さでキャンディスを得ようとする一筋縄ではいかない性格だが、それをあっさりと認めたり、手に入れる価値がないと判断してもミモア捜索の情報を流してくれる。存外に融通の利く男だ。

それでもキャンディスがバロックを追いかけたのは、無理強いはされなくとも、そもそもユベールにとってミモアの話をすること自体が辛いからだ。

だが求められればきっとユベールはミモアのことを話すはずだ。後悔や罪悪感に圧し潰されそうになりながらも、それが己の責任だと自分に言い聞かせて……。

「それならせめて、私が隣に居ようって考えたんです。でも二人でお茶を飲んでクラッカーを食べていたので、そんなに深刻じゃないのかなと思って部屋には入らずにいました」

「そうか。ありがとうな」

ユベールが感謝の言葉を告げる。嬉しさから自然と表情を和らげながら。

それをキャンディスが真正面から見て……。

「……っ！　そ、それで、えっと、敷地内を歩いていたらバロック様を見かけたんです」

「また記憶が飛んだか……。ほら、さっさと記憶を取り戻して座ってろ。夕飯はまだだが、何か食べるだろ」

「私もクラッカーを食べたいです。ジャム付きで！」

優雅で美味しいティータイムの気配に、意識を混濁させていたキャンディスがパッと表情を明るくさせた。

「リンゴのジャムを作るって言ってましたもんね。バロック様と食べていたのもそれでしょう？」

「あぁ、そうだ。……だが残念なことにもうジャムは残ってない」

「な、なぜですか!?」

そんな！　とキャンディスが悲痛な声をあげる。

「俺とリアが昼食に食べて、お茶の時間にも食べた。あとリンゴを貰ったお礼に渡すってリアが一瓶持っていって、さっきもバロックに持たせただろ。それと……」

「それと？」

「昼過ぎに、ロブが『ジャムを作ると伺いました』って貰いに来た。それで終わりだ」

「だから快く送り出してくれたんだ！　どうりでなんかご機嫌だと思った!!」

楽しみにしていたジャムが味わう前になくなったことにキャンディスが嘆く。

「私のジャムゥ……」という声はなかなかに情けない。

「また作ってやるからそう嘆くな」

「……私、今日はジャムを心の支えにして仕事を頑張ったんです。それなのにこの仕打ち。なんて酷い、こんな話があって良いんですか……」

「思ったより落ち込むな」

そこまでか、と呟き、次いでユベールはキャンディスへと手を伸ばした。

頬に手を添えてぐいと上を向かせ、真正面から見つめる。さながらキスをするかのように。

だがキスはしない。ただ見つめるだけだ。正面から、じっと。

キャンディスの右目もまた見つめ返してくる。

そうしてしばし見つめ合い……。

「顔が良い!!　ジャムは堪能できなかったけど、ユベール様の麗しい顔は堪能できたので我慢します!!」

「そうか良かった」

あっさりと一件落着した。

「ジャムにしなかったリンゴがあるから、それを剝いてやる。リアも呼んで三人でお茶にしよう」

そう提案すれば、キャンディスが応じてリアを呼びに行った。

夕食の準備を終えた彼女は二階に移動しており、階段の上から二人の会話が聞こえてくる。

楽しそうなその会話を聞きながら、ユベールは一人先にキッチンへ戻ると籠に入れてあったリンゴを手に取り、果物ナイフを片手にするすると皮を剝き始めた。

手伝い始めた当初は果物の皮剝きすらぎこちなかったが、今ではすっかり慣れたものだ。

この姿を見たらまた誰か驚くだろうか。

果物の皮を剝くどころかジャムを作っていると知れば、まさかと声をあげるかもしれない。

両親や弟、スティーツ、それに……。

レベッカとミモア。

彼女達も驚くだろうか。

だがレベッカは未来の王妃として勤めており、ミモアも今はフレノア国に居る。きっと自分に構っている場合ではないだろう。

そう考えると、こうやってのんびりとリンゴの皮を剝いている自分はやはり蚊帳の外だ。

「でも、それも悪くないな」

自分の表情が和らぐのを感じながら切ったリンゴを皿に並べていけば、キャンディスとリアが楽しそうに話しながら部屋に戻ってきた。


その晩、ユベールは枕に顔を埋めてじたばたともがいていた。

これは日中にかつての自分の言動を思い出したからである。

この行動は割とよくあることで、とりわけ婚約破棄騒動に関して、それも『真実の愛』の単語を思い出すと居ても立ってもいられなくなるのだ。その解消が枕に顔を埋めてもがくことである。

そんな部屋にノックの音が響き、キャンディスが入ってきた。枕から顔を上げてゆっくりとそちらを向く。

「髪が乱れても麗しい。……じゃなかった。ユベール様、またじたばたしてるんですか？」

「……あぁ、うるさかったか？」

「いえ、ただ部屋の前を通りがかったらぼすんぼすん聞こえてきただけなんで、うるさいってほどじゃありません。まだ続けます？」

「あと十分くらいは悶える予定だ」

今夜は根強い……、とユベールがうんざりした声で返せば、キャンディスがなるほどと頷いた。

そうして部屋に入ってくると机へと向かい椅子に腰を下ろす。――かつてキャンディスの部屋で棚になりかけていた机である。ユベールの部屋ではきちんと机として活用されている――

更には「どうぞ続けてください」と促してきた。

「かつての己の行動を思い出して悶えるユベール様の姿も趣《おもむき》がありますね」

「……これに関しては趣味が悪いと思うぞ」

「その恨みがましい表情も素晴らしい。顔が良い人は他人を恨んでもその顔の良さは衰えないんですね。苦悶と後悔、それに恨みというスパイスが加わる。その顔を特等席で見させていただきます」

「今夜は随分と意地が悪いが、もしかしてジャムを食べられなかったことを恨んでるのか？　分かった、明日なにか好きなのを作ってやる」

後悔と自虐と羞恥とその他諸々を綯い交ぜにした表情を浮かべていたユベールだったが、キャンディスの相変わらずさを前にすると毒気が抜かれてしまう。

仕方ない、と苦笑しながら何が良いかとリクエストを求めれば「リンゴのタルトが食べたいです！」という返事が返ってきた。待ってましたと言わんばかりの期待に満ちた声だ。

「タルトか。それなら昼食のデザートに間に合うように作ってやる。それと多めにリンゴを買えればまたジャムも作るか。コンポートも挑戦してみたいんだよな。他にも買う物があるし……」

あれこれと思い出しながら話す。

リンゴだけでも荷物は嵩張るが、それを多めに、更に他にもとなると一人で持つには限度がある。リアが同行するとしても彼女に重いものは持たせられない。

「明日は非番だよな、早めに起こすから荷物持ちをしてくれ」

「かしこまりました。それじゃあ明日は早いのでユベール様も悶えずにもう寝てくださいね」

おやすみなさい、と一言残してキャンディスが部屋を去っていく。

それを見届け、ユベールは先程まで顔を埋めていた枕に視線を落とし……。

「明日のために寝るか」

と苦笑しながらぽんと軽く枕を叩いた。

四章　不穏な手紙

バロック訪問から数日後、買い物から戻ってきたユベールが怪訝な表情をしているのを見て、毛糸束を玉にするのを手伝っていたキャンディスは首を傾げてしまった。

眉根を寄せた彼の顔もまた麗しいのだが、さすがにこれは見惚れるよりも疑問が先に立つ。

「ユベール様、どうしました？」

「……帰り道で手紙を渡されたんだ」

ユベールの手には一通の白い封筒。宛名もなければ差出人も書かれていない。

そんな封筒を見知らぬ男から押し付けるように渡されたのだという。受け取る気はなかったが落ちかけたのを咄嗟に摑んでしまい、いったい何かと問おうと顔を上げたところ男は既に姿を消していた……と。

一部始終を話す口調も、封筒を見つめる表情も、何もかも訝しげだ。

キャンディスもこの空気に当てられ、手にしていた毛糸をリアに渡してユベールへと近付いた。

彼は封筒を開けて取り出した便箋を読んでおり、その表情が次第に険しさを増していく。

「ユベール様、その手紙は……」

「キャンディス、悪いがすぐにバロックを呼んでくれ。……いや、今回は俺が行った方が良いかもしれないな」

「行くって王宮にですか？」

「あぁ、すぐに行くぞ。リア、すまないが留守を頼む。もしかしたら遅くなるかもしれない」

王宮に行くと決めるや出掛ける準備をしだすユベールに対して、キャンディスはわけが分からず困惑していた。

ユベールは王宮に行くことを禁じられており、本人もそれを守って近付こうとしない。

以前に一度だけキャンディスの不調をロブに伝えに行ったことはあったが、それだって王宮の敷地内には入らないようにしていた。

禁じられているのを抜きにしても、彼自身が近付きたくないと思っているはずだ。

それが自ら王宮に出向くと決め、準備を始めている。

いったいなぜと疑問を抱けば、上着を羽織ったユベールが視線に気付いてこちらを向いた。

「なんだ、まだ準備してないのか。一緒に来てくれるんだろ？」

「そりゃ行きますけど……、でもどうしてユベール様が出向くんですか？　バロック様に用があるなら私が呼んできますよ」

「いや、直接行った方が話が早い。それにバロックだけで話が終わるはずがないからな」

大事になる確証があるのか、ユベールの口調ははっきりとしている。

次いで彼は鞄を肩に掛けるとテーブルに置いてあった封筒を手に取り、それをじっと、まるでそこに差し出し人の顔を思い描くかのように見つめて口を開いた。

「ミモアからの手紙だ」

真っ白な便箋と少し丸みを帯びた文字。綴られているのは、あの日ユベールを置いて逃げたことへの詫びと今の彼を案じる言葉。次いで自分の無事と現状を語り、最後に『約束の場所』とやらでの再会を求めて締め括っている。

わけあって離れ離れになった恋人を想い、再会を願いながら綴られた手紙。……そんな印象を受けそうな文面である。

きっと書いた当人もそれを演出しているのだろう。

「これはミモア・ミルネアからの手紙と判断して間違いなさそうですね」

検分を終えたバロックが便箋から顔を上げて結論付ける。手元にはミモアが残した日記や彼女が書いた資料などが置かれており、それらと手紙の文字を比較しながら読んでいたのだ。

便箋を横に座るスティーツへと渡せば、彼も鋭い眼光で一読し、深い溜息と共に封筒に戻した。

「預からせていただきます」という言葉は淡々としている。

室内には冷ややかな空気が漂っており、そんな中、居合わせた者達は誰もが難しい表情を浮かべていた。真冬の外気温よりも室内は冷え込んでいるかもしれない。

場所は王宮の会議室。

家を出たキャンディスとユベールは急いで王宮へと向かい、バロックに話をつけ、この一室へと案内された。

すぐにスティーツが現れ、彼等の部下が数名続く。それから少しして、出払っている両陛下の代理としてソエルが入室し、そうして最後に、急いで駆け付けたであろう少し息を乱したレベッカと公爵家当主が現れてようやく話が始まったのだ。

この場を代表してバロックが手紙の内容を読み上げ、真偽を検分し、これがミモアからのもので間違いないと判断を下して今に至る。彼が検分している最中は誰も何も言わず沈黙が続き、元より重い空気がより重みを増して息苦しいほどだった。

「差出人は書かれていませんが、ユベール様も……、いえ、えっと……ユベール殿も、すぐにミモアからだと判断したんですね」

ソエルやレベッカ達がいる手前ユベールに対して敬称を付けて呼ぶのは躊躇われるのか、言葉を濁しながらもバロックが尋ねてくる。彼の問いにユベールが頷いて返した。

「封筒を渡してきたのは見覚えのない男だった。だから中を見るまでは分からなかったが……、便箋を見て一目で分かったよ。ミモアとは何度か手紙を交わしている、間違いなく彼女の字だ。……それに、あの場所のことを知っているのも彼女だけだ」

「あの場所とは、お二人が会っていたという場所でしょうか」

「……少なくとも、俺にはそこしか思い浮かばない。王宮の裏手。そこでよく彼女と会っていた」

未練はないとはいえ過去の逢瀬についてを話すのは気が引けるのだろう、ユベールの口調ははっきりとはしているものの、声はどことなく沈んでいる。

視線を不自然に逸らすのはこの場の空気に耐えられないからか。彼を責めるための場ではないが、それと同等の圧を感じているに違いない。

表情は暗く、きつく結ばれた唇が耐え難いと訴えているようで痛々しい。

見ていられず、キャンディスは机の下でそっと彼の服の裾を引っ張って呼んだ。

「ユベール様の顔はいつだって素晴らしくて好きですし、今の表情も憂いを帯びていて麗しいです。でもその表情はあまり見ていたくありませんね。笑っていた方が良いですよ」

そう告げればユベールが驚いたように目を丸くさせた。

だが次第にその目を細めて眉尻を下げる。「無茶を言うなよ」と苦笑する彼はまだ緊張の色を濃く残しているが、それでも少しだけ強張りが解けたように見える。

そんな中、部下に王宮の裏手を見てくるように指示を出し終えたバロックが一息吐いた。

「しかしミモアは何が望みなんでしょうね……」

「何って、そんなの決まってるじゃないですか」

「キャンディス、何か分かるのか？」

バロックの視線が、否、彼だけではない、部屋に居る全員の視線がキャンディスに注がれる。

そんな視線を一身に受けながら、キャンディスは臆することも決意することもなく、ただ当然のことだと言わんばかりに声高に告げた。

「ユベール様の顔です！」

その瞬間にユベールが「さぁ始まった」と呟き、ロブが小さく唸ると同時に額に手を当てる。

「フレノア国に渡ったミモアは気付いたはずです。ユベール様と並ぶほどの顔の良い男なんて存在しない……！　と。だからこそ彼女は再びユベール様との接触を図ったんです。だってこの顔の良さを忘れられるわけがありません!!」

「ユベール様、どうしてキャンディスを連れてきたんですか……。こうなるって分かっていたでしょう……」

「この揺るぎない言動が今の俺にはなによりの癒しなんだ」

「たとえフレノア国の王子だろうと、世界中の良い男を集めようとも、ユベール様の顔の良さには足元にも及びません。なんて言ったたって神の御業、奇跡の賜物ですからね。きっとミモアもユベール様の顔の良さが惜しくなったのでしょう。考えるまでもないことです！」

「ユベール様、とりあえずキャンディスの意識を奪ってください……」

「そうだな、癒されはするがこのままじゃ話が続けられない。キャンディス、ほらこっちを向け。俺を見ろ」

「……あ、あぁー!!　流れ作業のように意識を奪われる!!」

くらくらする！　とキャンディスが声をあげ、意識を失い……、かけるも、すんでのところで消えゆく意識を手繰り寄せた。

危なかったと額を手の甲で拭えば、失敗と悟ったユベールとロブが揃って顔を顰めた。

「実力行使で黙らせに来ないでください。この場の空気を和らげるための小粋なジョークじゃないですか」

「全員冷めきった顔をしてるんだが」

「あれ、本当だ。頭の硬い方には小粋すぎて通じなかったんですかね？　それはともかく本題ですが、ミモアがユベール様に接触を図った理由なんて一つしかありませんよ」

これでもかと冷めきった室内の空気は華麗にスルーして改めるように話し出せば、ユベールが意外そうな顔をした。他の者達も同様、呆れをこれでもかと込めた表情から真面目な顔付きへと戻して再び視線を向けてくる。

ちなみにユベールがこそりと「二度目はないからな」と囁いてきたが、これはきっと「また顔がどうのと言い出したら本気で意識を奪うぞ」という意味だろう。さすがにそれはないと宥めておく。

そうして改めて室内へと視線をやり、その中の一人をじっと見つめた。

金色の長く美しい髪。

青色の瞳はこちらを見つめ、視線が合うと僅かに目を見開いた。

「ミモア・ミルネアがまたユベール様に接触を図ったのは、レベッカ様がまだ健在だからでしょう」

フレノア国に逃げたミモア・ミルネアは、それでも再びユベールに接触を図ろうとしてきた。

王子に保護されているのならそれに甘えていた方が安全だ。なのになぜ捕縛の危険があるのに行動を起こしたのか。なにが彼女をそこまでさせるのか……。

根底にある理由は分からない。だけど行動を起こした理由の一つは分かる。

レベッカ・フォルターがいまだ次期王妃として君臨しているからだ。

あっさりとキャンディスが言い切れば、それに対して誰もが言葉を詰まらせた。

だがその表情に驚愕の色はない。周囲の反応を探るように視線を向けるあたり、きっと誰もが薄々は考えていたのだろう。だが相手が相手なだけに言い出せずにいたに違いない。

そこをキャンディスが遠慮もなにもなく空気も読まずに言い切ったのだ。同意するのも躊躇われるのか、なんとも言えない空気が漂う。

その空気を破ったのはレベッカの隣に座るソエルだった。

レベッカを気遣い彼女の手を握りながら、真剣な声色でキャンディスを呼んできた。

「なぜミモアはそこまで王妃になりたがっているんだ？　このままフレノア国でリベルタ王子の伴

侶になればフレノア国の王妃になれる可能性だってあるじゃないか」

　フレノア国でのミモアの扱いは定かではないが、リベルタ王子からの寵愛を受けているらしいことは判明している。

　ならばわざわざ危険を冒してまで母国に戻らず、フレノア国で王子と結婚すれば良い。婚約破棄騒動だって「私はユベール王子に騙されていました」とでも嘯いてリベルタ王子に庇ってもらえば、ユベールにすべての原因を押し付けて被害者に回ることも不可能ではない。

　そちらの方が王妃への道は近い。むしろ仮に自国に戻って来られたとしても今更王妃になれるわけがない。下手な行動に出れば捕まり処罰されて終わりだ。

　それはミモアも分かっているはず。なのになぜ……。

「そこまでは私にも分かりません。この国の王妃じゃないといけない理由があるのか、もしくは……、レベッカ様を恨んでいて引きずり下ろしたかったのか」

「なっ……！　レベッカが誰かに恨まれるわけがないだろ!!」

　ソエルが声を荒らげる。

　こんな場でありえない話をと思っているのか、もしくは事態の責任を婚約者であるレベッカに押し付けられたと感じたのか。

　だがレベッカ本人に宥められるとすぐさま落ち着きを取り戻し、咄嗟に声をあげたことを詫びてきた。表情はいまだ納得がいかないと言いたげだが。

周りの者達も同様、口を挟みこそしないが、レベッカが恨まれているという可能性にはいま一つピンとこないと言いたげな表情を浮かべている。

確かに、レベッカ・フォルターは恨まれるような人物ではない。

何事にも公平で、公爵令嬢の立場でありながらも常に驕ることなく謙虚な姿勢を貫いてきた。

聡明で努力を惜しまず、凛とした佇まいや一つ一つの所作に品の良さを漂わせる。

まさに淑女の鑑《かがみ》。貴族のあるべき姿。同年代の子息令嬢が憧れを抱き、一回り二回り年上の貴族さえも敬意を払い、未来の王妃として期待を抱く。

誰もが愛する存在。

聖女としての力を公表する前から、彼女以外に王妃なんて考えられないとまで言われていた。

そんなレベッカが恨まれるなんてありえない。

わざわざ引きずり下ろそうなんて考える者がいるはずがない。

断言するソエルに対して、それでもキャンディスは冷静に、右目だけでレベッカを見つめ続けた。

「誰もが愛するひとを、誰だって愛するとは限らないんですよ」

そう告げて「発言は以上です」と話を終わりにした。

もう話はないと冷めた紅茶に口を付けることで示す。

レベッカに向けていた視線も今は紅茶へと落とし「これ美味しいですね」と隣に座るユベールに話しかけながら彼へと視線を向けた。もっとも、ユベールは何とも言えない表情をするだけだが。

情報源が手紙一通では真相に迫るにも限度がある。

何もかもが推測の域を出ず、これ以上話していても進展はないと判断してその場は解散となった。

ユベールは引き続きキャンディスの家で生活し、ミモアからの連絡があれば随時報告をすること。

そしてキャンディスもまた何かあれば必ず報告をするように命じられる。

ソエルからの命令にユベールは「かしこまりました」と頭を下げて返し、キャンディスもまたそれに続いた。

そうして王宮を出て、敷地の門へと向かう。

ユベールは早々に立ち去るように命じられているし、キャンディスも今日は非番なので長居する理由はない。それと、二人に便乗してこのまま直帰を決めたロブも同行する。

門を抜けるのとほぼ同時に深く息を吐いたのはロブだ。

ミモアからの手紙という突然の展開、錚々たる面子の集まった部屋での重苦しい話し合い。いくらキャンディスにとっての上官とはいえロブとて末端の騎士なのだ、耐えられるわけがない。更にはその場で部下が「ミモアが接触を図ったのはユベール様の顔が良いから！」と訴え出したのだから心労は倍である。――キャンディスはいまだ場を和ませる小粋なジョークと考えているのだが――

そんな心労を漂わせるロブの背中を、ユベールがぽんと叩いた。

「すまないな、ロブ。こんなことにまで付き合わせてしまって」

「いえ、気にしないでください。乗り掛かった舟というやつです。それに俺の任期もあと僅かですから。その時がきたら何の最中であろうと遠慮なく田舎に帰らせてもらいますよ」

冗談交じりにロブが話せば、ユベールもつられて笑う。

そんな二人のやりとりを聞きながら、キャンディスは「そっかぁ」と声をあげた。

「ロブ上官、もうそろそろ村に帰っちゃうんですね」

「故郷でゆっくり警備の仕事だ。あの田舎村じゃ事件なんて殆どないからな。羊の脱走か牛の脱走ぐらいだ。……それと、夜になるとうっすらと聞こえてくる奇妙な音への対処か」

「ええ、なにそれ怖い……。隣村でそんな恐ろしい怪奇現象が起こってるなんて……」

驚愕の事実だ。思わずキャンディスは震え上がってしまった。

なぜだかロブからの視線が冷めたものに変わった気がするが、その理由はまったくもって分からない。

「でも、できれば俺の任期が終わるまでにはミモアの件は片付いてほしいな。……ところでキャンディス」

「なんですか？」

「聞いて良いのか分からないが聞かせてもらう。なんで今日はレースの付いた眼帯をしてるんだ？お洒落なのか？」

窺うような声色のロブに問われ、キャンディスは「え？」と間の抜けた声をあげて右目をぱちんと瞬かせた。

次いでユベールの方へと向き直る。彼はキャンディスの顔を、そして左目を覆っている眼帯を見て「あっ」と小さく声を漏らした。

しまったと言いたげな表情。その顔も麗しいのだが、今のキャンディスには麗しさよりも彼の表情の変化が意味することの方が重要だ。

まさか……、という思いでそっと左目の眼帯を外す。

毛糸で編まれた眼帯。

黒地の眼帯には洒落たレースが施されてる。

それを見た瞬間、キャンディスが「あぁー！」と悲鳴じみた声をあげた。

「家で着けててそのままで来ちゃった！　嘘！　あんなに堅苦しい真剣な話し合いの場所でこんなにゴージャスな眼帯着けてたんですか!?　ロブ上官、気付いたならすぐに言ってくださいよ！」

「気付きはしたんだが、もしかしたら一張羅的な眼帯なのかなと思って指摘しにくかった」

頭を掻きながら話すロブに、キャンディスが「そんなぁ」と情けない声で嘆いた。

そんなキャンディスに謝罪をするのはユベールだ。眼帯を着け直す余裕もなく急かしてしまい、道中何度も見ていたはずなのに気付かなかった。

なにより、レースの付いたゴージャスな眼帯は他でもなくユベールが作った代物なのだ。

「……すまないキャンディス。でもほら、スパンコールの付いた眼帯よりはマシだろう」

「まぁ確かに、あのパーティー感溢れる眼帯よりはマシですね。こっちはシックな感じがしますし、レースも格式高い場に合っていると思えないこともないですし」

「そうそう。他にも猫とかチューリップのアップリケのやつもあるし、それに比べたらレースの眼帯は良い方だろ。現にロブは一張羅かと思っていたんだからな」

ユベールの話にキャンディスも納得しなるほどと頷く。

そうしていそいそと再び眼帯を着けて家に帰るために歩き出した。

「スパンコールの眼帯にワッペンの眼帯……。楽しそうでなによりだ」とロブが肩を竦めて呟いているが、それは気にしないでおく。


心労が祟《たた》ったのか、家に帰るなりユベールが「少し休んでくる」と告げてきた。それも疲労を隠し切れぬ表情と声色で。

無理もない。かつて自分を騙した挙げ句に置いて逃げたミモアからの手紙、それを報告するために王宮へと出向き、更に王宮の一室には会いたくない面々が揃っていた。

本来ならば王宮に行くのだって嫌だったはず。それでもかつての行いへの償いと清算、責任感だけで赴き、あの場の圧に耐え抜いたのだ。

今は休ませてあげよう。

そう考え、キャンディスは「おやすみなさい」と一言掛けて、自室へと向かう後ろ姿を見送った。

ユベールが部屋から出てきたのは数時間後。夜も遅く、窓の外は真っ暗になってからだ。

既にキャンディスはリアと夕食を済ませており、彼の分はいつでも温め直せるようにしておいた。

「……思ったより長く眠ってしまったな」

聞こえてきた声に、編み物をするリアの隣で毛糸玉をころころと転がしていたキャンディスはパッと顔を上げた。

ユベールがリビングに入ってくる。その顔色は普段通りのもので表情も穏やかだ。お腹を空かせているのか「俺の夕食は」と尋ねてくる。

そんなユベールの様子にキャンディスはほっと安堵した。良かった。ひとまず彼の気持ちは幾分晴れたようだ。

「夕食ならちゃんと取ってありますよ。今温めますから、お茶でも飲んで待っててください」

立ち上がりキッチンへと向かえば、リアもまた「それなら私がお茶を」とキャンディスに続いた。

ユベールが感謝を告げてくる。その声もまた穏やかで、キャンディスも胸を撫で下ろす気持ちでスープの入った鍋へと手を伸ばした。

そうしてユベールが遅くなった夕食を摂り、食後のお茶をしている中、向かいに座って話をしていたキャンディスは徐に立ち上がった。

「どうした？」

不思議そうにユベールが見てくる。

座っているため彼は上目遣い気味になっており更に小首を傾げている。なんと麗しいのか。

「…………っ！　あ、あれ、いつの間に起きてきたんですか？　今から夕食を温めますね」

「また俺の顔が良いばっかりに……。夕食はもう食べた。今は食後のお茶をしてるだけだ。記憶を取り戻せ」

「はっ！　そうでしたね、失礼しました。上目遣いで首を傾げるユベール様の顔が麗しかったので、つい記憶がなくなりました」

なんて失態を、とキャンディスが己の迂闊さを口にする。

だが「お恥ずかしい」と言葉では言いつつも、そもそも恥とは思っていないし、もとをただせばユベールの顔が良いのが原因なのだ。むしろこれほどの顔を直視して記憶を失うのは自然の道理、なぜみんなが無事なのかが不思議でならない。

それを語るも、麗しいユベールはその整った顔に呆れと疑問の色を混ぜるだけだ。

「それで、なんで突然立ち上がったんだ？」

「あぁ、そうでした。ユベール様に一曲お聞かせしようと思ったんです」

「……一曲？」

疑問の色を更に濃くしてユベールが眉根を寄せる。

だがキャンディスはその問いには答えず、部屋の一角に置いていたケースへと近付いた。中から取り出すのはバイオリンだ。

それをさっと優雅に構えてみせる。ラフな私服かつ一般家庭のリビングという環境ではあるが、その構え方はなかなか堂に入っている。

もっとも、少しでもバイオリンをかじったことのある者が見れば、指の置き方も弓の持ち方も何もかもがめちゃくちゃだと頭を抱えるだろう。

「音楽を聞けば気分転換になるでしょう」

「ま、待てキャンディス、今何時だと思ってるんだ」

「ご安心ください、お隣さんには夜に一曲演奏することは伝えて許可を貰っています。では！」

いざ！　とキャンディスが弓を弦に添える。

ゆっくりと手前に引けば……。

ぎうぅぅぅう。

と音が鳴った。

「俺の知ってる楽器から俺の知らない音がする！」

キャンディスの持つバイオリンが奏でる音にユベールが慄《おのの》く。

だがキャンディスはそんなユベールの変化に気付かず、むしろ感動していると思い込み、期待に応えるべく更にと意気込んだ。

みぢぢぢぢ、ぎにぃぃぃ。と、お世辞にも音楽とは言えない奇怪な音が部屋に響く。

「なんでそんな清々しい表情でその音を出せるんだ！　待てキャンディス、とりあえず楽器を置いて……。リア、なぜリアまで楽器を……。待て！」

待てというユベールの静止の声もむなしく、リアが手にしていたフルートに口を添え……。

ぱぺぉ〜。

軽やかでありつつも不可思議な音を発した。

「こっちもこっちで俺の知ってる楽器から俺の知らない音が……。いや、今はそんなことより、二人ともひとまず楽器を置いてくれ！」

「遠慮しないでくださいユベール様、私達のこの熱い演奏を聞いて心を癒してください」

「癒される癒されないの話じゃない！」

しびれを切らしたユベールが強硬手段にとキャンディスの腕を取った。

おおよそ弦楽器とは思えない音を出していたとはいえ演奏はしていたのだ、腕を押さえられては音は出せない。ぴたりと音がやめばつられてリアもフルートから口を離した。

けったいな音が響いていた部屋が一瞬にして静かになる。

そんな部屋の中、ユベールの顔をじっと見たキャンディスは表情を明るくさせた。

「ユベール様が元気になったようで良かったです。やっぱりアデル村の音楽は素晴らしいですね」

「……そうだな。おかげで元気にはなったよ」

苦笑交じりに返すユベールの表情はいつも通りだ。

それを見てキャンディスもまた笑って返した。

そんな二人を見守っていたリアが、

「やっぱり心の傷を癒すには愛ね」

としみじみと頷き、フルートでぷぴぁ～と愛のメロディを奏でた。


結局、ミモアが動かないことにはこちらはどうしようもない。

バロックやスティーツはミモア捜索を続けながらフレノア国の出方を探り、レベッカもまたミモアが己に恨みを抱いている可能性を考えて警戒を強めている。元々多忙なレベッカはフレノア国の動向を窺いながらも王妃教育に励み、未来の王であるソエルと共に外交や内政に務めているのだから立派なものだ。

だがキャンディスにはこれといってやることはない。騎士としての仕事とミモアの件とは無関係なので普段通りの生活を続けるだけだ。

平穏な日常に戻り、いつも通りに過ごす。

朝はユベールの顔の良さを堪能し、仕事に行き、帰ってきてユベールの顔の良さを堪能する。非番の日は一日中堪能する。

堪能しすぎて記憶を失うのはご愛嬌。


そんな生活を送っていたある日の朝、キャンディスは王宮内を歩いていた。

平時ならば一介の、それも末端に位置する騎士はあまり王宮内に足を踏み入れることはない。さすがに緊張はしないが、畏まった重苦しい空気は慣れず、なんとも居心地が悪い。

それでもと上質の絨毯が敷かれた通路を歩き一室の前で足を止めた。扉には札が掛かっており主人の名前が記されている。

近衛騎士隊長バロックの執務室。彼ほどの地位になると王宮に執務室を与えられるのだ。

「キャンディス・クラリッカです。失礼します」

声を掛けながらノックし、入室の許可を聞いて扉を開ける。

中に居たのはバロックとスティーツだ。二人が揃ったようにこちらを見てくる。

女性達に人気の美丈夫二人。これが世の令嬢や夫人であれば、きっと二人に同時に見つめられて胸をときめかせただろう。緊張して部屋に入れないか、もしくは夢心地で部屋に入るかだ。

だがキャンディスは例外である。

なにせ彼等二人を纏めても敵わないほど顔の良いユベールを日々見ているのだ。今朝も仕事に出る前の日課として彼の顔を見つめ「それじゃ行ってらっしゃ……、待て！　眼帯がクマのアップリケ付きだ!!」という会話をしてきた。焦る彼の顔も麗しかった。

　そんな見目の良いユベールと生活を共にしているのだから、たとえ麗しの宰相と近衛騎士隊長が相手でもときめかない。

「顔は良いけど性格は難ありな男の集まりの最中でしたか。邪魔をしてすみません」

「入室早々に失礼な奴だな。顔は良いが性格は難あり男の集まりなら、筆頭ことユベール様が居ないとおかしいだろ」

「ユベール様は性格難ありじゃありませんよ。ただ単純すぎてミモアの真実の愛発言にコロッと騙されただけです」

　キャンディスが主張するも、バロックとスティーツは呆れた表情を浮かべるだけだ。その顔も良いのだが、もちろんキャンディスの胸は一切ときめかず平常運転である。

　二人もキャンディス相手に媚を売る必要も体面を取り繕う必要もないと割り切っているのか、面倒くさそうに「それで」と話を促してきた。素っ気ないを通り越した冷めた対応である。

　仮に彼等に恋焦がれる令嬢達がこんな対応をされれば「嫌われているのかも」「何か失礼を働いてしまったかしら」と胸を痛めて悲しんだだろう。そもそも、世間の令嬢は彼等にとって利益になる存在なのだから、こんな冷めきった対応をするわけがないのだが。

「わざわざ喧嘩を売りに来たのか？」

「末端の騎士だってそんなに暇じゃありません。……まぁ、今日は仕事もなさそうだし何をしようかって皆で話してましたけど。でもちゃんと用件があって来たんです」

「用件？　いったい何だ？」

バロックが尋ねてくる。

スティーツもまた疑問を抱いているのだろう、問うような視線を向けてくる。

そんな二人に対して、キャンディスは背筋を正して口を開いた。

「ミモア・ミルネアから二通目の手紙が届きましたので、ご報告に参りました」

騎士の報告らしくはっきりとした口調で告げれば、バロックとスティーツが一瞬言葉を失った。

「それをさっさと言えよ」

そんな二人の声を聞いた気がしたが、キャンディスはやはり気にも掛けなかった。


ミモアがユベールに対して何らかの行動を起こした場合、即座に報告するように言われている。できる限り周囲に知られないよう、騒ぎを最小限に抑えておくようにも言い渡されている。おまけに、独断での行動はするなと釘を刺されてもいた。

キャンディスからしたら「独断で行動なんて面倒なことしませんよ」という気持ちなのだが、これは言わずに大人しく頭を下げて了承しておいた。

そういうわけで律儀にバロックの執務室に報告に行き、結果、彼と共にユベールの待つ自宅へと向かっている。

　ちゃっかりとキャンディスがロブに対して「我が家にバロック様をお連れして直帰します」と告げたのは言うまでもない。これはつまり「家に帰ったらそのまま戻ってきません、お疲れさまでした。やったぁ合法で早退だ！」という意味であり、察したロブや仲間達もさして仕事はないからかお茶片手に「お疲れさん」だけだった。

「二通目の手紙が届いたのは今朝です。なので私が手紙を持ってこようとも思ったんですが、まずはバロック様の指示を仰ごうと思いまして」

「なるほど、それで報告に来たのか」

「独断で行動しただの後であれこれ言われるのは面倒ですからね。勝手に持ち出したなんて言われたら堪ったもんじゃないし、それなら誰かしらにご足労掛けさせた方が良いと考えました」

「本音が見え隠れどころじゃないな。もう少しどうにかならないのか」

「どうにもなりません」

　はっきりとキャンディスが断言しながら歩く。

　隣を歩くバロックは整った顔をうんざりとしたものに変えたが、しばらくするとあっさりと「そうか」とだけ返してきた。

　元々彼の中でのキャンディスは『公爵令嬢に贔屓にされているのに手に入れても利益にならない騎士』なのだ。きっと失礼だろうと何だろうとその印象は良くもならず悪くもならず、結果的に無価値なら態度もどうでも良いと判断したに違いない。

　むしろここで無礼を言及して叱責した場合、回りまわってレベッカからの己の評価が悪くなるかも……、と、そんなことを危惧したかもしれない。

なにより、バロックが今気に掛けるべきは末端騎士の態度ではなく、ミモアからの手紙なのだ。

「事態が動いたと考えるべきか、それとも後手後手にならざるを得ない現状を恥じるべきか」

「立場のある方って大変ですね。ご苦労様です」

「……驚くほどに他人事だな」

「ミモアに関しては、私これっぽっちも興味ないんで」

　キャンディスの口調はあっさりとしたもので、心から興味がないという気持ちが漂っている。興味があるのを嘯いている色もなければ、さりとて嫌悪というほどの色もないのだ。

　本当にどうでも良い。ミモアが今どこで何をしているのかも、何を考えているのかも、なぜそこまで王妃の座やレベッカに固執するのかも。

「だけど……」と小さくキャンディスが呟いた。

「ミモアからの手紙を見るユベール様は辛そうで、あの顔は麗しくても見たくないんです。だから早々に解決してもらうための協力はします」

　真剣味を帯びた声でキャンディスが告げれば、聞いていたバロックが頷いて返してきた。

市街地を歩き、自宅へと到着する。

「ただいま帰りましたぁ」とキャンディスが屋内に声を掛けながら扉を開ければ、パタパタと廊下を小走りに近付いてくる足音が聞こえてきた。現れたのは水色エプロンを揺らすユベールだ。

彼はキャンディスの隣にバロックが居ることを見て取ると、やはりと言いたげに表情を緊張交じりのものに変えた。

「忙しいだろうに、わざわざ家に来させてすまないな」

「いえ、こちらこそ早期に報告いただき感謝しております。手紙の検分と届いた時の状況について詳しくお聞かせ願えますか」

「あぁもちろんだ。中に入ってくれ」

ユベールが中へと促せば、バロックも一礼して屋内へと入っていった。

キャンディスもそれに続く。……その途中、こそとユベールに耳打ちした。

「真剣な会話の時は、その水色エプロンは外した方が良いかもしれませんね。似合ってますけど、きっとエプロンを外した方がより様になりますよ」

これを聞いたユベールが次第に顔を赤くさせ、そそくさとエプロンを脱ぎだした。

前回の手紙と変わらぬ白い封筒。中にしまわれた便箋には少し丸みを帯びた文字が綴られている。

内容は前回より幾分強めに再会を仄めかしており、そして同時に、返事がなかったことについても言及していた。

きっとユベールからの返事を待っていたが一向にその気配がなく、しびれを切らして二通目を認めたのだろう。返事を出せない状況にあると考えたのか案じる文面もある。

そこでは『手紙すら許されないなんて貴方のことが心配』と健気に綴られている。……のだが、すぐさま別の連絡手段を提案するあたり、その心配はユベール個人へ向けたものなのか、もしくは『元第一王子が使えない』ということへの危惧なのかは微妙なところだ。

「この手紙を今朝また同じ方法で渡されたんですね」

「あぁ、そうだ。場所は多少違うが前回と同じ市街地だ。おおかた、俺の後を付いて回って渡せるタイミングを狙ったんだろう。追いかけはしたが、人込みに入られて見失った」

「仮に捕まえられても金で雇われただけで詳細を知らない可能性は高いですね。そもそも、なぜユベール様は朝に市街地に行っていたんですか？」

「朝一の焼き立てパンを買うためだ。あと今日は市街地の通りにある花壇の水やり。今はうちが当番なんだ」

「……地域に馴染んでいらっしゃるようでなによりです。とりあえず、なにか他に怪しいところはないか調べさせてもらいます」

「分かった。紅茶を淹れよう」

ユベールが立ち上がり、キャンディスに「手伝ってくれ」と声を掛けてくる。

もちろんこれを断る理由もなく、キャンディスも立ち上がり彼と共にキッチンへと向かった。

「ユベール様はお湯を沸かす横顔も麗しいですね」

「はいはい。カップ出してくれ」

「ヤカンから上がる湯気がユベール様の顔に掛かり、それがまた魅力を増させる……。湯気、いえ、霧の中に見える麗しい顔、なんて幻想的な美しさ……。これが神の領域……」

「意識を失うのは良いけど、カップを置いてから意識を失えよ」

そんなことを話しつつ、紅茶とお茶請けを用意する。

今日のお茶請けはユベールが焼き立てパンと一緒に買ってきたラスクだ。曰く、買い物を終えて紙袋を手にパン屋を出た直後、怪しい男に手紙を押し付けられたのだという。

帰宅した彼からその話を聞き、キャンディスはすぐさまバロックの執務室へと向かい今に至る。

「せっかく出勤したのにとんぼ返りになってしまったな。俺が王宮に行けないばっかりにすまない」

「別に気にしないでください。私としては、出勤したという実績を作ったうえで合法で早退できてラッキーなんで」

「職務怠慢……」

「でもよくよく考えると、ユベール様が王宮に行けないのはご自分のせいですし、そもそもはミモアに騙されて利用されたのが原因なのでユベール様のせいと言えますね」

「うぅ……」

キャンディスの華麗なカウンター攻撃にユベールが呻く。胸元を押さえてよろめき、ふるふると震える手でラスクを一つ摘まむとキャンディスの口元へと持っていった。

これは休戦を求める貢物である。「受け入れましょう」とわざと仰々しい言葉遣いでキャンディスがラスクを齧る。

サクサクとラスクを堪能し、ふと思い出して「そういえば」と話を続けた。紅茶の抽出を見守っていたユベールが視線を茶器に落としたまま「うん？」と尋ねてくる。

「騎士隊の上着、夏用を新調するんです。サイズを申請するように言われてました」

「去年と同じサイズで良いんじゃないのか？」

「そうなんですが、大きなサイズでゆったり着るのも良いなと思ってるんですよね」

以前にバロックの上着を借りた際、大きなサイズを纏う心地よさに気付いてしまった。

そう話すも、ユベールは何とも言えない表情を浮かべている。

「私服なら自由にすれば良いが、騎士隊の制服だろ？　騎士が大きなサイズの制服をゆったり着るっていうのもなんだか様にならない気がするな。そこはちゃんとサイズに合ったものをピシッと着ていた方が良いだろ」

「なるほど、確かにそうですね」

ユベールの話はもっともだ。

なるほどとキャンディスが頷いて返し「去年と同じサイズにします」と結論付けた。

「しかし夏用か。……眼帯も夏に適したのを用意しないとな」

「シースルーは眼帯の意味がないのでやめてくださいね」

「どうして俺の考えが分かった」

そんな会話をしながら紅茶とお茶請けの準備を終え、手紙の検分をしているバロックのもとへと持っていく。

「待たせたな」とユベールが一声掛けて茶器を並べていく。

だがバロックはどこか唖然としており、これにはキャンディスもユベールも揃って彼の顔を覗き込んだ。

「どうしました、バロック様」

「何かあったのか？」

二人同時に尋ねれば、バロックは一度ぱちと瞬きをした後、ふっと苦笑を浮かべた。

「……いえ、なんでも」

苦笑交じりの彼の言葉に、キャンディスはユベールと顔を見合わせて首を傾げてしまった。

今回の手紙もまたミモアからのもので間違いはないようだ。暗号も隠されておらず、裏の意味を取れるような不穏な記載もない。ただ純粋にユベールとの再会を求めているものだった。

といってもその再会は純粋な愛情によるものではない。これは裏を読まずとも分かる。

ユベールと再会し自分の味方に招き入れ、彼から王宮の現状やレベッカについてを聞き出そうと考えているのだろう。

「ミモアの中ではまだ俺にも価値があるんだな」

とは、紅茶を飲みながらのユベールの言葉。淡々としており悲観の色もない。

そうして戻された手紙に視線を落として怪訝な表情を浮かべ、バロックを呼んだ。

「この文面を見る限り、ミモアは俺が手紙を出せない状況にあると考えてるみたいだが、どういうことか分かるか？」

「ミモア・ミルネアは……、いえ、彼女だけではなくフレノア国のリベルタ王子達も含めて、ユベール様の現状を勘違いしている節があります」

「勘違い？」

「はい……」

バロックが僅かに視線を逸らした。どことなく歯切れも悪い。説明し難いことなのだろうか。

これにはラスクをサクサクと食べていたキャンディスも疑問を抱いて彼に視線をやった。

バロックがゆっくりと口を開く。露骨に視線を逸らしたまま……。

「実を言うと……、ユベール様は、フレノア国では『王家を追放された後、その麗しい見目の良さから人身売買の闇オークションに掛けられ、好事家に愛玩用として高額で競り落とされた』と噂されているんです」

何もないテーブルの一角をじっと見つめながら告げてくるバロックの話に、キャンディスは思わず右目を丸くさせた。

これにはユベールも同じように唖然としている。その顔も麗しいのだが、さすがに今のキャンディスにはそれを堪能している余裕はない。

「俺は闇オークションに掛けられてたのか」

「私、ユベール様を競り落としてたんですね」

唖然としたまま互いを見る。

二人の反応に対してバロックは驚くのも無理はないと言いたげである。彼もまた、この噂を聞いた時は反応できずに数秒固まったという。

だがミモア捜索の最中にある今、無理に噂を正すわけにもいかない。勘違いの末とはいえようやく尻尾を掴めそうなのだ。下手に噂を訂正したことによりミモアが再び姿をくらまそうものなら、振り出しに戻ってしまう。

「ユベール様には屈辱かと思いますが、せめて事態が解決するまでは我慢してください」

「そ、そうか……。ここまで突拍子もない話だと屈辱なのかどうかも微妙なところだから気にしないでくれ」

ユベールがバロックに返し、次いでキャンディスに対して「それで良いよな？」と同意を求めてきた。

　キャンディスも特に問題はないと返す。フレノア国で『顔の良い男を愛玩用として高額で競り落とした好事家』と思われているのは良い気分はしないが、かといって無理に訂正するほどではない。

優先すべきは訂正よりも事態の解決。優先順位を間違えて振り出しに戻る方がご免だ。

「私がユベール様の見目の良さに惹かれて家に招いたのは事実ですし。それにユベール様の顔の良さは闇オークションに掛けられて高額で競り落とされてもおかしくありません。世界中の人が喉から手が出るほどに欲する顔の良さ！　むしろ値段を付けられるのかどうか！」

「そうだな、キャンディスの言う通りだ。だから五秒ほど俺の顔を正面から見てくれ」

「顔がっ、顔が良い……。これは闇オークションに掛けられても致し方ない顔の良さ……」

「よし、大人しくなった」

　ふぅ、とユベールが一息吐く。

　対してキャンディスは正面から見たユベールの顔の良さにいまだ視界が瞬いていた。

　あまりの顔の良さに意識までもがくらくらとしてしまう。瞬く視界の先に見えるのは……、あれは、オークション会場……？

「はっ！　あ、危ない、あまりのユベール様の顔の良さに意識が飛んで、飛んだ先で闇オークションに参加するところでした」

「ちゃんと競り落としてくれよ？」

「もちろんです。……いや、そうじゃなくて、今はミモアからの手紙でしたね」

ようやく本題を思い出してキャンディスがバロックへと向き直れば、冗談はこれで終わりと察したユベールもそれに続く。

今まで静かにやりとりを聞いていたバロックが僅かに安堵したようにほっと息を吐いて、再び冗談の応酬が始まっては堪ったものじゃないと言いたげに慌てて口を開いた。


手紙の内容から判断するに、ミモアがユベールを諦める可能性は低い。

国を去ったミモアにとって、今の国内の状況、王宮や公爵家についての情報を得る手段は殆どなく、最有力候補がユベールなのだ。

かつての第一王子。同時に、かつてのレベッカの婚約者。ミモアが何を考えているのかは分からないが、何かしら考えているとすればユベールを捨てるのは痛手なはず。

「ユベール様が返事を出せない状況にあると考えたのなら、次は別の方法で接触を図る可能性が高いです。何かあればまたご報告をお願いいたします。キャンディス、その時は今回のように俺の執務室に来てくれ」

今後についてを指示してくるバロックの口調は真剣味を帯びており、口調も姿もまさに頼りがいのある騎士だ。……一般家庭の玄関先、それも手土産付きなので些か様になりきれていないが。

そんな彼が一礼して去っていくのを、キャンディスはユベールと共に見送ろうとし……、ふと思い立って「待ってください」と声を掛けた。ほぼ同時にユベールもまたバロックを呼び止める。

二人から同時に呼ばれ、バロックが振り返り「何か？」と尋ねながら戻ってきた。

「今すぐにじゃなくて良いんで、一つ調べておいてもらいたいことがあります」

「あぁ、俺もだ。忙しいところすまないが、できるならば知っておきたい」

キャンディスとユベールの真面目な口調に、バロックが僅かに表情を硬くさせた。

「かしこまりました。できる限りのことはします。それで、俺は何を調べればよろしいのでしょうか」

バロックに尋ねられ、キャンディスとユベールが同時に口を開いた。

「ユベール様がいくらで競り落とされたかです」

「俺がいくらで競り落とされたかだ」

……シン、と周囲が静まった。

否、実際には長閑な住宅街ゆえ静まることはなく周囲は音で溢れている。家から聞こえてくる生活音、子供達の笑い声、草木が風に揺れる音……。

だが一瞬、静まったような気がしたのだ。少なくともバロックには周囲の音が一瞬にして消え去ったように思えた。

「……知りたいのか、キャンディス」

「知りたいです。むしろユベール様を愛玩用として競り落とした好事家として知っておかねばと思いまして」

「……知りたいんですか、ユベール様」

「正直に言えば興味はある。それに好事家に愛玩用として買われた身として自分の価格は知っておいた方が良いだろう」

唖然とするバロックの問いに、キャンディスとユベールがはっきりと返した。

王宮に戻り、仕事を終え、バロックが自宅へと戻ったのは夜と言える時間帯だった。

ミモアの件を任されてから帰りは遅いが、陛下から直々に任されているのだから仕方あるまい。

メイド長が既に家族は夕食を済ませて自室に居る旨を告げてくる。それもまた今更なことなのでさして何も言わず、食事を自室に運ぶよう命じておいた。

子供ではないのだ、今更一人で食事をしてもどうとも思わない。むしろミモア捜索が難航している今、一人で食事を摂れるのはありがたくもあった。

たとえ家族といえども詳しく話すことはできず、何をしているのか、それほど重要な仕事なのかと問われてもはぐらかすしかない。それが数カ月経てばさすがに家族も訝しんでくる。

ただでさえミモア捜索で心労が溜まっているところに、家族からの何とも言えない視線を浴びるのはご免だ。

それと……。

「旦那様と奥方様が、また縁談の申し出がきていると仰っていました」

メイド長からの報告にバロックは眉根を寄せた。「またか」と聞かれないように小さく呟く。

この話題からも逃げられるのでやはり一人の食事の方が気が楽だ。

「目を通しておくが、動くのは今預かっている件を片付けてからにすると言っておいてくれ」

「かしこまりました」

恭しく頭を下げてメイド長が去っていく。

それを見届け、バロックは溜息交じりに「いつ片付くか分からないんだが」と呟いて自室へと戻っていった。


食事をしながら縁談の書類を眺める。一人なのではしたないと文句を言う者も居ないし、そもそも騎士としての務めの最中は書類を片手に食事なんてざらにあることだ。

婚約を申し込んできたのは子爵家の令嬢。それと商家の娘からもきていた。他にも……、と、手に取ったものを次から次へと眺めていく。

バロックは貴族の出ではあるが高位というほどの家ではない。それも四男。物心ついた時には既に長兄が跡継ぎの勉強をしており、年齢的にも巻き返しは望めない。

だが跡継ぎではないが騎士としての地位は高い。それだけでも婚約の申し込みは多いだろうが、更に身長が高くなにより顔が良い。おかげで結婚相手は選び放題だ。

社交界においてはさして高くもない家柄の四男という絶妙な立ち位置に生まれたことに不満はあるが、見た目という加点が多いのでプラスマイナスを考えればプラスと言えるだろう。

「俺の出世と利益になりそうな相手を……」

自室に自分一人しか居ないので遠慮なしに打算的なことを口にする。

重視するのは相手の出自、考えるのは結婚後にどれだけ生家が後ろ盾になってくれるか。そしてその際の威力。

高位の貴族というだけでは駄目だ。権威を主張する兄や発言権を持つ姉が居てはこちらのやり方に口を挟まれるかもしれない。理想は相応の家の一人娘。そんな相手が居れば喜んで婿に行こう。

仮に今の話をスティーツが聞いていたら同感だと頷いただろう。

キャンディスならば「良い顔に産んでくれたご両親に感謝するべきですね」とでも言って寄越すか。ユベールはさすがに何も言わないだろうが、肩を竦めるぐらいはしたかもしれない。

「キャンディスとユベール様か……」

ふと日中のことを思い出した。

キャンディスとユベールの会話。

お互いの言い分を理解し、冗談に冗談で乗って返す。聞いているこちらとしては「本気で取り組む気があるのか」と呆れてしまうものだが、当人達は楽しそうだった。

意味のない、それでいて気心の知れた仲の応酬。あれぞ『他愛もない会話』と言える。

彼等は常にあんな会話を交わし、笑い、テーブルを囲んでいるのだろう。

これから先もずっと……。

それは利益にはならないが、きっと心地よくて楽しい日々だ。

「……少しぐらいは性格を考慮しても良いかもしれないな。長く連れ添うなら気の合う相手の方が充実するし」

そんなことを独りごちて、バロックは改めて書類を眺めた。


それからしばらく後、バロックは頼まれたのだからとフレノア国においてのユベールが競り落とされたという金額をきちんと調べあげた。

「俺は何を調べているんだろう」という考えは幾度となく頭をよぎったが、それは騎士としての責任感で押し留めた。

自分は騎士だ。それも近衛騎士隊長。一度任されたのなら何であろうと反故にするわけにはいかない……。そう己に言い聞かせたのは何度だったか。思い出せないし思い出したくもない。

そうして調べあげた金額を伝えれば、キャンディスとユベールは顔を見合わせ、

「妥当といえば妥当な金額ですが、もう少し、いいえ、あと桁の一つか二つは上げても良いんじゃありませんか？　まったくぬるい考えですね、フレノア国で愛玩用にユベール様を買った好事家は」

「へぇ、俺の顔ってそんなに高額になるのか」

と、和気《わき》藹々《あいあい》と話していた。

片や金額に不満そうに、片や満更でもなさそうに。両極端な反応ではあるが、バロックからしたらどっちもどっちである。そもそも金額を知ろうとしていた時点でバロックからしたら理解できない話なのだ。

それでも二人に頼まれたことを果たした達成感を覚えながら、用意された紅茶を飲みつつ、作りたてだというオレンジのジャムをクラッカーに載せて堪能した。

それは、ミモアがユベールに接触し、すべてを動かす騒動が起こって三カ月後。

王都から遠く離れた場所でのこと。

五章　雪が降る夜に

ミモア・ミルネアは何かしらの行動を取ろうとしている。

そのためには王宮や公爵家の動向を知る必要があるが、フレノア国に居るミモアが集められる情報には限りがある。

国家間の関係は敵対こそしていないが友好というわけでもなく、それも間に国を一つ挟んでいるため、探りを入れるのは容易ではない。

だからミモアはユベールと連絡を取ろうとしている。かつての第一王子の知識や立場は捨てるには惜しいし、ユベールが動けば王宮内の動きを知ることも不可能ではないだろう。

落ちぶれた彼を哀れんで手を差し伸べる者が居るかもしれない。そこを起点に手を広げれば良い。

「……ユベール、久しぶりね」

雪が降りしきる中、鈴の音のような声で名を呼ばれ、朝の買い物からの帰路についていたユベールはそちらへ向くと同時に言葉を失った。

建物の陰、人通りの多い市街地でありながらも人の目が届かない場所。そんな暗がりに立つのは暗がりの似合わぬ少女。

「ミモア……」

ユベールが呟くようにその名を呼んだ。掠れた声と共に吐いた息が白くふわりと上がる。

かつては何度も愛を込めてこの名を呼んだが、今は信じられないという驚愕の色しかない。名前を口にした瞬間、心臓がドクリと不自然に跳ね上がるような気持ち悪さを覚えた。

冬の早朝、それも雪が降っているというのに寒さは感じず、今が寒いのかどうかも分からなくなる。大降りの雪に身を震わせながら小走りに人が行き交う中で、なぜか自分と目の前の暗がり、そしてそこに立つ少女だけが薄い膜で隔離されているように思えた。

なぜここにミモアが居るのか。

いつ国内に戻ってきたのか。

どうして自分に声を掛けてきたのか。

頭の中で疑問が溢れかえり、どうすべきか適した判断ができない。

躊躇っているのを感じ取ったのかミモアが再び「ユベール」と呼んできた。

「会いたかったわ、ユベール」

「……そう、だな。あぁ、俺も会いたかったよミモア」

「あの時、貴方を置いていってごめんなさい……。本当は一緒に逃げたかったの。でもあの時は私も必死で……。それで、貴方が酷い目に遭ってると聞いてどうしても助けたくて」

「酷い目……」

「人を売買するなんてありえないわ。貴方を物のように扱うなんて許せない……」

ミモアがユベールの状況を哀れむ。顔を俯かせ、深く溜息を吐き、更には目元を指で拭った。

掠れる声で「ごめんなさい」と呟くのは、きっとあの日に見捨てて逃げたことと、助けに来たのが遅くなってしまったことを詫びているのだろう。聞いている方が胸を痛めそうな弱々しい声だ。

そんなミモアを見て、ユベールは心の中で「あぁ、本当に俺は闇オークションに掛けられたことになってるんだな」と達観した気持ちで居た。

ミモアの姿には悲愴感が漂っており、辛く胸が詰まりそうな空気を纏っている。

事情を知らぬ者ならばこれほど胸を痛めているのかと感じただろう。逆にミモアに哀れみを抱きかねないほど。かつての自分なら騙されて彼女を宥めていたに違いない。

だがそんなミモアの態度のおかげで冷静さを取り戻せた。

冬の寒さ、肌に触れる雪の冷たさ、行き交う人々の足音や会話。それらが一気に頭の中に流れ込んでくる。

落ち着きを取り戻し、混乱していた頭の中が冴えてくる。

だからこそ考える。

訂正するのはまだ先で良い……。

「ミモア、そんなに謝らないでくれ。こうやって迎えに来てくれたじゃないか。もう一度きみに会えた。それだけで俺は……、辛い日々を忘れられる……」

胸元をぎゅっと摑み、ユベールは視線を逸らしながら掠れる声で告げた。

きっと痛々しい表情ができているだろう。ここにキャンディスが居れば「なるほどこれが闇オークションに掛けられる男の憂い顔」とでも言って堪能しそうだ。堪能しすぎるあまり記憶を失って昨日の昼頃まで戻りかねない。

そんなことを考えるぐらいには余裕で、そして今の自分は悲愴感と儚さを漂わせた表情ができていると自負する。

まさに『すべてを失い闇オークションに掛けられ高額で競り落とされ、好事家に愛玩用として扱われる悲劇の元王子』だ。

元よりユベールをそうだと考えているミモアは端からこの演技を信じ、悲痛な声色でユベールの名を呼んだ。

「もう大丈夫よ、ユベール。これからは一緒に過ごしましょう」

「また、きみと居られるのか……？」

「ええ、そうよ。でもそのためには私に協力してほしいの」

「……分かった。だがすぐには動けない。そろそろ戻らないと怪しまれるだろう……。今夜、いつもの時間に『あの場所』で会おう」

ユベールの提案にミモアが頷く。そうして「また今夜ね」と、まるでかつて愛を語り合った時のように優しい声で告げ、建物の影の奥へと入っていった。

暗がりの似合わぬ少女が、暗がりの中に溶け込むように消えていく。

その光景をユベールは目を細めて眺め、深く息を吐いた。白んだ息が寒い空気の中に浮かんで消えていく。

「ミモア、残念だけど、俺は顔は良くても性格はそこまで良くないんだ。……少なくとも、かつて愛したきみを騙せるくらいにはな」

そう囁くように話すと、家に戻るべく普段より足早に歩き出した。

ミモアに告げた『そろそろ戻らないと怪しまれる』という去り際の話。

きっと彼女は、ユベールのことを朝の買い物も命じられて出たにすぎず、それも外界で過ごせる僅かな時間と考えただろう。決められた帰宅時間を守らないと好事家から酷い目に遭わされるとでも思っているかもしれない。

僅かな自由しか許されぬ、それさえも制限をされた哀れな男……。それなら自分が差し出した救いの手に縋りつくに違いない、ミモアはそう考えているはずだ。

だが現実は大きく異なり、帰宅したユベールを迎えたのは好事家ではなく……、

「おかえりなさぁい」

と間延びした声をあげる、休みの日なのでソファで引っ繰り返っているキャンディスである。その声と姿のだらけ具合といったらない。

だがゆるゆると緩慢な動きながらに起き上がり「温かいものを淹れますね」とキッチンへと向かっていった。

リアは編み物をしており「おかえりなさい、寒かったでしょう」と労ってくれる。

二人の言葉にユベールは柔らかな笑みを浮かべ……、そしてその笑みの麗しさに意識を失ったキャンディスを「お茶は後だ、行くぞ」とせっついた。

夜。王宮の裏手。

高い壁と木々に阻まれたそこは月明かりもうっすらとしか届かず、人気《ひとけ》のなさは華やかな王宮の敷地内とは思えない。

そんなさびれた一角には古びた扉が設けられている。

昔は庭師が水場との行き来のために使っていたが、敷地内の設備が整うのと同時に役目を終えた扉。誰も使わなくなった扉は廃れ、元より人目につかない場所だけあり誰もが忘れていった。

それをユベールが見つけ、保管されていた鍵を持ち出してミモアとの密会に使っていたのだ。

密会の時間は深夜零時と決めており、見回りもあるため長くても三十分程度。逢瀬と言っても話をして終わりだったという。

深夜零時より少し前、キャンディスは扉の内側に居た。隙間から外を覗けば人影だけが見える。朝から降り続けていた雪は既に積もっており、底冷えするような寒さが周囲を占めている。これほど雪が積もる夜更けに人気《ひとけ》のない場所になど、よっぽどの用事がなければ誰も来ないだろう。

「昼寝しておけばよかった……」

呟いて欠伸を漏らす。眠気を晴らすように右目を擦り、ついでに眼帯越しに左目も擦ってみる。そんなキャンディスに、隣に立つロブが「だらしないぞ」と忠告してきた。彼らしからぬ、それでいて上官らしい叱責の言葉だ。

だがすぐさま、

「今夜はレベッカ様やバロック様がいらっしゃるんだ、ちゃんとしておけ」

と付け足すあたり、相変わらずではある。

きっと彼もまた自分の部下だけだったなら欠伸の一つでも漏らしていただろう。

「はぁい」

叱責に返すキャンディスの返事は間延びしており、この場の緊張感にそぐわない。挙げ句、眠気に負けてもう一度ふわと欠伸をした。

だが次の瞬間、聞こえてきた微かな音に気付き顔を上げた。何もない壁、そこに設けられた古びた扉をじっと見つめる。

今、確かに……。

「キャンディス、どうした？」

尋ねてくるロブに、人差し指を唇に当てて静かにするよう伝える。

周囲にいた者達も異変を感じて声を潜め、警戒の色を表情に宿した。

今、確かに音がした。

足音だ。

雪の中を歩く足音。

誰も踏んでいない真っ白な雪を踏みしめる音。

この音だけは聞き逃さない。

真っ白な雪の中を、迷いも躊躇いもなく歩く……。

まるで、あの日のあの子のように。

「……っ」

「ミモア……！」

呟きかけたキャンディスの声に、扉の向こうから聞こえたユベールの声が被さった。

ミモア・ミルネアが来たのだ。

かつては公爵家のメイドとして働き、ユベールと『真実の愛』を誓い、そして彼を無慈悲に置いて逃げた女が、扉一枚隔てた向こう側に居る。

キャンディスは無意識に声どころか呼吸すらも潜め、壁の向こうへと意識をやった。その先の景色など見えるわけがないと分かっていても扉をじっと見据える。

隣に立つロブも、そしてバロックと彼の部下達も張り詰めた空気を纏わせていた。この場にどうしてもと言って居合わせたレベッカにはソエルが寄り添い、有事の際に彼等を守るためスティーツがそばに立っている。

耳を傷めかねないほどの沈黙が周囲を包む。

呼吸の音さえも響き渡ってしまいそうなほどの静けさ。まるで世界に自分達だけが取り残されたような感覚。

そんな静けさの中、聞こえてくるのはユベールとミモアの会話だけ。

「来てくれたのね、ユベール」

「あぁ、もちろんだ」

「良かった……。私、貴方に話さないといけないことがたくさんあるの。今の私のこと、あの日から今日までのこと、それに、私ね……」

自分の聖女としての力について打ち明けるつもりか。

それとも今後のことを、自分がいったい何を企んでいるのかを語るのか。

そうキャンディスは……、否、この場に居る誰もが考えた。

だがミモアが発したのは予想とは違う言葉だった。

「私、自分の未来を知っているの」

と。

「え？」

数人が小さく声をあげ、辛うじて声を堪えた者達も啞然とする。

キャンディスも、隣に立つロブも、バロック達も。誰もが虚を衝かれたような困惑の色を濃く顔に映している。

真正面からこの言葉を聞いたであろうユベールもきっと驚いたのだろう、「……未来を？」と怪訝そうな声で返した。

「私、小さい頃に数日事故で意識不明になっていたの。その時に今の私として目覚めたのよ」

「今の私……？」

「不思議な話だけど、私は以前に別の人生を歩んでいたの。前世って言えば分かりやすいかしら。その人生が終わると同時に、事故から意識を取り戻したミモア・ミルネアとして目を覚ましたの。それでね、私、前世で自分の行く末を知っていたのよ」

理解を得ようとしているからか、それとも急いでいるのか、ミモアが矢継ぎ早に話す。

目を覚ましてから今日まで自分はミモア・ミルネアとして生きてきた。かつての人生で得た知識を活かして、記憶にあるミモア・ミルネアの人生をそのままに生きていけるように……。

馬鹿げた話だ。それを次から次へと話されてユベールも混乱しているようで、「待ってくれ」「そんな」と彼の困惑の声が聞こえてくる。

だが熱が入っているのかミモアは語るのをやめず、「それでね」とユベールの困惑の言葉に被せて話を続けた。

「私が前世で読んだ小説では、ミモア・ミルネアが聖女として王妃になっていたのよ」

「小説？　ミモアが王妃？　だが王妃になるのはレベッカだろう」

「いいえ、違うわ。レベッカ・フォルターは我が儘で自己中心的で、聖女としての資格を剥奪されていたのよ。あの女を自由にさせていた公爵家も没落した。本来ならそうあるべき。そうしてミモア・ミルネアが、私が、王妃になるの……！」

「待ってくれ、ミモア、きみは何を言ってるんだ……？」

話を続けるミモアに、ユベールが混乱を露わに制止の声を掛けた。

わけが分からないと言いたげな声。きっと躊躇いを隠せぬ表情をしているのだろう。

彼が混乱するのも無理はない。ミモアの話は突拍子もなさすぎる。それも熱が入っているのか焦りがあるのか、彼女は押し付けるように一方的に話をしているのだ。理解しろという方が無理な話。

キャンディス達も同様、理解できぬと誰もが困惑を露わにする。

そんな中、ソエルが苛立ちを堪えるような声で「馬鹿な話だ」と言い捨てた。

「レベッカが我が儘で自己中心的……？　前世だの未来だのとおかしな話をしたかと思えば、今度は見当違いの侮辱か」

ミモア達に聞かれないように声を潜め、それでいて怒りを漂わせ、ソエルが苛立ち交じりに呟く。周囲にいる彼の部下達も同様に苛立ちを見せていた。

他でもないレベッカを『我が儘で自己中心的』などと、侮辱にも程があると考えているのだろう。レベッカは品行方正を絵に描いたような性格で、『我が儘』『自己中心的』といった言葉とは誰よりもかけ離れた人物である。

公爵令嬢、未来の王妃、そして聖女……、それらの地位に立つに値する存在。

そんな彼女に対するこの侮辱はあまりに見当違いすぎて、中には苛立ちを通り越して馬鹿げた話だと鼻で笑い飛ばす者すら出始めていた。元よりミモアの話は突拍子もないもので、そこにレベッカへの見当違いな侮辱が加わることで与太話に成り下がったのだ。

だがキャンディスだけは、この話を鼻で笑うことも聞き流すこともできずにいた。

心臓が鼓動を速める。呼吸が早まる。心音が体の中で響き、役目を終えたはずの左目までもが脈打っているように感じる。

目の前の雪景色が、まるで別の場所に居るかのような錯覚を引き起こす。

我が儘で、自己中心的な令嬢。

それは、まるで……。

「…………っ」

無意識にレベッカへと視線を向けた。

彼女はミモアからの侮辱を怒るでも鼻で笑うでもなく、ただ眉根を寄せて渋い表情をしている。顔色は普段より少し悪く、青色の瞳は誰を見つめるでもなく不自然に逸らされている。

だが己に注がれる視線に気付いたのか、彼女の瞳がふいに動いてキャンディスに向けられた。彼女の目が見開かれる。

驚愕と、恐怖と、後ろめたさを交えて……。

だがレベッカが口を開くより先に、その場に不自然な足音が聞こえだした。雪を踏みしめる力強い足音。それも複数。

足音に続き微かに聞こえてくる声。高い壁を隔てているため向こう側の光景は見えないが、それでも人が増えたことは感じ取れた。

ユベールの困惑の声が聞こえてくる。「フレノア国の騎士か」とミモアに問うのは、きっと壁越しに事態を伝えるためだろう。動揺してはいるものの、己の役目を果たさんと会話に紛れさせてリベルタ王子が居ることも伝えてきた。

「なんでここに……。下手をすれば国家間の問題になるぞ」

「私が王妃になるべきなの。だからすべてを正すのよ。そのためにはユベールの協力が必要なの。貴方だって辛い思いをしてるんでしょう？　私が王妃になれば貴方も自由になれるのよ」

「落ち着いてくれ、ミモア。まず話を……」

「どうして分かってくれないの！　私が王妃になる、それが正しい筋書きなの。公爵家は没落して、あの女は断罪されるべきなのよ！　そのためには貴方の協力が必要なの！」

「公爵家が……？　俺はそんなこと望んでいない」

「貴方が何を望んでいようと関係ないわ！」

ミモアは一方的に己の考えを語り、挙げ句に、ユベールの望みは関係ないとまで言い捨てた。

これにはレベッカの様子を見ていたキャンディスも息を呑み扉へと振り返った。見えないがこの扉の向こうにはミモアが居る。

ユベールと対峙し、彼を真正面から切り捨てて……。

関係ないと。

どの口が。

お前が巻き込んだくせに。

お前達が。

一瞬にして怒りが湧き上がり、感情のままに扉に手を掛けた。

押し開けようと力を込める。その瞬間、別の手が続くように扉に触れた。反射的に細腕を辿るように視線をやれば、いつの間にか隣にレベッカが立っていた。

彼女は青ざめたまま、何かを決意するような少し歪んだ表情を浮かべ、扉に掛ける手に力を入れた。

ギィ、と扉が軋み、耳障りな音を立てる。

ゆっくりと開かれた隙間から外の景色が見え、緩慢な扉の動きを待っていられないとキャンディスは身を乗り出すようにして外へと出た。

小さな悲鳴が聞こえる。これはミモアのものだ。ユベールしか来ていないと思っていたのだから、扉から続々と人が出てくれば驚くのも無理はない。

だがすぐさま事態を察し、驚愕から怒りへと顔を歪ませた。愛らしさを捨てた表情で「騙したのね」とユベールを睨みつける。

だが騙され裏切られたのはユベールだって同じだ。

ここには居るはずのないフレノア国の騎士が十数人、ミモアを守るように立っている。それにミモアの隣にはリベルタ王子の姿。

結局、双方共に、二人きりの逢瀬にするつもりはなかったということだ。

「ユベール様、大丈夫ですか？」

対峙するレベッカとミモアにも、両国の騎士達にすらも一瞥せず、キャンディスはユベールへと駆け寄った彼は青ざめた様子で立ち尽くしていたが、キャンディスが声を掛けるとはたと我に返り、困ったように眉尻を下げて肩を竦めてみせた。

「参ったな」と苦笑する。もちろんそれが無理に取り繕ったものなのは言うまでもない。胸の内を押し留める痛々しい声と表情だ。

「分かっていたことだが、俺が何を望んでいようが関係ない、か……」

「ユベール様……」

「まぁ、これに関しては覚悟してたさ。むしろここで俺の望みがどうのと巻き込まれても困るからな。……だけど、前世だの未来だのって話はどういうことだ」

わけが分からないと言いたげにユベールが目の前の光景に視線をやる。

そこではレベッカとミモアが対峙していた。

レベッカの隣に寄り添うのはソエル、そしてミモアの隣に立つのはフレノア国のリベルタ王子。それぞれを守るために騎士も警戒の色を見せている。国家間の問題になるため剣を抜きこそしないが、いつそれを求められても対応できるよう剣の柄に手を掛けている者さえ居た。

真っ白な雪が降り注ぐ中、その美しさに反して緊迫した重苦しい空気が漂っている。底冷えするような感覚は、雪の中にずっと立っていて体が冷えてきたからか、もしくは、この空気のせいか。

「どうして貴女が王妃になるのよ……。私が王妃になるはずなのに」

忌々しげなミモアの言葉に返す者は居ない。

だが一人だけ、まるでこの場の話し手を担うようにミモアへと一歩近付く者が居た。

レベッカだ。

ソエルが引き留めようと彼女の腕を摑む。だがそれをレベッカは片手で触れ「大丈夫よ」と小声で告げて制した。

年若い少女二人の対峙。

片や凜とした美しさのあるレベッカと、片や愛らしい顔付きのミモア。

雪が降る中、見つめ合う彼女達は絵になっている。仮に二人が楽しげに話していたのなら、さぞや美しく微笑ましい光景だったろうに。

だが今そこに微笑ましさはなく、彼女達よりも年上の逞しい騎士ですら声を掛けるのを躊躇うほどの張り詰めた空気を纏っている。

それどころか、キャンディスには彼女達の対峙が薄ら寒くすら感じられた。

ミモアの話が事実なら、今ミモアとしてここに立っている彼女は、元々はミモアではない別の人生を生きる別の人格だった。

それは同時に、彼女がミモアとして目を覚ます以前には、彼女とは違う、元々ミモア・ミルネアとしてこの世に生を受けた存在が居たということだ。

そしてそのミモアは、きっと……。

薄気味悪さと胸の痛みを覚えるキャンディスをよそに、レベッカとミモアはしばらく黙ったまま睨み合い、その果てにミモアが口火を切った。

「レベッカ・フォルターがその地位を剥奪された時に王妃になれるよう、私、ずっと準備してたのよ。王都に出て、公爵家のメイドになれるように努力して、ユベールと出会って……」

「自分が王妃になれると思ってたのね」

「そうよ。そうなるはずだったのよ。なのにあんたの評価は上がる一方で、私じゃなくてあんたが王妃になるべき存在とまで言われて……。どうしてよ！」

ミモアの荒々しい声が、雪が降る音だけが続く夜の中にやたらと響く。

それに対してレベッカは冷静に、冷ややかに、そして彼女らしくなく視線に威圧を込めてミモアを睨み返していた。敵意と侮蔑が青い瞳に込められている。

だがさすがに立場があるからか、もしくは薄々こうなる可能性を考えていたからか、レベッカの口調はひどく落ち着いている。それがまたキャンディスには薄ら寒さを覚えさせるのだが。

「悪いけれど、私もみすみす処断されるわけにはいかないの」

「……え？」

「自分一人が特別とは思わないことね」

レベッカが淡々と言い捨てる。誰にでも公平な彼女らしからぬ侮蔑を込めた声色。

だがこの場に居る者達はレベッカが冷めきった態度を取っていても当然だと思っていた。

ミモアはレベッカから婚約者であるユベールを奪い、更にそのユベールまでも捨ててフレノア国に逃げた。そのうえ再び次期王妃の立場を狙って戻ってきたのだ。

ここまでされては公平も何もない。声に侮蔑の色が込められるのも当然。

己こそが次期王妃であり聖女の素質を持つ特別な存在だと驕るミモアを、正当な次期王妃であり聖女のレベッカが厳しく切り捨てたのだ。

……そう誰もが考えただろう。

だがキャンディスだけは違うことを察していた。

レベッカがミモアに対して冷ややかなのはきっと……、
同族嫌悪だ。

「レベッカ様……」

キャンディスがポツリと彼女の名前を呼ぶ。

だがその声に被さるように別の声がレベッカを呼んだ。

己こそが王妃になるべきだと訴えていたミモアだ。

「自分だけが、って……、それなら……」

突きつけられた言葉がショックだったのか、今のミモアには先程までの覇気はなく、喪失感すら漂わせてレベッカを見つめている。

まるで絶望するかのような表情。「そんな……」と呟かれる掠れた声。下がった肩や力なく垂れた手から彼女の虚脱感が伝わってくる。

「なんで……、それなら私、なんのために……」

ミモアの言葉はレベッカに向けられたというより自問自答に近い。

己の理論や描いた未来が音を立てて崩れていくのを感じているのだろう。それを止めることもできず、瞳は虚ろに宙を見つめている。呆然とするその姿は一瞬にして色を失ったかのようだ。

そんな彼女の小柄な体がふらりと揺らぎ、一歩レベッカに近付いた。歩くというよりは、前のめりになった体を支えるために片足を踏み出した、そんな拙い一歩だ。

瞬間、誰もが警戒の色を濃くさせた。

ソエルがレベッカを呼び、バロックが腰に下げていた剣の柄に手を掛ける。

だがそれを制したのは他でもないレベッカだ。

大丈夫だとソエルに声を掛け、バロック達には少し下がるように告げる。

二人で話がしたい、そんな思いがあるのだろうか。察してソエルや騎士達が応じる。さすがに遠くまで離れはしないが、それでも数歩引いて、僅かながらに距離を取った。

二人の少女の対峙を騎士達が囲むように眺める、不自然な光景。

真っ白な雪面と降り注ぐ月明かりが彼女達を照らし、さながら舞台上のようだ。

「キャンディス……」

ユベールに名前を呼ばれ、レベッカとミモアを見据えていたキャンディスは小さく息を呑んで我に返ると彼女へと向き直った。

深緑色の瞳がじっと見つめてくる。

このままレベッカとミモアの近くに残るか、それとも他の者達のように下がるか……。

言葉にこそしないが視線で尋ねてくるユベールに、キャンディスは返事の代わりに一度首を横に振るとレベッカを見た。覇気をなくしたミモアを見つめる彼女の横顔からは感情は窺えないが、きっとなにか告げるはずだ。

ここで下がるわけにはいかない。

彼女達の会話に加わる気はないが、聞かなくてはならない話があるはずだ。

そう考えてレベッカ達を見据えれば、意図を察したのかユベールの「分かった」という声が聞こえてきた。囁くような落ち着いた声、彼もまた下がるまいと決め、キャンディスの隣から動こうとしない。

「私……、私、間違えてたの……？　なんてことを……」

ミモアが呟く。

弱々しい声。困惑と恐怖が綯い交ぜになっている。

「ミモア……」

「レベッカ、私……、だって、記憶があって……」

「そうね。必死だったのよね。……貴女も」

ミモアの躊躇いの言葉に返すレベッカの声もまた、先程まであった侮蔑の色が薄まっている。

代わりに浮かぶのは哀れみの色だ。

その声に誘われるようにミモアが再び一歩彼女に近付いた。力ない足取りはレベッカに救いを求めるかのようで、今にも泣き出しそうな表情をしている。

慈悲を乞うように、縋るように、また一歩ふらりと近付く。このまま頽《くずお》れてしまいそうなほどに儚い歩み。こんな状況でなければすぐに誰かが駆け寄って支えてやっただろう。

だが誰もミモアには近付かず、彼女を支えることもしない。

元よりレベッカに下がるように言われていた騎士達も、それどころか近くでこのやりとりを見ていたキャンディス達さえも、ミモアとレベッカが次に何を言うのかを待っていた。

ミモアは許しを得ようとするのか、もしくは自分の罪を少しでも軽くしようと弁解するのか。

レベッカはそれを受け入れるのか……。

誰もが固唾を呑み彼女達の次の言動を待つ中、ミモアが細い声でレベッカを呼び、震えながら手を伸ばした。

白い手、細い指先。その手が乞うようにレベッカへと近付く。

レベッカもまたミモアの気持ちを汲むように、それでいて自らは近付きもせず、哀れみと同情と侮蔑を綯い交ぜにした瞳でミモアを見つめていた。

だが次の瞬間、レベッカの目が大きく見開かれた。

その目が捉えるのは、弱々しい表情から一転して怒りを露わにしたミモアの歪んだ顔……。

「あんたがすべて壊したのよ！」

怒声が高らかに響き渡った。

弱々しかったはずのミモアの手が、今は強い意思を持ってレベッカへと伸ばされる。

目を見開き怒りを露わにしたその形相には、小柄で愛らしい素朴な少女の面影はもうない。

細く震えていた手には、袖に隠し持っていたのか鈍く光る小さなナイフが握られており……、

「あ、」

キャンディスが小さく声をあげた。咄嗟のことで体が動かない。レベッカに手を伸ばすことも、ましてや、彼女の体を突き飛ばすことすらもできない。

そんなキャンディスの横を何かが擦り抜けていった。緩やかに降り注ぐ雪の軽さとは違い、風のように素早く駆けていく。

視界の隅で揺れたのは銀色の美しい髪……。

「ユベール様っ！」

硬直していた体が一瞬にして自由を取り戻し、キャンディスが彼の名を呼び手を伸ばした。

だがそれより先にユベールはレベッカに飛びつくようにして彼女を庇った。ミモアの手が、その手に握られたナイフの刃が、ユベールに触れる……。

三人の男女の体がぶつかり、そして、

真っ白な雪面に、真っ赤な血が落ちた。

「……っ!!」

声にならない苦痛の声をあげ、ユベールがその場に頽れた。

手で顔の左半分を覆っており、その指の隙間から赤い血が伝い落ちていく。一滴また一滴と雪面に落ちる血は、まるで赤い薔薇の花弁が落ちるかのようだ。

その光景に、キャンディスは自分の心臓がドクリと跳ねるのを感じた。背筋が、体が、一瞬にして冷えていく。

眼帯で覆われた左目が脈打つような違和感を訴えだし、あるはずのない眼球が真っ白な雪景色の幻を見せる。

「ユベール様っ……!!」

慌てて駆け寄り、膝をつくユベールを支えるように彼の肩に手を置いた。

既にミモアは騎士達に取り押さえられており、数名の騎士が剣を抜いてフレノア国側に対して警戒の姿勢を見せている。リベルタ王子もまさかミモアが実力行使に出るとは思っていなかったのか、この事態に困惑を露わにしている。

レベッカはソエルに抱きしめるように庇われており、さすがの彼女も顔色を悪くし恐怖の色を見せていた。

だがそんな光景はキャンディスにとってはどうでもいい。

ユベールの顔を覗き込み、青ざめた顔の彼に「大丈夫ですか」と声を掛けた。

その顔色と押さえた手の隙間から流れる血からどう見ても大丈夫ではないと分かっていても、こんな単純でありきたりな言葉しか出てこない。

「やられた……。まさかあんな行動に出るとはな」

「ユベール様、血が……。目は大丈夫ですか？」

「大丈夫だ、安心しろ。顔を切られた程度で目はやられてない」

苦痛を感じさせる声だが、それでもユベールは「落ち着け」と逆にキャンディスを宥めてきた。

頬を押さえる手をずらし、指の隙間から深緑色の瞳で見つめてくる。

「そんなに酷くはないんですね」

「あぁ、痛いことには変わりはないけどな。……っ」

言葉の途中でユベールが痛みに言葉を詰まらせた。気丈に振る舞おうとしても痛みでそれも叶わないのだろう。

次いで彼は改めてキャンディスの顔を見て、僅かに口角を上げると「そんな顔をするなよ」と掠れた声で告げてきた。痛みに制限されたぎこちない苦笑が痛々しい。

「王宮に専属医がいるはずです。行きましょう」

ユベールの片腕を取り、彼が立ち上がるのを傷に響かないよう支える。

だが歩き出そうとした矢先、二人に影が掛かった。

レベッカだ。彼女はソエルに支えられながら立ち、困惑の表情を露わにユベールを見つめている。

その瞳には疑問の色が込められており、唇が弱々しく開かれた。

「ユベール、あなた……、どうして私を……」

レベッカが問う。それに対してユベールが落ち着いた声色で「気にしないでくれ」と返した。

「これで俺が君にしたことを帳消しにできるなんて思ってない、何も期待なんてしていない」

「ユベール……」

「別に感謝もしなくて良い。許してほしいとも乞わない。ただ、そうだな……、王宮の医師にかかるぐらいは許してくれ」

小さく笑い飛ばし、ユベールがゆっくりと歩き出した。

「行こう」という彼の言葉にキャンディスは頷いて返し、王宮へと向かおうとし……、レベッカに呼び止められた。

見れば彼女はいまだ青ざめた顔のまま、躊躇いの表情を浮かべて立ち尽くしている。背後では取り押さえられたミモアがこんなはずではなかったと声を荒らげ、その奥には彼女の変わりように立ち尽くすリベルタ王子の姿もあった。

結局のところ、リベルタもまたミモアにとっては王妃になるための、それも彼にとっては他国にあたる王妃になるための手段でしかなかったのだ。彼の妻になれば王妃になれたのに、ミモアはそれを無下にし、あまつ彼の恋心すらも利用した。

そんなミモアをレベッカが一瞥し、再びキャンディスへと向き直った。

彼女の異変を感じ取ったソエルが案じるように「レベッカ？」と声を掛けるが、それには返事すらしない。……できないのだろう。

レベッカが話し出すのを察して、騎士の一人が請け負うようにユベールに肩を貸し、彼を医者に連れて行こうとする。だがそれをユベール自らが拒否した。この場に残ると、キャンディスと共に話を聞くと、視線で伝える。

そんな彼を支えたまま、キャンディスはレベッカを見つめた。

「あのね、キャンディス。私もミモアと同じなの」

「レベッカ様……」

「私にも前世の記憶があるの……。ミモアと同じように、数日寝込んで……、そして、あの日、レベッカ・フォルターとして目覚めたの」

たどたどしくレベッカが語り出した。

初めはレベッカ・フォルターではない別の女性だった。

ここではない別の世界の、別の人生を歩む女性。若くして不慮の事故で亡くなり、だが再び目を覚ました。見るものすべてが違う世界で。鏡に映る自分さえも違う……。

動揺はしたものの自分がレベッカ・フォルターであることをすぐに理解し、同時に、レベッカは自分の末路を知った。

「信じられない話だと思うけど、私は前の人生でレベッカ・フォルターの人生を読んでいたの」

「読む……？」

「この世界で起こることが小説になっていたの。レベッカ・フォルターもミモア・ミルネアも、その小説の登場人物だった。前の人生で私はそれを読んでいたのよ」

その小説内では、レベッカ・フォルターは我が儘で自己中心的なキャラクターだった。

公爵令嬢であり第一王子の婚約者という立場に胡坐《あぐら》をかき、勉強も王妃教育も拒否して碌に学ばない。我が儘で傲慢、常に周りに迷惑を掛ける目も当てられぬ性格として描かれていた。

聖女としての力も怠惰な性格ゆえかさほど開花せず、それでも彼女は己が聖女であると、選ばれた人間なのだと過信していった。

その結果、もう一人の聖女であり能力を開花させていた少女ミモア・ミルネアに糾弾され、今までの行いを断罪されたのだ。

物語はミモア視点で、悪女が成敗される様を爽快に描いていた。

「私が目を覚ます前のレベッカは、物語のレベッカ・フォルターそのものだったわ。我が儘で自己中心的で……。だから私、断罪されないようにしたの」

最悪な末路を回避すると心に決め、今までの愚行を心から詫びて回った。

勉学に励み、淑女としてマナーや教養を学び、常に誠意をもって接する。王妃教育だって、どれだけ厳しくても自分のためだと言い聞かせて努めた。

そんな努力の末、レベッカは断罪とは無縁の公爵令嬢となった。

聖女としての能力もきちんと開花させ、今では次期王妃はレベッカしか居ないと誰もが言ってくれるほどだ。

小説に綴られていた最悪な結末は回避できた。

……だがそれが逆にミモアを歪ませてしまった。

ミモアからしたら、自分が正すべき悪が勝手に更生し、そのうえ自分がなるべき王妃の座についてしまったのだ。

話が違うと感じただろう。正しい道を辿っていないと感じ、未来を変えられる恐怖があったのかもしれない。

その結果、何をしてでも、それこそユベールを利用してでも、王妃の座に己がと考えたのだ。

そうあるべきだと信じて……。

「キャンディス、今まで黙っていてごめんなさい。せめて貴女にだけは話そうと何度も思ったの。だけどもし信じてもらえなかったらと考えたら怖くて……」

「私は……」

「私、貴女と友達になりたいの。その傷も、左目も、すべて償うわ。だから私と」

レベッカが乞うように手を差し出してくる。

白い肌の手。雪の中で、まるで共に歩もうと誘うように伸ばしてくる。

その手を……。

「ようやく、貴女の手を振り払える」

そう告げて、キャンディスは差し出された手を叩くように拒否をした。

パンッ……と、軽い音が、冷え切った空気の中で妙に響いた。

「……っ！」

レベッカが息を呑み、はたかれた手を引いて胸元で摑む。

そんな彼女の肩をソエルが摑んだ。自分の方へと引き寄せる。その顔は普段の涼やかな顔付きとはかけ離れた厳しい表情だ。鋭い眼光を向けてくる。

ミモアの一件から始まり、レベッカが危ない目に遭い、そこをユベールが庇った。更にレベッカのこの告白……。ソエルもまたわけが分からずにいるのだろう。彼だって振り回された一人なのだ。

それでも彼はレベッカの味方だと示すように彼女の肩に手を置き、そしてレベッカを拒絶したキャンディスをじっと見据えてくる。

だがキャンディスの胸中は酷く落ち着いていて、ソエルの鋭い眼光も、そしてレベッカの乞うような眼差しも、一切胸に届かない。

「ミモアのことも、レベッカ様のことも、私はもう関係ないんです。だからユベール様を医者に連れて行きます」

「それなら他の騎士に連れて行かせよう」

ソエルが周囲に控える騎士に視線をやった。気付いた数人が応じ、ユベールの腕を取ろうとする。だがキャンディスはそれを制するように「私が連れて行きます」とはっきりと返した。

「今の私は騎士としてここに居るんです。怪我人を優先するのは当然です」

抑揚のない声で拒否を示せば、ソエルが一瞬言葉を詰まらせたのが分かった。

まったく揺らがない感情のまま彼を見上げ、次いでレベッカへと視線をやる。右目だけでじっと見つめれば、元より悲痛そうな表情のレベッカの顔に悲しげな色が浮かんだ。凛とした佇まいと落ち着いた態度が常の彼女らしからぬ、感情と弱さを露わにした表情。

それを見てもなおキャンディスの胸には何の揺らぎも起こらず、冬の夜の寒さのように静かに凍てついたままだ。

「私は、もう、関係ないんです」

静かに、それでいてはっきりと告げる。

次いでユベールに向き直り彼の腕を取って「行きましょう」と告げれば、彼は何かを言いかけ……、だが出かけた言葉を呑み込むように口を噤むと「あぁ」と頷いて返して歩き出した。

ユベールが負った傷は、目尻から頬にかけての鋭い一線。痛々しい傷ではあるが、幸い眼球の損傷はなく、傷痕が塞がれば口の開閉にも支障はないという。

もっとも、治療を終えた医者が「あと少しずれていたら……」と言葉を濁しつつも話すあたり、軽傷と言えるものでもないのだろう。

現に後遺症の恐れこそないものの傷痕は残るらしい。これぱっかりはどうしようもないと医者が話すのを聞き、ユベールが「傷痕か……」と呟いた。

医療用のベッドの上。彼は上半身だけを起こして医者の話を聞いている。

その顔は半分が包帯で覆われており、軽く触れると痛みが走ったのか眉根を寄せた。

「傷痕、残っちゃうんですね」

とは、ベッドの隣に椅子を置いて座るキャンディス。

ユベールの顔を見ると眉尻が下がってしまう。包帯で巻かれており傷は見えないが、それでも見ているだけで痛みが伝わりそうだ。

「傷痕どころじゃない私が言うのもなんですが、痛々しいですね」

「あれだけざっくりやられたんだから仕方ないさ。だけど俺の顔に傷痕か……」

ふとユベールが考え込むようによそを向いた。

包帯で覆われた己の頬にそっと指先で触れる。キャンディスが慌てて「触っちゃ駄目ですよ」と止めれば、彼がぱっとこちらを向いた。

今は片方だけになった深緑色の瞳がまっすぐに見つめてくる。

「俺の顔に傷が残るってさ。どうする？」

尋ねてくるユベールの口調も声も、己の負傷についてとは思えないほどに軽い。

「どうもこうもありませんよ。麗しいユベール様の顔に傷が残る、形あるものが欠けることにより更なる美へと昇華されるんです。これはマイナスではありません。むしろ進化。完璧なものに傷が付くことにより完璧を超え、神の領域すらも超えるんです！」

素晴らしい！　とキャンディスが感嘆すればユベールがクツクツと笑い出した。だがすぐさま口元を歪ませるのは傷痕が痛むからだろう。

笑いたい、だけど笑うと傷が痛む。その鬩《せめ》ぎ合いで歪んだ笑みになっているが、それもまた麗しいのは言うまでもない。

ユベールの麗しさは傷が付いたところで損なわれるわけがない。どんな傷であろうと魅力を増すのだ。もちろん痛みに顰めながら笑う顔も魅力がある。

「それなら、包帯で顔の半分を覆った今の状態はどうだ？」

「包帯を纏うことにより悲痛さを感じさせ、それが耽美的な麗しさと儚さを感じさせます」

そうキャンディスが語れば、ユベールが「傷が痛むからこれ以上笑わせるな」と肩を震わせて言ってきた。

だがこの応酬は気に入ったようで、笑わせるなと言いつつも話を続けてきた。

「たとえば俺の顔半分が傷でめちゃくちゃになったら？」

「そうしたら顔半分を覆う仮面を着けましょう。美しい顔、しかし仮面の下に隠されているのは……。あぁ、なんて謎めいた美しさなのか。なんだか私、歌い出しそう！」

「歌は良いけど楽器はやめておけよ。でもそれなら、顔全部が傷で目も当てられない状態はどうだ」

「ユベール様が麗しいのは顔だけではありませんよ。たとえばその声。素晴らしい声が自分に話しかけてくる、それだけで人生が光り輝き、耳どころか体すべてを満たしていくんです」

「そうきたか……。となると俺の顔が傷でめちゃくちゃになって、更に喉が潰れたら」

これならどうだ、とユベールが話を続ける。

仮定の話とはいえ物騒な内容だが、そこに自虐めいた色はなく、あるのはキャンディスのしぶとさを楽しむ色だけ。まるで子供が言葉遊びをしているかのようだ。

最初こそぎょっとしていた医者も後ろから顔を覗かせたロブに「いつもこんな感じですから」と言われて納得し、彼と共にベッドから離れていってしまった。

そんな医者達の様子を横目に、キャンディスはユベールから言われたことを頭の中で反芻した。

整った麗しい顔は跡形がないほどに傷が残り、更に喉が潰れて美声を発することもできない。

そんなユベールを……。

どうするか、なんて考える必要がどこにある。

「別にどうもしませんよ。だってユベール様はユベール様じゃないですか」

何がどうなろうと変わりようはない。そうキャンディスが話せば、ユベールがふっと小さく息を吐き……、そして楽しそうに笑い出した。

もっとも笑いながらも「痛い」と訴えているのは傷に響いているからだろう。楽しそうでありながらも痛そうである。仕切り代わりのカーテンの向こうから「あまり笑いすぎると傷が開きますよ」という医者の忠告が飛んできた。

それでも彼は楽しそうに笑い、ようやく収まったかと思えば片方の目尻を拭いながらキャンディスを見つめてきた。深緑色の瞳が涙で潤んでいる。笑いすぎて泣いたのだ。

「そうか……。俺は俺か」

「そうです。ユベール様がユベール様で在り続ける限り、私は手放したりなんてしません」

当然だとキャンディスが断言すればユベールの笑みが強まる。声をあげるような笑いこそ収まったようだが、それでも片目を細め、口角を上げ、表情を緩めている。

そんな表情のまま彼はゆっくりと深く息を吐き……、そして改めてキャンディスを見つめてきた。以前より左目に眼帯をしているキャンディスと、今だけは包帯で左目を覆ったユベールが見つめ合う。

柔らかく麗しい彼の表情に、それでも僅かに張り詰めた色が滲み始めた。

深緑色の瞳から言わんとしていることを察してキャンディスが言葉を詰まらせた。

問うように、話してくれと求めるように、彼の瞳がじっと見つめてくる……。

だが次の瞬間にキャンディスが右目をパチと瞬かせたのは、ユベールが「少し寝ようかな」と言い出したからだ。

途端に張り詰めていた空気が失せ、表情も普段通りのものに戻る。それどころかキャンディスが呆気に取られているのに気付くと不思議そうに首を傾げた。

「どうした？」

「どうしたって……。寝るんですか？」

「流血沙汰のうえに麻酔を打ってからの治療で眠くなってきた。それにさっき痛み止めを飲んだからそのせいもあるな。医者も少し休んでから帰った方が良いって言ってたし。待っててくれるだろ？」

「え、ええ、それはもちろんですけど……」

彼の話にキャンディスは歯切れ悪く返し……、だがこのままではいけないと考え「聞かないんですか？」と尋ねた。

「何を？」

「何をって……。私のことですよ」

「キャンディスのこと……。まず第一に俺の顔が好きだろう。顔だけじゃなくて声とスタイルも好き。もちろん俺の性格も」

「……そうですけど」

「これだけ分かれば良いさ。俺が俺である限りは、それは揺るがないんだから」

落ち着き払った態度でユベールが告げ、次いで「そうだろ」と同意を求めてくる。

右目を細めた、こちらを労わるような、愛おしむような、優しく柔らかな笑み。

それを見てキャンディスは一瞬言葉を詰まらせ……、そうして肩を落とすと共に「ずるいなぁ」と呟いた。

「そんな風に言われたら逆に話したくなるじゃないですか」

「話すって言うなら聞いてやるぞ」

逆にキャンディスが望んで話す展開になり、してやったりとユベールが悪戯っぽい笑みを浮かべる。対してキャンディスは参ったと肩を竦めるしかない。

「……それなら、聞いてくれますか」

改めて問えば、ユベールが穏やかに微笑む。

「あぁ、全部聞くよ」

あえて優しい声を取り繕うでもなく、急かすことも促すこともしない、普段通りの声と口調。

それでいて彼の纏う空気は普段よりいっそう優しく、キャンディスはその空気に背を押されるようにゆっくりと息を吐いた。

一度窓の方へと視線をやる。

カーテンが閉められているため外の景色は見えないが、きっと雪はまだ降っているだろう。

レベッカ達は既に移動をしているらしい。さすがに雪が降る中で話を続けるわけにはいかず、ミモアはバロックをはじめとする騎士達が拘束し、リベルタも同席のうえで改めて話をすることになったという。先程ロブが教えてくれた。

王宮の裏手である『あの場所』には今はもう誰も居ないはずだ。

足跡はさずがにまだ残っているだろう。だがこの降雪量を考えるに、踏み荒らされるようについていた足跡も次第に雪で覆われていき、夜も明けぬうちに真っ白な雪面になる。

誰の足跡もない、白一色の雪景色。

月の明かりを受けて、夜だというのに雪面が眩いほどに輝く……。

まるであの晩のように。

そんな景色を想像し、キャンディスはゆっくりと口を開いた。

「昔、アデル村に貴族の別荘が建ったんです。田舎村の一番奥、そこだけ別の景色を持ってきたみたいに豪華なお屋敷でした。そこに私と同い年の令嬢が家族と一緒に移り住んだんです」

これから多忙になる娘のため、今だけは家族で落ち着いて過ごせるように。……というのが理由だったらしいが、今となっては疑わしい。もしかしたら、我が儘な娘に困り果てて一時的にでも社交界の目から逃れようと考えていたのかもしれない。

そう考えてしまうほどに、その家の令嬢は我が儘だった。

我が儘で自己中心的で、自分が一番じゃないと気が済まない。思い通りにいかないと周囲の目も気にせず喚いていつも周りを困らせていた。

　そんな性格なのだから、彼女は村の子供達に馴染むことができずにいた。

　彼女どころか両親も、村で生活はしていたが村の者達との交流は控えていたように思える。アデル村に来たのは人目を避けて娘を落ち着かせるため、いずれ自分達は王都に行く。そんな風に考えていたのかもしれない。

　村人達も彼等を避けるでもなく無理に受け入れるでもなく、適度な距離を保って生活していた。

「でも、あの子はなぜか私を気に入って、いつもそばに居るようにって言ってきたんです。すごく我が儘な子で、私が遊びに付き合うって約束をしないと勉強しないだの、一緒にやらないとダンスの練習をすっぽかすだのっていつも言ってました」

「それで、その家のメイドになったんだよな」

「はい。ずっと一緒に居るために。屋敷で生活するようになったけど、家族は歩いて数分のところにいて毎日会えるし、寂しいとかはありませんでした。それからは朝から晩まであの子と一緒で、それどころか一緒に寝ることもよくありました。……それで、雪が降った日の夜」

　その晩は彼女の希望で一緒に寝ていた。夕食の最中に『一緒に寝ないなら明日の勉強はしない』と言い出したのだ。

　今更その程度の我が儘を誰も咎めることはせず、了承の言葉を返すとあの子は得意げに頷いて返してきた。感謝の言葉一つもない。自分の希望が通るのが当然だと考えている表情。いつものことだ。

貴族の令嬢の自室は広く、天蓋付きの大きなベッドは子供が二人眠っても十分に余裕がある。

一つの布団に入り、大きな枕に頭を並べて、しばらくは話をしながらゆっくりと眠りにつく……。

そうして真夜中『起きて、ねぇ起きて。起きなさい』としきりに呼ばれ、肩を揺すられ、無理やりに起こされたのだ。

いったい何事か。そう寝惚け眼で問えば、あの子はきらきらとした瞳で『森に行くわよ！』と命じてきた。

「夜中に森に？　子供だけで行ったのか？」

「はい。でも、もちろんそんな危ないことは普段はしません。親や周りから禁止されているし、そもそも村の子供は行こうとも思いません。だけどあの子は、誰も踏んでいない雪面が見たいって、森の奥には行かないから平気だって、こちらの制止も碌に聞かなくて……」

今ならば大人を起こすなり、せめて警備に伝えて秘密裏に付いてきてもらうなりしただろう。

だが当時は幼く寝起きということもあり、更にはあの子が『さっさと用意しなさい』と急かしてくる。おかげで頭が回らず、窓から抜け出す彼女を慌てて追いかけるので精一杯だった。

「それで、二人で行ったのか」

「はい。……二人で。ランタンを持って、手を繋いで」

ランタンと月明かり、そして月明かりを反射させる雪面のおかげで、夜の森でも足元は見える。

慣れた森の中。それも本人が言っていた通り奥までは進まない。だから何も怖くはなかった。

「二人で話をしながら進んだんです。私が何を言ってもあの子は止まらなくて……」

❄　❄　❄

『こんな時間に外に出て、旦那様に怒られてしまいますよ』

『バレなければ良いのよ。それに、誰も踏んでない雪を踏みたいんだもの』

『それなら朝早くに起きれば良いじゃないですか』

『嫌よ。だって朝は寝ていたいんだもの』

まさにああ言えばこう言う。何を言ってもあの子はざくざくと雪を踏みしめて歩き続けていた。手をぎゅっと握って。

そうして開けた場所に出ると眼前の光景に瞳を輝かせた。

何もかもが白い、真っ白な世界。

降り注ぐ雪は雪面に落ちるや純白の中に溶け込んでいく。足跡は一つもない、誰も踏み入っていない一面の雪。

美しくて、真夜中だというのに視界すべてが輝いて見えた。

その光景に満足したようで、あの子は興奮で頬を赤らめながら『素敵』『綺麗』と何度も繰り返していた。

『何もないつまらない村だけど雪だけは綺麗ね。冬には帰ってきてあげても良いわ』

高飛車な口調で、まるで自分が周囲に望まれて帰ってきてやるかのような言い草。

次いでこちらを向いて『貴女だって冬ぐらいは帰ってきたいでしょ？』と同意を求めてくる。

思わず『私も？』と問えば、彼女は当然のことのように『そうよ』と返してきた。

あの子は自分の提案が拒否される可能性なんて考えていない。当然のようにどこまでも付いてくると考えているのだ。

その考えのまま、あの子は真っ白な世界の中、とびきり輝かしい笑顔で告げてきた……。

『私と一緒に王都に行くのよ。王妃付きの侍女にしてあげる』

❄　❄　❄

「そう……。言ってくれたんです」

「王妃付きの侍女……。それなら、その子は……」

「だけどその言葉の直後に大きな音がして、近くにあった木が倒れてきたんです」

背が高く細い古木。中は腐って空洞になっていたらしく、冬の寒さと雪の重みに耐えきれなかっ

たのだろう。

夜の静けさの中、突如ひび割れる凄惨な音をあげ……。

そして、手を繋いで雪景色を眺める自分達に、まるで獣のように襲い掛かってきたのだ。

咄嗟に隣に立つ彼女を突き飛ばし、自身は逃げきれずにそのまま倒木に巻き込まれた。

「そんな……」

話を聞いていたユベールが掠れた声で呟いた。

顔色を青ざめさせ、まるでその場に居合わせたかのように眉根を寄せて悲痛そうな顔をしている。

彼の視線は混乱を落ち着かせるためかしばらく彷徨い、そして最後にキャンディスへと……、黒い眼帯で覆われた左目へと向けられた。

言わんとしていることを察してキャンディスも頷いて返す。

眼帯に隠された、今はもう塞がれた左目。眼帯では隠し切れぬ傷痕。これはその時に倒木に巻き込まれて負ったものだ。

「無事だったあの子が助けを呼んで、すぐに医者にかかることができました。でも傷が酷くて高熱が出て、数日は意識が朦朧としていたんです。見舞いを許されたのも親だけで、それだって私は熱と麻酔のせいで殆ど寝惚けた状態でした」

「……そんなに酷かったんだな」

「片目がなくなるほどですからね。でも四日目にはようやく熱が引いて、体調も戻ってきたんです」

もう大丈夫、そうはっきりとした口調で告げれば両親は涙ながらに安堵し、医者も胸を撫で下ろすような表情を浮かべる。

その光景を、キャンディスは不思議な気持ちで眺めていた。

治療中の記憶は残ってはいるが酷く曖昧で、四日経ったと言われても実感はない。

そのうえ左目を失ったとまで医者に言われるのだから、理解が追い付かないのも仕方ないだろう。

鏡に映る自分の顔にはまだ生々しい傷が残っていて、さすがにこれにはショックで胸を痛めた。

だがそれより傷付いたのはその後だ。

家族以外の見舞いが許可されたと聞き、あの子とその両親がこちらに向かっていると看護師が伝えてきて……。

「私は怒ってないし責める気もありませんでした。あの子の我が儘で森に行ったけど、木が倒れたのは誰のせいでもありません。ただ、我が儘で自己中心的なあの子もさすがに堪えるかなって、そんなことを考えてました」

いくら困った性格と言えども、無理やりに連れて行った先で友人が怪我を負えば罪悪感は覚えるだろう。

だが彼女は見栄っ張りで意地っ張りな性格だ。周りにひとがいる場では素直になれず、自分の責任じゃないと言い切り、陰で泣いていたかもしれない。それとも我が儘かつ横暴な性格はこの事件を経ても健在か。

　どんな謝罪だろうと笑って許してあげよう。『気にしていませんよ』『無事で良かった』と。その後には『今度は朝に行きましょう』と誘ってあげるつもりだった。

　あの子も自分も朝は苦手だけど、頑張って朝早くに起きよう。

　先に起きた方が相手を起こして、また手を繋いで、誰の足跡もない雪面を踏みに行こう……と。

「そう言ってあげるつもりだったんです。……だけど、病室に現れたのは私の知るあの子じゃなかった」

　病室に入るなり少女は誠心誠意詫び、そして今までの己の行動を含めて二度とこんな愚行はしないと誓ってきた。

　迷惑を掛けたと詫び、こんなことに巻き込んでしまったと詫び、自分を庇ったために酷い傷を負わせてしまったと詫び……。メイドとして屋敷に住まわせたことも、無理強いをして一つのベッドで眠らせたことも、ダンスの練習や勉強に付き合わせたことも……。

　出会ってからのすべてを一つ一つ話に出しては、自分がいかに浅はかだったかを省みて、二度としないと誓い、そして謝ってきた。

　隣に立つ夫妻は娘を支えるように彼女の肩に手を添え、キャンディスが治療をしていた数日で娘が心を入れ替えたのだと話してきた。

　曰く、彼女は己の行動を猛省し、周囲に迷惑を掛けたと詫びて回っていたのだという。両親に対してはもちろん、だらけた態度で受けていた家庭教師にも謝罪し、我が儘で振り回した屋敷のメイドや給仕達にさえも頭を下げた。

そして規則正しい生活を送り、勉学に励んだ。今までの遅れを取り戻すために、自ら細かなスケジュールを立てる意気込みすら見せていたのだという。

といっても、彼女が心を入れ替えたのはたった数日のことだ。

だけど数日とはいえ、その変化は目を見張るものだった。

……まるで人が変わったかのように。

否、人が変わったかのように、ではない。変わったのだ。そうとしか思えない変わりようだった。

顔も声も同じ。なのに言動はまったくの別人。

それはキャンディスが退院してからも変わらず、謝罪の言葉と共にメイドの任を解かれても、それ以降も、彼女は心を入れ替えたままだった。

入れ替える前の心をどこかにやってしまったまま。

「あの子の親も、教師も、屋敷の人達も、みんな変わった彼女を受け入れてました。人が変わったようだって言いながら、令嬢らしくなって良かったって。別人のようにって言った直後に褒めて……。でも……」

言い掛け、だが途中で言葉を詰まらせた。うまく言葉が出てこない。

膝の上に置いた手に涙が落ちる。片方の目から溢れる大粒の涙。

泣くより話の続きをと考えるのに涙が溢れて喉が震える。

思い出されるのはあの子が変わってからの日々。

まるで別人のように聞き分けの良い子になり勉学に励む彼女を、彼女の両親や家庭教師はこれが貴族の令嬢のあるべき姿だと嬉しそうに見守っていた。

村の者達もあまりの変わりように驚きこそしたが、元よりさほど交流があったわけでもないため詳細は分からずにいた。そもそも娘が心を入れ替えたことで親子関係は良くなっており、そんな貴族の家庭に村民が口を挟めるわけがない。

そうして、一家は王都へと住まいを移してしまった。

勤勉な令嬢は王都でも勉学に励み、才女として周りから慕われ人望を築いていく……。

……だけど。

「でも、そんなのあんまりじゃないですか……。あの子はどこに行ったんですか？　我が儘で、周りに迷惑を掛けていたあの子は……」

「キャンディス……」

「王都に連れて行くって言ってくれたんです。私を王妃付きの侍女にするって……。私のことを友達だって、あの子はそう言ってくれたんです……」

それなのにどこかに消えてしまった。

だけどそれをあの子の両親も、家庭教師も、屋敷の者達も気にする様子一つ見せなかった。

あの子ではない、あの子を名乗る女も。さも自分は以前から己であったかのように、心を入れ替えたように装って生き続けていた。

涙ながらにキャンディスが語れば、聞いていたユベールが様子を窺うようにじっと見つめ、そしてゆっくりと口を開いた。

「……レベッカなんだな」

囁くような彼の声。

その問いにキャンディスは小さく頷いて返した。振動を受けて涙が手の甲に落ちていく。

「だけどレベッカ様は……、私の知る、アデル村で一緒に過ごしたレベッカ様はもう居ないんです……。でももしかしたら戻ってくるかもしれないから、その時には私がそばに居てあげようと思って」

「だからフォルター家を追って村を出て王都に来たのか」

「はい……。でもあの人を見ていて次第に分かったんです。もうあの子は戻ってこない……。あの子はどこかに消えてしまったんです」

誰にも気に掛けられることも惜しまれることもなく消えていった。

その後には誰もが慕う令嬢の鑑レベッカ・フォルターが生活している。

あの子の顔で、あの子の体で、あの子の声で、あの子の名前を名乗って。

「王都に連れて行くって、言ってくれたのに……」

溢れる涙を拭うこともできずにくぐもった声を漏らす。

そんなキャンディスの手にそっとユベールの手が重なった。優しく包み込むように握ってくる。

顔を上げれば労わるような彼の瞳と目が合った。

美しい深緑色の瞳。普段は楽しそうに細めたり呆れるように視線を逸らす瞳が、今はまっすぐに、熱を感じるほどに正面からじっと見つめてくる。

「俺は消えない。いつまでも俺で在り続ける」

「ユベール様……。だけど絶対なんてありえないんです。あの子が消えてしまったように……、もしも貴方まで消えたら」

「そうしたら、そうだな……。キャンディスも消えるんじゃないか？」

「え……？」

突然のユベールの話に、キャンディスは思わず目をぱちと瞬かせた。

その動きで大粒の涙がポタと落ちていく。

「私が消える？」

「あぁ、そうだ。この顔とスタイルと声は残るから世間はそれで十分かもしれない。だけどキャンディスは俺の性格もないと嫌だろう？」

労わるような優しい瞳のまま冗談めかして告げてくるユベールに、キャンディスは数度瞬きを繰り返し……、そして肩の力を抜いて笑った。

涙が再び溢れてくる。視界は涙で揺らいでいるが、それでも目の前に居るユベールの顔は見える。相変わらず美しい顔だ。スタイルも良いし、手を握ってくるその手も指も美しい。

だけどそれだけじゃ駄目だ。性格も揃っていないと嫌だ。

「そうですね。ユベール様のその単純で分かりやすい性格がないと嫌です。真実の愛なんて言葉に騙されないユベール様はユベール様じゃありません」

「そうだろ。だからきっと、俺が俺じゃなくなったらキャンディスも『ユベール様がユベール様じゃない世界に居る意味なんてありません』って消えるさ」

ユベールの話は突拍子もないにも程がある。

きっと他の者が聞けば「それで慰めているつもりか」と疑っただろう。もしかしたら「この期《ご》に及んで何を」とユベールに対して呆れを抱くかもしれない。

だがキャンディスにはこんな突拍子もない話で十分だ。いや、突拍子もないこの話こそが慰めになる。そもそも彼との関係は「顔が良いから欲しい」という己の突拍子もない発言からなのだ。

いまだ涙は溢れるがそれでも表情を和らげて笑うと、ユベールも安堵の笑みを浮かべた。

彼の笑みを見ていると先程まで胸を締め付けていた喪失感がゆっくりと溶け、記憶の中の雪景色も次第に薄れていく。あの子の声も穏やかにまるで眠るように薄れていった。

重ねられた手を握れば、それに応えるようにユベールもまた指を絡めて握り返してくれる。温かく大きな手だ。

「私が消えたらユベール様はどうします？　私のこの顔で、この声で、でも言動は違うんです。きっとユベール様の顔を見ても記憶を失ったりしませんよ」

「それは俺にとってのキャンディスじゃないな。そうなったら俺もきっと消えるよ」

笑いながら話すユベールに、キャンディスもまた片目を細めて笑った。

六章　あの子とのお別れ

件《くだん》の事件から十日後、王宮敷地内の一角に二人の男が立っていた。

宰相スティーツと近衛騎士隊長バロック。見目の良い二人が真剣味を帯びた表情で話をする光景に、通りがかった女性がほぅと吐息を漏らし、熱っぽい視線を向けながら通り過ぎていく。

普段ならば愛想笑いの一つでも浮かべる彼等だが、今日は一瞥もせずにいた。

「しかし、別の人格だの未来が分かるだの、変な話だよな」

いまだピンとこないもどかしさからか、雑に頭を掻きながらバロックがぼやく。

それに対してスティーツもまた涼やかな表情のまま気持ちは分かると頷いた。さすがに頭を掻くような豪快な動きこそしないが、溜息は深い。

「私も同意見です。……と言いたいところですが、レベッカ様が嘘を吐いているとは思えません。それもよりにもよってミモア・ミルネアと同じ嘘を吐くなんてありえない話です」

「それは分かるが、人の中に他人が入るっていうのはどうも……。それもレベッカ様だろ？」

信じられないと言いたげなバロックに、スティーツが話をしようと口を開き、だが出かけた言葉を呑み込むと周囲を横目で窺った。

そうして人が居ないことを確認すると、ここだけの話だと言いたげに「その件ですが」と幾分声を潜めて話し出した。

「過去のレベッカ様は随分と我が儘で横暴な性格だったようです」

「あのレベッカ様が？」

尋ね返すバロックの声には疑問の色が濃く出ている。元より奇妙な話題に対して怪訝な表情を浮かべていたが、それがより顕著になる。

「今回の件、にわかには信じ難い話でしたので私の方でも少し調べてみました。といってもフォルター家に昔から仕えている者や、幼少時のレベッカ様を知る者に話を聞く程度ですけれど」

相手は公爵家だ。それもレベッカは次期王妃である。

緘口令《かんこうれい》が敷かれているわけではないが、踏み込みすぎると公爵家への無礼や侮辱と取られかねない。とりわけ令嬢の過去を、それも本人や公爵夫妻があまり語りたがらない過去を調べるのだから、下手をすれば社交界から爪弾きにされる恐れもある。

レベッカへの侮辱としてソエルの反感でも買おうものなら終わりだ。王都での躍進どころか王宮勤めの地位さえ危うくなるだろう。

それを危惧し、調べるといっても程々に、浅く、軽く、もしもレベッカ達に知られても問題ない程度に抑えておいた。

「真実より保身ですから」

　はっきりとした断言。

　この潔さは一般的にはどうかと思えるものなのだが、聞いているのはバロックだけで、彼からの返事は「それは当然」である。

「それで、話を聞いた結果は？」

「昔のレベッカ様は目も当てられない性格だったそうです。我が儘で周りの迷惑なんてお構いなし、勉強もマナー練習も何もかも気分次第で放棄して遊んでばかり……。既にユベール様との婚約は決まっていたようですが、とうてい次期王妃になれる器ではないかと。公爵家も、社交界の目を恐れて田舎村に住まいを移していたようです」

　声量こそ抑えているもののスティーツの口調ははっきりとしており、遠慮もなにもない。彼が聞いた話ではそれほどまでに過去のレベッカは酷かったのだ。

　この話にバロックが更に表情を渋くさせた。元より男らしい体軀もあって威圧感を与える見た目だが、今はより圧が増している。

　だがこんな表情になるのも仕方ない。スティーツが話す令嬢の評価は、今のレベッカにはまったく当てはまらないからだ。我が儘で横暴なレベッカなど想像すらできない。

　だが想像できないからこそ、この信じ難い話に信憑性が出てくる。

「それでまったくの別人が入れ替わって、今のレベッカ様ってことか」

「そういうことになります。話だけならばやはり信じられませんが、ここは事実と受け入れるべきでしょう。それに、私達も似たようなものを目の当たりにしていますからね」

「俺達も？　……あぁ、ミレーナ・エルシェラか」

一人の令嬢を思い出し、バロックがその名前を口にした。

ミレーナ・エルシェラ。エルシェラ伯爵家の次女。

我が儘で自己中心的で自分が一番じゃないと癇癪を起こす『困った』などという表現が温《ぬる》い迷惑な令嬢。

周囲を羨む性格で、誰が相手だろうと誰が見ていようとお構いなし。必死になって制止する姉の言葉も無視して「ずるい」「私の方が」と連呼する。以前に夜会の会場でスティーツと踊ったキャンディスに対しても「ずるい」と言っていた。

他にもあちこちでやらかしており、バロックも彼女のことは『面倒な令嬢』として把握している。いかに家柄が良くとも近付きたくないと思えるほどだ。

だがミレーナは夜会からしばらくして心を入れ替えたように性格が変わってしまった。

己の行動を恥じ、マナーを学び、そしてスティーツに対してどころか田舎出の騎士でしかないキャンディスに対しても真摯に謝罪をしたのだ。彼女の口癖である「ずるい」も今はすっかりと鳴りを潜めていると聞く。

その変化は、改心したというより人が変わったという方が合っている。

それこそ、ミレーナ・エルシェラの中に別の人間が入り込んだかのように……。

「もしかしたらミレーナ・エルシェラも……、正しくは彼女の中に入った『今のミレーナ・エルシェラ』も、己が辿る人生を知っていたのかもしれませんね」

「俺が冗談半分に言った、『お姉様、公爵家の方と婚約なんてずるい。私に頂戴!!』ってやつか。確かに昔の性格のままだったら言ってただろうな」

「姉の婚約を横取りしようとし、公爵家の怒りを買って痛い目を見る。ミレーナの中に入った人物はそんな破滅の未来を知っていて、それを回避するために行動した。その結果ミレーナは善良な令嬢となり、姉妹仲も改善されてめでたしめでたし。……というのはありえない話じゃありません」

「確かに考えられる話だ。……まぁ、そもそもの『ひとの中に他人が入る』っていうのがやっぱり信じられない話なんだが、いつまでもぐだぐだ言ってられないしな」

　信じられない話だ。だが信じるほかない。

　公爵令嬢であり次期王妃であるレベッカの話を否定するわけにはいかないし、否定したところで「ならどう考えているのか」と問われれば説明のしようもないのだ。

　そもそも、ミモア捜索に関してならばまだしも『ひとの中に他人が入る』という件に関しては自分達の意見が求められることはないだろう。

　結局のところ、スティーツとバロックはミモア捜索こそ任されていたが当事者というわけではなく、無理に横やりを入れても話を長引かせるだけ。

とりわけ王都での躍進を望む二人からしたら、いま一つ理解しきれぬ話であっても優先すべきは権力者の判断である。彼等が「そうだ」と言うのなら「なるほどそうでしたか」と返して終わりだ。

真実より保身。なにより躍進。

今回の件でミモア捜索をやり終えた功績を認められるのであれば、疑問なんて目を瞑って評価と褒美を受け取るに限る。

そうあっさりと結論付け、スティーツが上着から懐中時計を取り出し「そろそろ行きましょうか」と建物の入り口へと歩き出した。

だがふと足を止め、改めるようにじっとバロックを見つめた。涼やかで知的な男の視線に疑惑の色が混ざる。

「ところでバロック、貴方さいきん見合い相手と食事をしたり話をする時間を作っているそうですね。今までは家名しか見ていなかったのに……。まさか……」

「俺は別に他人と入れ替わったわけじゃないからな」

そんな話をしながら歩く二人に、居合わせた女性達が「いったい何を話していらっしゃるのかしら」「素敵ね」と遠目から熱い視線を送っていた。

王宮の広間。重苦しい空気が漂う中、キャンディスは一歩引いたところで報告を聞いていた。

隣にはユベール。まだ怪我は癒えてはおらず、顔の左半分を包帯で覆う痛々しい姿だ。

だが傷の治りは順調なようで、しばらくしたら包帯を外せるようになると医者から言われている。

そんな彼をじっと見つめていると、視線に気付いたのかこちらを向いた。右目だけで、右目しかないキャンディスを見つめ返してくる。

「またいつものか」

「はい、いつものです。たとえ顔の半分を包帯で覆っていようと、傷痕がどれほど残ろうと、この部屋の中で一番顔が良いのはユベール様です。むしろユベール様の顔の良さは包帯や傷痕さえも美へと昇華させるので、『ユベール様の顔が一番良い』という事実は覆しようがありません」

「はいはい、そうだな。ところでそろそろ話が始まるから、意識を混濁させられたくなかったら落ち着いてくれ」

呆れ交じりの苦笑でユベールが宥めてくる。

それに応じれば、彼の笑みが強まった。まったくとでも言いたげな表情だ。

「でもまぁ、キャンディスがいつも通りなのは嬉しいよ」

ユベールからの言葉に、キャンディスは満足そうに頷いて返した。

ミモア・ミルネアは現在国内のとある場所に幽閉されており、正式な手続きと調査の末、公爵令嬢に危害を加えようとした罪で処罰される予定である。フレノア国も巻き込み国家間の問題にまで発展させた罪もあり、彼女への処罰は相当重くなるだろう。

　彼女を庇うかと思われたフレノア国のリベルタ王子も、ミモアの執着が己ではなくレベッカに、それもレベッカの次期王妃という立場に向けられていたと知ると彼女を見限ったという。

　百年の恋も一瞬で冷める、とはまさにこのこと。あの雪の夜の騒動はリベルタ王子の恋心すらも凍てつかせて砕いたのだ。

　それどころか、彼はミモアを見限るや一転して被害者の立ち位置に着いたらしい。

「この件に関して、リベルタ王子は『聖女であるミモアには人を誑《たぶら》かす力があるのではないか』とこちらに調査を強いています。その力のせいで騙されたと訴えたいのでしょう。出方によっては国家間の関係が崩れる恐れがあり、慎重に対処すべきかと。……報告は以上です」

　スティーツが一礼して話を終える。

　その表情は相変わらず涼やかではあるが、瞳の奥には「面倒なことこのうえない」という訴えが見え隠れしている。

　彼だけではなく、誰もがこの話に、そして今後に対して渋い表情をしていた。

　キャンディスも同様、今の話にはさすがに眉根を寄せてしまう。

　ミモア・ミルネアこそ捕縛したが、どうやらこの件はまだ終わっていないらしい。

　それどころかフレノア国を巻き込んでより面倒になってきた。

フレノア国も王子を誑かされたのだから容易には引かないだろう。だがこちらとしても、ミモアを匿われ、更には国内に騎士を引きつれて来られたのだから責められてばかりではいられない。もっとも発端は自国の次期王妃の座を巡るトラブルであり……、と、落としどころが難しい。そして落としどころを長く悩んでいれば近隣諸国に事情を知られかねない。両国ともに、今回の件はあまり外野に知られたくないのが正直なところである。

これはまた面倒な。

そうキャンディスは想像以上に広がっていく問題に心の中でうんざりとし……、だけど、と考えて片手を上げた。

「発言の許可を求めます」

重苦しい空気が漂う広間の中、突然のこの発言に誰もがぎょっとした。

場の空気を読まぬ宣言。それも、声をあげたのが以前にこの流れで突拍子もない発言をしたキャンディスなのだから尚更。

両陛下や重役達は「また何か言い出すのか」と怪訝な顔をし、スティーツとバロックは「次は何を言い出すんだか」と若干の呆れを込めた顔だ。レベッカは困惑で眉尻を下げている。

キャンディスの突拍子もない言動に慣れたロブに至っては「俺はあと少しで田舎に帰るから自由にしろ」とここにきて放任主義である。次いでロブがこそりと隣に居るユベールに声を掛けた。

「この期に及んで、いったい何を言い出すんでしょうか」

「分からないけど、きっと俺にとっては良いことだ」

照れすらしないユベールの答えに、ロブが返事代わりに肩を竦める。

そんな十人十色な反応をする中、キャンディスは堂々と手を上げたまま再度「発言の許可を求めます！」と声をあげた。

念を押すように高らかに。先程より幾分語気が強くなるのは「手が疲れるので誰か反応してください」という思いも込めたからだ。

それに応えるように恐る恐る声を掛けてきたのはレベッカである。様子を窺うように近付いてくる。この光景はまるで以前の、ユベールが欲しいと言い出した時のようではないか。

「キャンディス……、発言の許可って、何か言いたいことがあるの？」

「はい。よろしいでしょうか」

「ええ、もちろんよ。貴女の意見も聞かせてちょうだい」

促すレベッカの口調はまるで子供の機嫌を取るかのようだ。

今まで己の正体を隠していたことへの罪悪感、キャンディスが王都に来た目的に気付いていてもなお言い出せずにいた後ろめたさ、そういった複雑な感情が綯い交ぜになっているのだろう。元のレベッカ・フォルターへの申し訳なさもあるのかもしれない。

だがそれが分かってもキャンディスはレベッカを気遣うことはせず、彼女に対しては「ありがとうございます」と淡々と返すだけに留めた。すぐさまこの場で一番権威のある陛下へと視線を向ける。

そうして誰もがいったい何を言い出すのかと視線を向けてくる中、はっきりと告げた。

「私、もう関係ないんでユベール様と帰らせてもらいます」

堂々とした帰宅宣言に誰もが言葉を失い、広間がシンと静まり返る。

だがキャンディスはそれすらも気に掛けず、自分の発言の異質さすらも気にせず返事を待った。

沈黙を破ったのはレベッカ。彼女は目を丸くさせ「え……？」と躊躇いの声を漏らした。

「帰るって……。まだ話は終わってないのよ？」

「そうみたいですね。でも私はもう関係ありません。それにユベール様だって、ミモアが捕まってフレノア国との問題になればもう関係ないでしょう」

そもそも今回だってユベールはミモアに利用されかけていただけだ。むしろ最初から、すべてにおいて、彼は利用されこそすれ蚊帳の外だった。そしてミモアが捕まり問題がフレノア国との国家間がどうのへと広がった今、ミモアにすらも捨てられた元王子など関わりようもない。

なによりユベールは怪我人なのだから、心労の溜まる場所に長居するのはよろしくない。

キャンディスに至ってはユベールと一緒に過ごしているだけで、ミモアに関しては一貫して第三者の立ち位置である。調査も命じられていないのでスティーツやバロックよりも無関係だ。

だから帰る。

もう関係ないし、興味もない。

……ミモアのことも、目の前に立つレベッカのことも。

そんなキャンディスの胸中を察したのかレベッカが困惑の色を強め、それでもと引き留めようとしてくる。

彼女の隣に立ち肩に触れるのはソエルだ。随分と渋い表情をしている。両陛下も立ち上がりこそしないがこの主張に対して怪訝な表情を浮かべていた。

無礼なと言いたいのだろう。だがキャンディスにだって言い分はある。

「そもそも、レベッカ様は聖女であることをユベール様に黙っていたじゃないですか。私にだって、私が一緒に過ごしたレベッカ様は居ないことをずっと黙っていた。話すらしてくれなかった」

「それは……、ユベールに言わなかったのは、彼が次期王としての素質があるかを見定めるためだったの。貴女には……、黙っていてごめんなさい。怖くて言い出せなくて……」

「謝っていただきたいわけじゃありません。話をしない理由がそちらにあるのも理解しています」

「それなら……！」

「そちらに話をしない理由があるように、こちらにだって話を聞かない理由があるんです」

何かを言おうとしたレベッカを遮るように、キャンディスが言い切った。

はっきりと拒絶の意思を込めて。

ここまで拒絶を示したのは初めてだ。

今まではレベッカのどこかにあの子が居るかもしれないという思いを引きずっていた。声は届くかもしれない、見えてはいるかもしれない、そんな僅かな可能性を考えていたのだ。

だけどもうあの子は居ない。

だからもう話を聞く理由はない。

「私、無関係なのでもう故郷に帰ります」

「故郷……。アデル村に？」

「はい。騎士業はもう終わりにして、故郷に帰ることにしました」

淡々と告げて、懐から一枚の紙を取り出した。

除隊希望を書き記した書類。もっともこれ一枚で国に勤める騎士業を辞められるわけがない。申請書やら手続きやらは追って準備するつもりだ。

これはその第一歩。もう騎士業にも未練はないという意思表示。

キャンディスの意思に揺らぎようがないことを察したのか、レベッカが物言いたげな顔で、それでも声を出せずに見つめてきた。

罪悪感と後悔を綯い交ぜにした、弱々しく儚く、今にも泣きそうな切なげな表情。その表情は繊細で美しい。

だけど……。

そんな顔、あの子はきっとしない。

自分が悪くても、あの子は非を認めずにいるはずだ。高飛車で我が儘な子だから……。

あぁ、やっぱりもう居ないんだ。

「レベッカ様……」

ポツリと呟くように名を呼べば、レベッカがはっと息を呑んだ。

揺らいでいた彼女の瞳がまっすぐにキャンディスを捉える。縋るような瞳。ゆっくりと手を伸ばすのは引き留めるためか。

その手が触れる直前、キャンディスは口を開いた。

「貴女が良い人だということも、次期王妃に適していることも、そうなれるように努力していたことも知っています。貴女の中にあの子を探しながら、私はずっと貴女を見ていたから……」

「……キャンディス」

「貴女に非がないことも、貴女だってどうしようもなかったことも分かっているんです。……だけど、どうか私だけは貴女を嫌いでいさせてください」

別れの意思を込めて、今ようやく、はっきりと「嫌い」と告げた。

無慈悲だと自覚している。

レベッカの中にいる今のレベッカには何の非もなく、彼女だって自身に降り掛かった奇妙な人生を必死に生きているだけなのだ。自分の末路が最悪なものだと分かれば回避しようとするのは当然。

それを責めるのは酷である。それは分かっている。

だから別に何かする気はない。ミモアのように引きずり下ろそうとも思わないし、このことを世間に言いふらして糾弾する気もない。

　ただ嫌うだけだ。

「あの日、貴女が私に謝ったすべてのことが、私にとっては大事な思い出だったんです」

　屋敷に泊まるように言われたことも、一緒に寝るように命じられた夜も、一緒じゃないと勉強しないと言われて共に受けた授業も、付き合わされたダンスの練習も。

　あの夜の、手を繋いで見た美しい雪景色も……。

　すべてキャンディスにとっては大事な思い出だ。

　だけどそれを、今目の前に居るレベッカは過去の己の愚行と切り捨てて謝ってきた。

　そんなキャンディスの訴えに対してレベッカは一瞬言葉を詰まらせ……、そして出しかけていた手をゆっくりと引いた。やり場のない思いを込めているのか、白く細い手が強く握られる。

　彼女の手が震えているのを見ても尚、キャンディスの胸には何も響かなかった。

「……騎士としてよく勤めてくれました。故郷でもどうか……、元気で」

　レベッカの言葉は僅かに上擦っているものの、高い身分に君臨する者らしさがある。

　公爵令嬢として、次期王妃として、王都を離れる一介の騎士に対しての労い。

　過度に褒めることも引き留めることもしない、定型文とさえ言える言葉。これから先、きっと幾人もの騎士が彼女から同じ言葉を与えられるのだろう。

　それを言い終えると、レベッカは踵を返して元居た場所へと戻っていった。

彼女の背を見届け、キャンディスは大きく息を吐いた。

「……では、これで失礼いたします」

退室の言葉と共に頭を下げるのは一応の礼儀である。

騎士としてではなく、もちろん今回の件の関係者としてでもない。あくまで一国民として国の上層部に居る者達への礼儀。そして心の中では、これで終わりにしたいという気持ちもあった。

そんなキャンディスの胸中を察してか、もしくは退室の意思が強いと察してか、それとも引き留めなかったレベッカを尊重するためか、両陛下やソエルも何も言ってこない。ただ黙ってキャンディスの次の行動を見守るだけだ。

彼等の視線を受けながら、キャンディスはユベールへと向き直った。彼が労うような表情で肩を竦める。

「アデル村に帰るのか」

「はい。王都にはもう用はなくなりました。これからもっと面倒になりそうだし、ここが潮時ってやつですね」

「そうか……」

話を聞いたユベールが苦笑し、「キャンディスらしいよ」と返してきた。

これは面倒なことになるから故郷に帰るという考えに対してと、それをこんな場で言い出すことに対しての言葉だろう。

それを告げてくる彼の表情は晴れ晴れとしたもので、次いでゆっくりと片手を差し出してきた。

「俺も連れて帰ってくれるだろ」

彼の声には躊躇いや戸惑いの色はなく、問いかけの色すら薄い。答えなど分かり切っていると言いたげだ。

そんなユベールの言葉と差し出される手に、キャンディスは微笑んで返した。

「もちろんですよ。ユベール様は私が貰ったんですから」

そう答えて、差し出される彼の手を取った。

エピローグ

王都での騒動から三年後。慌ただしく時間が過ぎていく王都とは違い、ゆっくりと穏やかに物事が進むアデル村。

そこから少し離れた先にある森の中を、キャンディスは一人で歩いていた。

深い森の、だがその深さに足を踏み入れる手前。

人の往来が頻繁なそこは行き来で踏みしめられた道ができており、獰猛な獣も寄ってこない。せいぜい小動物が木々の合間を駆け抜けていく程度だ。

その小動物も寒くなると姿を見せる頻度が減っていく。木の合間を飛ぶように駆けていくリスを見かけたが、今年リスを見るのはあれが最後になるかもしれない。また春が来れば一匹また一匹と眠りから覚めて草木の合間を駆けまわるだろう。

森の中を進むキャンディスの歩みに迷いはなく、道を確認することも草木に足を取られることもない。

森とはいえども慣れたものである。アデル村で育った者は幼少時からこの森と村を行き来するし、とりわけキャンディスは、あの子を失ってから数え切れないほどこの道を歩いていたのだ。

願うように、乞うように、何度も名前を呼んで。

どこかから姿を現すんじゃないかと期待しながら……。

だが今となってはその期待は胸になく、あの子の姿を探しもせずまっすぐに道を進んだ。

そうして開けた場所に出る。

まだ雪の積もっていないそこには青々とした草花が茂っている。風が吹き抜けると軽やかに揺れてなんと清々しい光景だろうか。

一面の雪に覆われた景色も綺麗だがこれはこれで美しい。

「もっと手に入りやすい花を好んでくれていれば良かったのに。わざわざ王都まで買いに行ったんですよ。この時期は特に値段も高いし」

美しい景色には似合わぬ庶民くさい文句を言いながら、キャンディスは持ってきていた花束をそっと一角に置いた。

あの夜、木が倒れてきた場所。土に還ったのだろう既に事故の痕跡は殆どなくなっているが、さすがに左目を失う怪我をした場所なだけあり忘れられるわけがない。

そこに置いたのは以前にあの子が好きだと言っていた花だ。春先に咲く花なので時期的にはまだ早く、王都の品揃えの良い花屋でようやく入手できた。元々高価な花で、とりわけ季節外れの今は値段が上がっている。

そんな花を何もない地面に沿えて、深く息を吐いた。

「次は雪が積もったらまた来ますね。ここが足跡一つないくらい雪に覆われたら……」

地面に置いた花束に話しかけ「またね」と別れの言葉を告げて来た道を戻っていった。


「おかえり」

自宅に戻ってきたキャンディスをユベールが出迎えた。左頬に傷が残っているがそれでも彼の顔は相変わらず麗しい。

そろそろ帰ってくると踏んでいたのか紅茶の用意をしてくれており、キャンディスが上着を脱いでテーブルに着くのとほぼ同時に湯気を上げるカップが差し出された。

それを一口飲み、ゆっくりと吐息を漏らす。まだ冬とは言いきれぬ寒さだが体は冷えていたのか、紅茶が染みわたるように体を温めていく。

向かいにユベールが座り、彼もまた己のカップに紅茶を注いだ。

「リアは？」

「村の外れまで行ってる。キャンディスが出て行ってしばらくしてからロブ達が来たんだ。それの見送りと、村長に渡すものがあるって」

「ロブ上官、また来てたんですね」

　キャンディス達より一カ月遅れて、ロブも王都から故郷の村へと戻ってきた。一カ月という微妙な期間、隣村という近さもあって、再会の感動は皆無だったのを今でも思い出す。

　それも村に戻ってくるなり子供ができたと報告し、今は妻子を連れて散歩がてらアデル村に遊びに来ている。

　以前は「自分と妻は真実の愛とは言えない」と言っていたというのに、妻に寄り添い、子供を抱きかかえる姿は子煩悩であり妻一筋の男だ。「夫の良いところは稼ぎ」と断言していたという彼の妻も見て分かるほどに愛で溢れている。

「リンゴを手土産に持ってきてくれたが、渡す時に『よろしくお願いします』って言ってたから、ジャムにしておいてくれってことだろうな。あいつは俺に果物を渡せばジャムになって返ってくると思ってる節がありそうだ」

「あの村の人達みんなそうですよ。まぁ物々交換みたいなものですし」

　肩を竦めてキャンディスが話せば、貰ったばかりのリンゴを手際よく剝いていたユベールが苦笑を浮かべた。

　明日は朝一からジャムを作ると話しているあたり、ジャム作成要員と考えられているのも満更ではないのだろう。

「ジャムを作ったら実家に持って行って良いですか？　確かリンゴのジャムは今年作ってないって

お母さんが言ってたので」

「あぁ、持って行こう」

「そうしたらきっとオレンジのジャムをくれますよ。森に行く前に顔を出したらオレンジが玄関に置いてあったんです。きっとお母さんも明日は朝一でジャム作りですね」

キャンディスの両親も村で暮らしている。歩いて十分あるかないかの距離だ。

家を訪問して顔を出す時もあれば、村の中で偶然会う時もある。ユベールも彼等と親しくなり、先日に至っては、キャンディスが羊達の世話から戻ってくるとユベールとリアと両親が家主抜きのお茶会を開催していた。

その時のことやジャムについてを交えつつ明日の予定を話す。

朝一からジャムを作り、その後は羊達の世話。時間が空いたらのんびりお茶をする。

物事が目まぐるしく変わっていく王都と違い、アデル村では時間も物事も緩やかに流れていく。

今日も明日も、そして明後日も、当分は同じ日々の繰り返しだ。だがその中でも小さな変化はあり、ユベールが細かな変化をあげていく。

「ユベール様、村での生活も羊の扱いも随分と慣れましたね」

「そうだな。まぁ三年経てば自分のところの羊くらいは臆せず扱えるさ。……牧羊犬達にはまだ新入り扱いされてるけど」

「牧羊犬達のユベール様を見る目、あれは完全に子犬を見守る目ですからね。最初の冬に雪で足を滑らせて派手に転んだのがまずかったですね」

「ばっちり見られてたし、そのあと数日は足を引きずってたからな……。あれ以降、足場が悪い日は必ず一匹俺の後を付いてくる。今年こそは転ばずに冬を乗り切って、せめて牧羊犬と同じヒエラルキーに立ちたいところだ」

「犬と同じ……、いえ、なんでもありません。頑張ってください」

犬と同じで良いのか、という疑問はあるものの水を差すのも無粋だと判断し、素直に応援の言葉を口にしておく。

ユベールが「いずれは俺が従えるつもりだけどな」と自らフォローを入れだすのは、きっと自分で言っておきながら牧羊犬と同列というのは思うところがあるのだろう。

来年には、再来年になるかも、いや三年後には……、五年後には明確な序列を……。と『いずれ』が伸びていくあたり些か不安は残るが。

だがなんにせよ彼が仕事に慣れてきたのは良いことである。

「最初の年は子羊相手さえも恐る恐る触ってましたもんね。それを考えれば、動物の扱いもうまくなってきましたよ」

「最初の年なぁ……。真冬に来たから寒いしどこもかしこも雪道だし、羊達は興味本位で俺を囲むし、牧羊犬達には警戒されるしで散々だったな。村の皆が支えてくれなかったらどうなっていたか」

「ユベール様が歩きやすいようにって、子供達がみんな朝一に村中を走り回って足跡を作ってくれたんですよね」

雪が積もる村の中を子供達が駆け回り、ユベールが慣れない足取りで彼等の足跡を踏んでよたよたと歩いていく。

その光景を思い出してキャンディスが笑えば、ユベールが恥ずかしそうな表情で「今年はもう大丈夫だけどな」と訴えてきた。最初の年こそ覚束ない足取りのうえに牧羊犬達の目の前で派手に転んだ彼だが、さすがに今年の冬は新雪だろうと転ばずに歩けるという。

そんな彼の訴えにもキャンディスは笑みを強め、温かな紅茶に口を付けた。

いつまでも明かりが消えぬ王都と違い、アデル村は日が落ちれば途端に村中が暗くなる。

外灯はなく、家と家との距離が遠いため家屋の明かりも点々としている。

誰もが日が落ちれば家に入り、よっぽどのことがなければ外には出ない。そしてこんな田舎村では夜に外に出るようなよっぽどは殆ど起こらないのだ。

夕食を終えて食後のひとときを各々自由に過ごす。

そんな中、ぱぺぇーと気の抜ける音が聞こえてきた。誰からともなく顔を上げ、各々手にしていた毛糸やら本やらをテーブルに置く。ソファに座ってうとうとと眠りかけていたキャンディスもはたと目を覚まして顔を上げた。

夜の八時だ。

もはや確認し合うまでもなく、しまってある楽器を取り出す。その間にもあちこちの家から音楽とは言えない音があがり、それに反応して動物達が鳴き声をあげる。

静かだった田舎村が突如騒がしくなったが、これは毎晩のことだ。

最初の年こそ「これが例の……、凄いな……」と反応していたユベールも、今やすっかりと慣れて己の楽器をいそいそと調整している。

「ユベール様に教えてもらって私もリアも演奏がうまくなりました。きっとこの村で一番、いえ、王宮お抱えの楽団にさえも引けを取らないレベルですよ」

「そうだな。うまくなった……、と言えないこともないかもしれないな。うん。何事も自信をもって行うのが一番だからな」

なんとも言えない表情と歯切れの悪さでユベールが話す。

その隣では一番に調整を終えたリアがぷぇぇと軽やかな音を奏で始めていた。

「ほら、キャンディスもユベール様も、今はお喋りよりも演奏よ」

フルートからいったん口を放してリアが幼子に言い聞かせるように告げ、また音を奏でる。

彼女の言葉にキャンディスとユベールは顔を見合わせ、うんと頷き合うと同時に楽器を構えた。

キャンディスは以前と変わらぬバイオリン。ユベールはそれより一回り大きなヴィオラ。

二人同時に弓を添え、ゆっくりと引き……。

みぎじじじ、となんとも言えない音を出した。

「……かつては王族としてそれなりに弾けていたんだけどなぁ」

とは、ヴィオラからヴィオラらしくない音を奏でるユベール。

アデル村に来た当初こそヴィオラらしい音色を奏でていたのだが、一年が経った頃から次第に音がおかしくなり、一年半が経ったとある夜についに不可思議な音を発してしまったのだ。それ以降は昔の感覚を思い出して演奏しようにもどうにも音が外れてしまう。

今となっては音階だのというレベルではない。

もっとも、音が外れたこの音こそアデル村の演奏には合っているのだが。

「たかが一時間、されど毎晩一時間。コツコツと積み重ねて辿り着いた演奏技術……。そう考えると感慨深いのかもしれないな」

「楽しければ良いんですよ。ユベール様だって楽しいでしょう？」

ねぇ、とキャンディスが問えば、ヴィオラを構えていたユベールが微笑んだ。

深緑色の瞳を細め、形良い口元が緩やかに弧を描く。傷痕はまだ痛々しいが、既に痛みはないという。ならばこの傷痕も彼の麗しさに拍車を掛けるだけだ。

「楽しいよ」と返す言葉には心からの気持ちがこもっており、表情が、声が、幸せだと語っている。

彼の微笑みにキャンディスは目の前がチカチカと瞬くのを感じ……、「顔が良い!!」と感嘆の声を力強く漏らすと、構えていたバイオリンでぎにぃいいと愛のメロディを奏でた。相変わらずなその反応にユベールが笑みを強める。

　そうして二人がちらとよそを見れば、リアが窓の外に半身乗り出して演奏しているのが見えた。どうやらお隣さんも窓から身を乗り出して一緒に演奏しているようだ。

　といってもお互いまったく相手に合わせようという意思はないのだが、ただ顔を合わせて楽しく演奏していれば良いのだ。

　リアが外を見てる……、と考え、キャンディスは改めてユベールへと向き直った。彼も同じことを考えていたようで、一瞬目が合うと深緑色の瞳を僅かに丸くさせ、次いで照れくさそうに笑った。

その表情もまた麗しい。

　そんな麗しいユベールの顔が近付いてくる。

　ゆっくりと目を瞑りながら。誘うように、誘われるように。

　キャンディスもまた目を瞑り、彼からのキスを受け入れた。

　そして彼の唇が離れていくのを感じてそっと目を開け……。

「鼻先まで迫る良い顔っ……！　……、あ、あれ、私、今なにをしてたんでしたっけ」

「また記憶をなくしたのか。いい加減に慣れてほしいんだが……。まぁ良いか、これぞキャンディスだもんな」

「バイオリンを持っている……、ということはつまり演奏の最中だったんですね。でもなんでユベール様の麗しい顔が間近に？」

「それは……」

説明しかけたユベールが一瞬言葉を止める。

キャンディスがどうしたのかと問えば、彼は軽い咳払いの後に「何でもない」と返すとすぐさま答えた。

「キスをしようとしてたんだ。だがその直前でキャンディスが記憶を失った」

ユベールの説明にキャンディスはパチンと目を瞬かせた。

そうだったのか。それはムードを壊すようなことをしてしまった。そう詫びれば、ユベールが「気にするな」と穏やかに微笑む。

「それなら改めてキスをしましょう。今度は多分記憶も失いませんよ」

「そうだな、次は頼むぞ」

そんなムードの欠片もない会話を交わし、目を瞑りキスをする。

柔らかく軽いキス。ゆっくりと唇を離してキャンディスが目を開ければ、眼前にはユベールの顔。さらさらと揺れる銀色の髪、嬉しそうに細められる深緑色の瞳。形の良い唇。すっと通った鼻筋。目尻から頬にかけての傷は痛々しいが、それがあっても尚、むしろ更に、彼は麗しい。

じっと見つめていると、ユベールが不思議そうに首を傾げた。その仕草も、角度を少し変えて見る顔も美しい。

「どうした、また俺の顔の良さに見惚れて気を失ったのか？　今は八時の演奏会の最中だぞ」

「記憶は失ってませんよ。ただユベール様の顔は相変わらず麗しいなと思いまして。そんな顔を毎日眺めていられる、それも一番近くで。しかも二回もキスをして……。なんて素晴らしい生活！」

「はいはい、そうだな。とりあえず今は演奏の続きを……。に、二回って、記憶を失ってなかったのか!?　ずるいぞ！」

　騙されていたと知り、ユベールの顔が途端に赤くなる。

　そんな彼の訴えにキャンディスは「赤くなった顔も麗しいですね」と言ってのけた。みぎぎぎぎと軽やかな愛の音色を奏でながら。

「ユベール様の美しい顔も好きですが、私が記憶を失ったと思って二回目のキスをしようとするその分かりやすい性格も大好きですよ」

　柔らかく微笑んでキャンディスが告げれば、ユベールが苦笑交じりに肩を竦める。

　小さく息を吐いた後の彼の表情は、照れくさそうで、そして穏やかで幸せそうだ。

「俺も、俺の顔も性格も、二回目のキスも、すべて堪能してくれるキャンディスのことが大好きだよ」

　そう答えて、彼もまたヴィオラとは思えない音ながらに愛の音色を返してくれた。

「傷を癒すには熱い愛って言ったでしょう」とは、そんな二人のやりとりを嬉しそうに見守っていたリアの言葉。

…end…

書き下ろし短編

アデル村のキャンディスとユベール

今年もまた雪が降っている。

窓の外は真っ白で、見ているだけで寒さが伝わってくる景色だ。

既に雪はだいぶ高く積もっているが止む気配はなく、これは夜まで降り続けるだろう。数時間前に玄関周辺の雪掻きをしたが、そろそろまたやらないといけないかもしれない。

そんなことを考えつつ、キャンディスは温かな紅茶に口を付けた。三時の休憩。といっても、長閑なアデル村のそれもやることの少ない冬ともなれば三時と言わずとも休憩し放題である。

「もっと降るかと思ったが、これ以上酷くはならなさそうだな」

そう話すのはキャンディスの向かいに座るユベール。

温かな紅茶の入ったカップを手に窓の外を眺める、その姿の麗しさと言ったらない。

キャンディスはそんなユベールを直視しつつ「そうですね」と返した。ちなみにこれに対してユベールからは「せめて一瞬でも窓の外を見て同意しろ」と鋭い指摘が入ってくるが、そんなものは今更だ。ユベール自身も指摘こそしたが気にしている様子はなく、キャンディスに直視されながらも窓の外を見ている。

「これぐらいの雪なら、リアももう向こうの村に着いたかな」

「積もってはいるけど馬車が走れないほどじゃないし、これぐらいなら問題なさそうですね。でも孫の誕生日に張り切るのは分かるけど、まさか朝の五時からタルトを焼き始めるとは思いませんでした」

「仕込みは四時から行われた」

言い終えるやユベールが欠伸を漏らした。四時起きに付き合わされて眠いのだろう。

今日はリアの孫の誕生日で、彼女は朝早くから孫達が住んでいる村に向けて発った。四時起きで丹精込めて焼いたタルトを片手に。

ちなみに今のお茶請けもタルトである。リアがせっかくだからと作っておいてくれたのだ。

キャンディスからしたら、自分はぐっすり眠って三時のおやつには豪華なタルトなのだから、これぞまさに美味しい話ではないか。またも欠伸を漏らすユベールの前ではさすがに言わないが。

「欠伸をするユベール様も麗しいですね。その眠たげな目元も美しく、船を漕ぐ仕草も優雅です。落っことしそうなカップがまた一興。これは目が離せません」

「朝の話をしてたら一気に眠気がきたな」

「ソファで眠る姿もきっと麗しいはずですよ。良ければ見せてくれませんか？」

眠るように促せば、キャンディスの言い回しが面白かったのかユベールが笑った。

次いでゆっくりと立ち上がるのはソファで眠る気になったからだろう。欠伸をしながらソファにごろと横になる姿も麗しいが、その無防備でかつ少しだらしない姿にかつて王族だった面影はあまり見られない。

そのうえ間延びした声で「毛布ー」とキャンディスに毛布を持ってくるように求めてくるのだ。これには思わずキャンディスも苦笑し、隣の部屋から毛布を持ってきて彼に掛けてやった。

「そのだらしない姿、かつて王族だったのが嘘のようですね」

「俺が王子だったのなんて遠い昔のことだろ」

「そんな昔ってほどじゃありませんよ。三年前でしょう」

「三年前は大昔だ。もう覚えてる奴なんて居ない、太古の話だな」

眠いからかユベールの言い分は随分と適当である。更には話しながらもぞもぞと寝心地を整え、ついには目を瞑ってしまった。

だが殆ど寝ている状態ながらも毛布から手を出して手招きをしてきた。こっちに来いということなのだろう、もっとも、呼ばれたところでキャンディスは既に横になる彼の隣に立っているのだが。

「どうしました？　次は枕でも持ってきましょうか」

更なる催促だろうかとキャンディスがユベールの顔を覗き込んで問うも、「違う」と否定されてしまった。

次いでユベールが毛布を軽く捲る。

……まるで、キャンディスも毛布に入れと誘うように。

「なるほど、三年は大きいですね」

「どういうことだ？」

「三年も経てば色々と変わるものだなと思いまして。ユベール様、最初の年は雪が積もるのを珍しそうに見てたのに、今やすっかりと慣れて、今日の雪ぐらいじゃ動じなくなったでしょう？」

話しながら、キャンディスは彼が捲る毛布に吸い込まれるようにもぞもぞと入り込んだ。

狭いソファ、一枚の毛布。となれば当然ユベールとぴったりと体を触れ合わせることになる。彼の手が背中に回って押さえてくるのはキャンディスがソファから落ちないためか、もしくは抱擁か。

見上げれば目を瞑るユベールの顔が間近にある。もう殆ど意識は夢の中だろう。

切れ長の美しい目は今は閉じられ、長い睫毛が縁取っている。時折うっすらと目を開けてキャンディスを見てはまた閉じられる。その際に覗く色の濃い瞳はまるで宝石のようではないか。

綺麗、とキャンディスはうっとりとユベールの顔に見惚れた。

「でも何年経とうとユベール様の美しさは変わりませんね。むしろ年々、いえ、日に日に美しくなっています」

「それはどうも」

「三年でユベール様は更に美しくなり、そして三年で、私を抱きしめて眠りたがるぐらいには大胆になった。なるほど、三年は長いですね」

しみじみとキャンディスが話せば、ユベールがぴくりと肩を震わせた。

次第に彼の顔が赤くなっていく。耳まで真っ赤だ。それでも腕は離さず、むしろ強く抱きしめてきた。

「そんなところで月日を感じてくれるな」

「大きな変化ですよ？」

「そうだけど……。もう寝るからこの話は終わりだ。起きたら雪掻きしないと」

無理やりにユベールが話を終えてしまうが、それが恥ずかしさからなのは言うまでもない。挙げ句にキャンディスにまで寝るように促してきた。

だが生憎とキャンディスは眠くない。リアのタルト作りに付き合わされて四時起きのユベールと違い、今日は朝に見送りこそしたもののすぐさま布団に戻り昼前までぐっすりと眠ったのだ。

「私は眠るユベール様を間近で堪能させてもらいますね」

「どうぞご自由に。おやすみ」

就寝の言葉を告げ、ユベールが寝心地を整える。本格的に寝ようとしているのだろう。

ならばとキャンディスはユベールの腕の中でしばらく眠る彼を見つめ……、

「なんだか寝てるユベール様を見てたら私まで眠くなってきちゃった。まさかユベール様のこの美しい顔が間近にあって眠くなるなんて……、私も三年で変わったってことかぁ」

と、うとうととしながら呟いた。

密着する体から、抱きしめてくる腕から、彼の眠気が自分にまで流れ込んできたようだ。

だがユベールからの眠気というのならどうして抗う必要があるというのか。

そう考えて寝心地を整え、抱きしめてくる腕の中で欠伸を一つ漏らして目を閉じた。


…end…

あとがき

はじめましての方もそうでない方もこんにちは、さきです。

この度は本作をお手に取っていただきありがとうございました。

麗しい美貌を持ち家事に目覚めていく元王子様ユベールと、そんなユベールの顔が大好きで意識を失ってしまう訳ありキャンディスの物語、いかがでしたでしょうか？

少し変わった二人の物語ですが、楽しんでいただけたなら幸いです。


せっかくのあとがきなので、秘話というほどではないのですが作品が出来上がるまでの話を一つ。

このお話は「お城にいた王子様を田舎に連れていく結末」と「居なくなった女の子をずっと探し続けている」という、別々の構想が元になっています。

どちらの構想も部分的な設定やシーンはある程度思い浮かんでいたのですが、どうにもはっきりしない、ピンとこない……という状況でした。作品として書き上げるにはイメージが不十分で、くっつける考えもありませんでした。

そんな中で、とある舞台を、それも運よく最前列の席で見ることになり……、

「間近で見る役者さん綺麗。なんて顔が良い。……顔が良い？　これだ！」

となって生まれた作品です。

本当にこの「顔が良い」で、別々だった二つの構想がぴったりと嵌ったんです。

そんな作品をありがたいことに多くの方が読んでくださり、こうして書籍として皆様のお手元に届いている……。心より多方面に感謝しています。

書籍化にあたり、

担当様、色々とご指導ありがとうございました。

イラストを担当してくださったNiKrome先生、素敵なイラストをありがとうございます。

ユベールは「とにかく美麗で顔が良い」という漠然としながらもハードルが高い設定だったのに、理想通りのキャラクターをデザインしていただき感動です。これはキャンディスも記憶を失うのもやむなし、とイラストを見るたびに思います。

キャンディスも飄々とした理想通りの女性騎士に描いていただけてとても嬉しいです。

そしてこの本を手に取ってくださった皆様に心からの感謝を。ありがとうございました！

ざまぁ後の王子様
もらいます
～だって顔が
良いから！～
発売
おめでとう
ございます！

SQEXノベル

ざまぁ後の王子様もらいます

～だって顔が良いから！～

著者
さき
イラストレーター
NiKrome

2024年3月7日　初版発行

発行人
松浦克義

発行所
株式会社スクウェア・エニックス
〒160－8430
東京都新宿区新宿6－27－30　新宿イーストサイドスクエア
（お問い合わせ）スクウェア・エニックス　サポートセンター
https://sqex.to/PUB

印刷所
図書印刷株式会社

担当編集
長塚宏子

装幀
小沼早苗（Gibbon）

ISBN978-4-7575-9092-2　C0093　Printed in Japan